림

젊은 작가 소설집 4

잃기일지

일러두기

- 본 소설집은 작가별 원고의
  특성을 가능한 한 살려
  편집했습니다.
- 맞춤법은 국립국어원의 원칙을
  따랐으나 뉘앙스를 살리기 위한
  일부 표현은 그렇지 않을 수
  있습니다.

차례

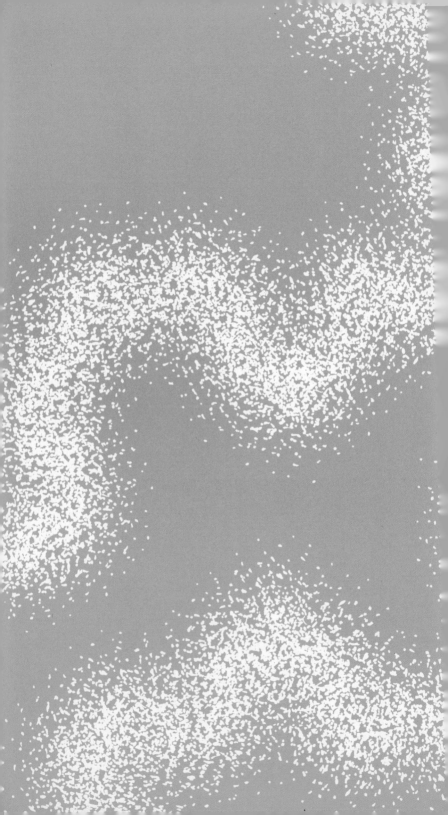

손가락이
미끄러지듯이

김서해

김희준 씨(69)와 정수화 씨(70)의 혼인 신고서가 31년 만에
수리되었다. 지난달 25일, 두 사람은 법적으로 부부가 되었다.
행정기관의 전산 시스템 정비가 대대적으로 이루어진 2002년,
동성 커플의 혼인신고가 가능해졌으나 당시 시행되었던
법으로는 수리가 불가하여 접수만 된 채 시간이 흘렀다.
두 사람의 혼인신고 서류는 통과되지도, 부결되지도 않은
상태로 시스템 속에서 31년을 버텼다. 김희준 씨는 이에
'마치 관내 분실된 책을 드디어 어느 서가 구석에서 찾은 것
같다.'라고 소감을 밝혔다. 정수화 씨 역시 '목에 걸려 있던 게
내려간 것 같다.'라며 속 시원한 감정을 드러냈다. 그는 '일상이
크게 변하는 건 아니지만, 인정을 받게 된 것만으로도 참
새롭고 재미있네요.'라고 말하며 개정된 법에 대한 긍정적인
반응을 드러냈다.

2032년, 두 곳의 지방 법원에서 동성 간 법적 혼인을 인정하지
않는 것은 위헌이라는 결정이 나왔고, 이어 올해 1월 입법
예고된 혼인 규정의 개정안이 3월 대통령 재가를 거쳐 국회에
제출…… 까지 읽고 창을 닫았다.

"그래, 잘 껐다."

숙모가 꼴도 보기 싫다며 탄식했다. 맞은편에는 진작부터
오만상을 쓰고 있던 엄마가 콩나물 머리를 뚝뚝 땄다. 식탁
위를 정신없이 기어다니던 유리가 성경책 모서리의 미끌한
부분을 매만지다가 책 사이에 끼어 있는 팸플릿을 당겨
꺼냈다. 유리는 팸플릿에 적힌 '치료·회복·생명·복음'이라는
글씨를 멋대로 체리, 호박, 샘물, 봉봉이라고 읽으며 저를

손가락이 미끄러지듯이   7

둘러싼 노인들과 한 번씩 눈을 맞추었다. 아기는 우리가 잠깐이라도 다른 곳에 관심 가지는 것을 허락하지 않았다. 팸플릿에는 유리의 침이 팡팡 튀었다.

고개를 돌리니 소희는 거실 소파에 앉아 플라타너스 그림자가 흔들리는 창을 내다보고 있었다. 손바닥 같은 낙엽이 이따금 우수수 떨어졌다.

"소희야. 유리 좀 봐라."

동생을 돌보라고 해도 소희는 멍하니 밖을 보았다. 소희는 언제나 예의 바르게 가족들 말을 잘 들었는데, 어느 날 갑자기 우리의 모든 말을 무시하기 시작했다. 자기 엄마가 말을 걸어도, 대부분의 시간을 함께 보내는 내가 다가가도 시큰둥했다. 놀랄 일은 아니었다. 나는 소희의 사춘기가 일찍 왔구나 싶어 걱정하지 않았다.

하지만 애를 처음 키워 보는 영아는 '엄마가 나 없을 때 애 학대하는 거 아니야?' 하며 허구한 날 나를 의심했다. 한번은 내가 옆에 서 있는데도 우리 교구의 젊은 집사한테 다가가 상담을 요청했다. 나는 저 망할 것이 집안일을 왜 교회 사람한테 까발리는지 몰라 울화통이 터졌다. 그런 걸 남에게 물으면 사람들이 정말로 내가 애한테 고약하게 군다고 생각할 것 아닌가. 더군다나 소희는 평범하게 잘 자라고 있는데, 어디 성격에 문제 있다고 소문이라도 나면 어쩌려고 그러는지.

'우리 소희 속 한 번을 썩인 적이 없었어요. 반항 그런 거 없었어요. 갑자기 무슨 일일까요, 집사님?'

딸 말로는 그 집사가 무슨 대학의 아동 발달학 교수라고

김서해

했다. 내가 교수였다면 딸이 내 조언을 무시하지 않았을까?
나는 예배당 입구 계단 아래 유리를 안고 서서 바닥에 시선을
박고 딸이 내 곁으로 돌아오길 기다려야 했다.

'애들은 속도 썩이고, 반항도 해야 해요. 한 번도 그런 적이
없다면 그게 더 수상한 겁니다.'

집사는 설교했고, 딸은 구구절절 토로했다. 자기가 일을
하느라 소희의 상태를 잘 확인하지 못한다고. 야근이 잦다
보니 집에 돌아와 설거지만 해도 새벽 2시라 소희와 차분하게
대화할 틈이 없다고. 내게는 들려주지 않는 일상을 처음 보는
사람에겐 잘도 떠들었다.

나는 집에 돌아가는 차 안에서 영아를 혼냈다.

'저 사람이 뭘 알겠어? 교수는 공부를 한 사람이지,
경험이 많은 사람은 아니야. 다들 소희처럼 큰다. 왜 그렇게
극성이니?'

내가 무슨 말을 해도 영아는 운전대를 잡고 앞만 보았다.
유리가 몸을 마구 뒤척이거나 소리를 질러도 반응하지
않았다. 영아는 우리를 뒤에 태우고 차를 몰 때마다 꼭 혼자
있는 것처럼 굴었다. 조용히 하라고, 없는 듯이 있으라고.

영아의 밝은 모습만 꼭 닮은 유리가 결국 식탁 위에
드러누워 팸플릿을 집어던지고 콩나물 머리를 모아 둔 그릇
위로 머리를 박았다. 나는 양손을 뻗어 유리의 옆구리를 잡고
바닥에 내려놓았다.

"다 늙어서도 동성애가 하고 싶나."

동성애를 동쓩애라고 발음하는 숙모가 다시 불만을

터뜨렸다. 눈을 비비며 꽤 얌전히 있던 삼촌도 그 말에
동조하며 버럭 고함을 쳤다. 아버지는 한참 목을 가다듬었다.
돌아가면서 공연이라도 할 기세였다.

　나는 유리 입가를 소매로 닦고 등을 토닥였다. 손에 닿는
뜨끈한 몸이 미꾸라지처럼 움직였지만 능숙하게 품에 잘
가두었다. 유리가 잠잠해지길 기다리면서, 숙모의 말을
되새김질하면서. 다 늙어서도 동성애가 하고 싶냐는 말은
오빠의 연애와 결혼은 물론 삶의 전반을 반대한 나에게도
불쑥 비수를 꽂았는데, 그 상심은 하늘에서 떨어진 것처럼,
땅에서 솟은 것처럼 갑작스러웠다.

　"어디서 어떻게 사는지 30년도 넘게 연락 없는 것으로
모자라, 키워 준 은혜도 모르고 어떻게 이딴 식으로 앙갚음을
하나 몰라."

　숙모가 엄마를 흘끗 보며 한탄하듯 말했다. 아들 하나
잘 키워서 집안의 기둥으로 만들지 못한 잘못을 위로하는
것인지, 비난하는 것인지 알 수 없었다.

　나는 숙모의 버석버석한 얼굴을 곁눈질했다. 짧게 친 하얀
머리, 주름과 진버짐이 가득한 목덜미, 내가 처음 숙모를
만난 날에도 끼고 있었던 금목걸이를 바라보았다. 아버지는
숙모 말을 알아듣지도 못한 것 같은데 슬슬 분노가 찬 듯
노발대발하기 시작했다.

　"하나님 보시기에 부끄러운 줄도 모르고. 이런 게 경사야?
그 신문사에 글 좀 남겨."

　숙모는 아버지 말을 거들듯 나를 가리켰다. 내가 우리

　　　　　　　　　　　　　　　　　　　　김서해

가족을 대표해 신문사에 항의해야 한다면서.

그때, 소희가 고개를 핵 꺾어 우리들을 쳐다보았다. 눈가에 힘을 잔뜩 주고 노인을 노려보는 열세 살 아이가 반박할까 봐, 말싸움을 키우기라도 할까 봐 나는 부러 몸을 움직여 아버지 시야에서 소희를 가렸다. 소희는 티브이를 켜고 음량을 높여가며 노인들 소란에 소음으로 맞섰다. 뉴스에도 김희준과 정수화의 혼인 신고서 이야기가 나오고 있었다.

"아니, 방송에도 나오는 거야?"

"지들이 뭐 연예인이야? 그깟 동성애 좀 한다고 티브이에는 왜 기어 나와?"

아버지는 손바닥으로 이마를 짚다가 얼굴을 위에서 아래로 한 번 쓸었다. 새빨개진 코와 뺨에 맺힌 땀이 한 겹 닦여 나갔다.

"기사 그거 다시 켜. 다시 좀 보자. 뭐 하고 살다가 은퇴했는지 나와 있지?"

아버지는 노트북을 가리켰고, 나는 어쩔 수 없이 자리에 앉아 마우스를 잡았다. 밖에서는 버스를 타든 지하철을 타든 노약자석으로 직행하는 나도 집에서는 딸과 손녀들을 제외하면 제일 젊어서 기계를 가장 잘 다룬다는 사실에 몰래 쓸쓸히 웃었다.

나는 종종 아버지에게 '너는 아직 만 예순일곱밖에 안 되었잖아.' 같은 말을 듣는다. 요즘은 예순이면 중년이라고 하지만, 옛날에는 육십갑자라고 해서 60년을 살면 인생을 한 바퀴 다 산 것으로 여겼다. 환갑이 지나면 환생을 한

손가락이 미끄러지듯이   11

것처럼, 인생을 두 번 연달아 사는 신선처럼 말이다. 나는 아쉽게도 신선은커녕 은퇴조차 하지 못했다.

"속 터진다, 속 터져."

천재지변이 일어나 법이 다시 바뀌고 오빠가 이혼하게 될, 아니 미혼으로 돌아가게 될 가능성이 얼마나 될까? 아버지는 어디서 기력이 남아돌아 저렇게 끊이지 않는 화를 게우는지 모를 일이었다.

엄마는 기어서 유리 옆에 누웠다. 한참을 안고 흔들어 준 덕에 유리는 잠에 취해 있었다. 거실 벽에는 연신 거미줄 같은 나무 그림자가 아른거렸고, 휘이익 휘이익 바람 부는 소리가 밖에서 안으로 나돌았다. 나는 부모님 눈치를 보다가 바람 소리를 일종의 박자 삼아 걸으며 부엌으로 갔다. 불려 둔 쌀을 밥솥에 넣어 취사 버튼을 눌렀다.

엄마가 묵묵히 생각에 잠기고, 삼촌과 숙모가 지쳐 조용해지자 아버지는 결국 노트북을 닫고 큰방으로 들어갔다. 그런 면은 참 어린애 같았다. 관심을 주지 않으면 돌아서는 것이.

한 시간도 지나지 않아 나의 사촌 동생과 그의 딸이 숙모와 삼촌을 모시러 왔다. 두 사람은 자녀들에게도 불평했다. 희준이는 저러다 천벌 받을 거야. 희준이는 미쳤어. 제정신으로 사는 건 이제 바라지도 않지만, 걱정되어 죽겠어.

법이, 세상이 변하지 않았더라면 두 분은 평소처럼 IMF 얘기, 오일쇼크 얘기, 월남전 얘기를 했을 것이다. 지난한 생활이 아니라 격렬한 생존을 경험한 얘기, 그러나 이미 지나간 일들, 그래서 지금을 더욱 평화롭게 만드는 그런 일들에 대한 얘기 말이다.

"할머니. 엄마가 피자 사 와도 되냐는데요."

"안 된다고 해."

소희가 내게 잠시 다가왔다가 소파로 돌아갔다. 입술을 삐죽이는 것을 보았지만 나는 영아와 소희가 좋은 것만 먹기를 바랐다. 그래서 취사가 이뤄지는 28분 동안 상추겉절이와 두부조림을 만들었고, 딸도 손녀도 좋아하지 않는 가지무침까지 만들었다. 동시에 국을 데우면서 틈틈이 그릇을 씻고 냉장고를 정리했다. 영아가 자기 딸을 데리러 올 때까지 내게는 이렇듯 할 일이 많았다.

식탁 위에 반찬과 수저를 모두 올린 뒤 아버지를 불렀다. 식사하시라는 말을 세 번은 해야 방에서 기척이 들려왔다. 곧이어 아버지는 신경질적으로 문을 여닫으며 너는 희준이 그 자식 살아생전 연락 없다가 이런 악마 같은 방식으로 생사 보고를 하는데도 밥이 씹히니, 넘어가니, 소화가 되겠니 온갖 잔소리를 했지만 나는 묵묵하게, 소희와 유리만 바라보면서 조용히 웃다가 금이 잔뜩 간 나무 주걱을 들어 밥을 펐다.

소희는 밥 냄새를 맡자마자 알아서 부엌으로 돌아와 내가 퍼 둔 밥그릇을 식탁으로 옮겼다. 소희가 어릴 때는 가지를 보기만 해도 역정을 냈지만, 이제는 말하기도 싫은지 가지무침을 봐도 얌전했다.

소희는 열 살 때까지 가지를 먹으라고 하면 꼬박꼬박 '싫어요, 절대 싫어요.'라고 말했다. 내가 밥 위에 가지무침을 하나 얹어 주면 참기름이 묻은 부분까지 숟가락으로 떠서

손가락이 미끄러지듯이　　　　　　　　　　　13

다시 내 밥 위에 얹어 놓고 가지가 왜 싫은지 정성스럽게
설명하곤 했다. 그래도 나는 가끔 꿋꿋하게 가지무침을
만들었고 소희가 골고루 먹었으면 해서 꼭 가지무침이 담긴
그릇을 젓가락으로 톡톡 치며 이거 먹어, 하고 한마디 건넸다.
소희가 싫다고 답하면 먹으라니까? 하고 다시 말했고, 소희가
절대 싫다고 답하면 생각보다 맛이 괜찮다고, 먹어 보라고 한
번 더 설득했다.

　이제 소희는 싫다고 말하지 않는다. '먹었어요.'라고 말한
뒤, 식사가 끝날 때까지 먹지 않을 뿐.

　보행 보조기를 밀며 화장실에 다녀온 아버지는 엄마가
옆자리에 앉기도 전에 밥알을 씹었다. 아버지는 요즘 부쩍
더 주변에 무관심해졌는데, 아무래도 소리가 잘 안 들려서
그럴 것이다. 부모님과 내가 씹기 편하도록 부드러운 반찬만
만들다 보니 야채와 두부 위주라서 아버지는 식구들과 밥을
먹다가도 방귀를 뀌고, 트림도 자주 한다. 소희는 그때마다
아 드러워! 할아버지! 좀! 하며 역정을 냈었는데, 이제는 그냥
증조부를 한 번 째려보고 만다. 훈련이 안 되는 개를 보듯
찡그리기만 한다.

　소희는 아무것도 이해하지 못한다. 증조부가 밥을 원하는
속도로 먹을 수 없고, 그의 식도와 위, 소장과 대장이
순조롭게 기능하지 않는다는 것을 모른다. 증조부는 자신이
트림했다는 사실조차 모르고 있을 텐데, 소희는 그 단순한
무의식을 상상할 수 없다. 식사 예절을 지키지 못하는 게 그의
의도도, 잘못도 아니라는 것을 소희가 배우려면 아주 오래

　　　　　　　　　　　　　　　　　　　　　　　　김서해

걸릴 것이다. 지금의 소희는 자신이 왜 이런 진물 냄새가 나는 집에서 따돌림을 당하듯이 티브이나 보고, 노인들과 둘러앉아 죽 같은 밥을 먹어야 하는지도 모른다. 어린 소희의 세계는 참 모질다.

그래도 엄마는 소희를 변호하듯 말하곤 했다. 어려도 많은 걸 알고 있다면서. 소희보다 거의 한 세기를 더 산 노인이 아이들은 다 안다고 하니 그 말을 믿어야 할 것 같지만……

'소희는 특히 애가 똑똑하고 예민해서 알 거 다 알지.'

'그런가? 요즘 말이 너무 없어. 하나를 알 때마다 말이 하나씩 줄어드나.'

'영아도 비슷했어.'

정말로 이것저것 다 안다면 소희는 아마 하나를 알 때마다, 정확히는 노인에 대해 한 가지를 알게 될 때마다 우리를 포기하고, 조금 더 혐오하고, 무신경해지는 것 같았다. 우리를 잡고 있던 손에서 손가락을 하나하나 떼는 것 같다. 너 어디 가니? 왜 손을 놓아? 하면 그저 '안 놨어요, 미끄러졌어요.' 하고는 뒤도 안 돌아보고 떠날 것 같았다.

가끔 소희를 볼 때마다, 영아를 볼 때마다 억울했다. 나는 최선을 다해서 너희를 키웠는데, 너희는 이렇게 고의로 멀어져도 되는 거야? 그렇다면 누가 내 헌신을 보상해 주는 거지?

식사를 마친 아버지는 자리에 앉아 반찬 그릇을 멍하니 보며 쉬고 있었다. 나는 아버지의 주름들, 셀 수도 없는 주름들, 손으로 하나하나 짚어 가며 세다가는 손가락이 전부

미끄러져 버릴 주름들을 살펴보았다. 부엌 조명이 음영을
더 깊게 만들었고, 층을 내며 늘어지는 아버지의 얼굴은
누군가의 갈비뼈처럼 보였다. 그런 얼굴로, 아버지는 마치
결심한 듯 말했다.

"순영아. 네가 갔다 와야겠다."

"누구한테요?"

"우리 중 제일 젊으니까 네가 한번 갔다 와."

"누구한테요?"

"너희 오빠!"

"아버지, 나 오빠 어디 사는지도 몰라요. 내가 가서 뭐라고
해요?"

안 보고 산 지가 얼만데, 그가 나의 오빠라고 하기도
껄끄러울 지경인데 아버지는 내가 그를 여동생의 자격으로
보러 가야 한다고 했다.

"그래도 너는 저번에 개 병원에서 봤다며."

"그게 내가 20대 때예요, 아버지."

"가서 그러고 살지 말라고, 정신 차리라고 해야지. 가족
대표로."

그때 소희가 갑자기 빽 소리를 질렀다. 줄곧 귀가 빨갛게
익어 있던 소희가 우다다 쏘아붙였다.

"남이 행복하다는데, 잘 살고 있다는데 왜 가서 해코지를
해요? 집에서 욕이나 해요! 걸어 다닐 힘도 없으면서 왜 굳이
그래요."

소희는 반항하듯 남은 밥을 전부 싱크대에 버리고 방에

김서해

들어갔다. 나는 소희를 훈육하려고 일어섰는데, 유리가 씹던 것을 자꾸 뱉으며 칭얼대기에 소희를 놔둘 수밖에 없었다.

아버지는 소희가 화를 내든 말든 나에게 다시 당부했다. 희준이 미친 새끼한테 가서 가족 사정도 말하고, 이렇게 집안 뒤집어지게 막무가내로 굴지 말고 회개하라는 전언을 임무로 주었다. 담판을 잘 지어서 집에 데리고 오라는 임무도 있었다. 나는 어쩔 수 없이 고개를 끄덕이면서도 닫힌 소희 방문을 보았다. 아버지가 시키는 일이 부정하다고 생각하지 않았지만, 소희의 반박도 부정해 보이지 않아서 혼란스러웠다.

그릇들을 설거지한 뒤 나는 급히 내 방으로 들어가 책장을 뒤졌다. 오빠의 연락처를 찾기 위해 너덜너덜한 옛날 수첩을 펼치고, 예전에 쓴 폴더폰과 스마트폰을 차례로 켜 보았다. 기대한 건 아니지만 역시나 소용없었다.

한참 이 번호 저 번호로 문자를 보내다가 밤늦게 집에 온 영아에게 도움을 청했다. 영아도 소희와 비슷하게 반응했다.

"엄마 미쳤어? 정신 좀 차려. 삼촌 연락처를 우리가 이제 와서 어떻게 찾아."

눈 밑이 새까만 데다 새치가 많아진 영아는 소희가 꽉 잠가 둔 방문 고리를 잡고 흔들다가 끝내 열어 주지 않는 소희를 혼내지도 않고 한숨이나 푹 쉬더니 내게 돌아와 또 나를 질책했다. 나는 화를 참을 수 없었고, 그 애의 어깨를 두 대 때렸다.

"엄마가 뭐가 미쳤어? 오빠가 그러고 사는 게 안타까우니까 가족이 만나고 싶어 하는 게 뭐가 잘못된 거야?"

"이렇게 오랫동안 모르는 사이로 살았으면 그냥 각자 갈 길
가는 게 맞지."

"다 색시 만나서 오순도순 사는데 오빠만 저런 꼴인 게
말이 되니?"

"저런 꼴이 뭔데. 그 기사 보니까 행복해요, 즐거워요,
기분 째져요, 하더라. 그리고 엄마 딸은 이혼하고도 잘 사는데
그놈의 오순도순이 뭐가 중요해?"

영아는 눈 한 번 깜박이지 않고 쏘아붙였다. 유리가 영아의
허벅지를 짧은 팔로 껴안은 채 눈을 말똥말똥 뜨고 자기
엄마를 올려다보고 있었다.

"네가 뭘 잘 살아. 두 번이나 이혼하는 미친년이 어디 있어."

"내가 그럼 불행해? 소희 아픈 데 없이 학교 다니고, 나도
회사 안 잘리고, 엄마도 정정하고. 다 떠나서 삼촌이 엄마가
만나자고 하면 만나 주기는 해?"

"왜 안 만나 주는데? 너는 삼촌 본 적도 없으면서 함부로
말하지 마."

"엄마가 괴롭혔잖아."

"그러면 남자가 남자 좋아한다는데 가만히 놔둬?"

"요즘에 꼭 남자랑 여자만 서로 좋아해야 한다고 생각하는
사람이 어딨어?"

"나가서 네가 한번 봐. 사람들 다 그렇게 살아."

"제발 그 말 좀 하지 마."

영아는 고개를 절레절레 저으며 옷을 갈아입으러 작은 방에

김서해

들어갔다. 그 애가 엄마는 정신병자라느니 욕을 중얼거리는 소리를 듣는 순간 누군가 가슴에 대못을 박는 것 같았다. 나는 식탁 위에 있던 성경책을 들어 영아를 향해 힘껏 던졌다. 영아는 놀란 듯 나를 보다가 성경책을 주워 다시 나에게 던졌다. 마치 결심이라도 한 듯 내 방에 들어간 영아가 모든 물건을 내 발치에 던지기 시작했을 때, 내가 다리에 로션 통을 맞고 잠깐 고꾸라졌을 때, 소희가 마침내 방에서 달려 나왔다. 소희는 영아를 말리면서 엉엉 울었다. 잠에서 깨어난 아버지가 호통을 치기 시작했다.

덩달아 꺽꺽 우는 유리를 품에 안으려 하자 영아는 유리의 팔을 확 잡아당겼고, 애들을 데리고 소희 방에 들어가 문을 걸어 잠갔다. 소희는 문이 닫히는 순간까지, 그 틈새로 나를 노려보았다.

언젠가, 내가 간호사가 되고 2년 정도 지났을 때 선배 한 명의 불륜을 문틈으로 목격한 적이 있다. 아무에게도 그 불륜을 언급한 적이 없지만 선배는 몇 달 동안 나를 쫓아다니며 교육을 구실로 퇴근을 못 하게 하고, 가끔 화장품과 가방을 빼앗고, 반성문을 쓰면 다른 간호사들과 돌려 읽다가 갈가리 찢었다. 성추행을 하는 진상 환자들도 전부 떠맡게 했다. 나는 일하는 여자들은 다 그런 싸움, 파벌, 낙오를 겪는다고 생각해서 어떻게든 버텼다. 집에 있으면서 돈 한 푼 못 버는 여자들에 비하면 백번 나았다.

그래도 마음이 너무 힘든 날에는 친구를 만나 속에 쌓인 고통을 모두 쏟아 냈다. 가슴을 퍽퍽 치면서 격분하고 바닥에 주저앉아 오열하면서. 나를 이해해 주는 친구는 없었다. 너 무슨 영화 찍니? 왜 이렇게 흥분했어? 히스테리도 적당히 부려야지. 네가 정말로 힘들면 선배를 고발하거나 이직을 해야지. 아무것도 하지 않으면서 왜 만날 때마다 징징대? 왜 좋은 날에 얼굴 보는데 네 직장 얘기를 들어야 해? 그럴 거면 애 낳아서 집에 틀어박혀 애나 키워.

그런 식으로 나를 맹비난하지 않은 사람은 단 한 명뿐이었다. 당시 살던 아파트 옆집에 나보다 네 살 많은 여자가 살았는데, 나는 야간 근무가 없는 날에 종종 그 여자와 함께 산책을 하거나 줄넘기를 하면서 언니 동생 사이가 되었다.

작은 기업의 경리였던 언니는 자기 회사 생활은 더 거지 같다고 했다. 회의 시간 내내 혼자 서 있어야 하고, 모든 남자들이 자길 무시하고, 한참 어린 정직원의 실수가 꼭 다음 날에 자기 탓이 되어 있다고 했다. 어째서인지 그 얘기가 참 반가웠다. 나보다 더 거지같이 사는 여자가 있다는 사실을 누가 내 앞에서 발설해 주길 기다려 온 것만 같았다. 다 그렇게 산다는 걸 알고 나니 모든 일을 해낼 수 있을 것 같았다. 다 나처럼, 혹은 나보다 힘들게 살고 있다고 생각하면 구원을 받은 것처럼 환하게 웃을 수 있었다. 그때부터 내가 남에게 주는 조언은 '다 그렇게 살아.'였다. 남편의 사업이 잘 풀리지 않아 빚이 몇 억으로 불어나던 해에도, 딸이 마흔일곱 번째 서류 탈락을 경험하던 해에도 나는 다 그렇게 산다고 말해 주었다. 내 말에 수긍하는 것 같던 영아는 어느 날

김서해

갑자기, 승진이 두 번이나 미뤄져 식탁에서 소주를 들이켜며
울다가 내게 말대꾸했다.

'그 말이 제일 싫어. 엄마는 그게 얼마나 폭력적인 줄 알아?'

'왜?'

다 그렇게 산다는 건 위안이 되어야 하는데 어째서
폭력적이라는 걸까. 그러나 딸이 이유를 설명한다 해도
별로 설득당해 줄 의지는 없었다. 나는 '폭력적'이라는
말이 끔찍하게 싫었다. 딸은 그 이후로도 가끔 내가
폭력적이라느니 권위적이라느니 판단력이 없다느니 별의별
폭언을 했는데, 그 애가 그런 커다란 단어들을 쓸 때마다
기분이 나빴다. 어디서 감히 잘난 척을 하고 가르치려 드는
것인지 이해할 수 없었다. 내가 밖에서 어떤 고생을 하며 자길
키웠는지 모르면서, 그깟 일 좀 안 풀린다고 엄마를 무슨 깡패
취급을 하고.

'네가 회사에서 승진이 미뤄진 건 네 능력에 문제가
있거나, 회사 사정이 안 좋거나, 여자라서일 텐데 왜 엄마한테
화풀이를 하니?'

'뭐라고?'

'네 문제는 네가 고칠 수 있거나, 아예 고칠 수 없으니
받아들여야 하거나 둘 중 하나인데 왜 너보다 고통의 경험이
많은 엄마를 보고 폭력적이라고 하는 거냐고. 너 잘되라고 해
주는 말도 죄야?'

나는 딸이 방에서 소희와 무슨 이야기를 나누든, 나를 얼마나

손가락이 미끄러지듯이   21

비난하든 아무 소리도 듣지 않으려고 노력하며 의미 없이 연락처를 뒤지다가 침대에 누웠다. 눈을 동그랗게 뜨고 눈알이 마를 때까지 기억을 더듬다가 잠들었다.

다음 날 이른 아침, 영아는 내가 깨기 전에 소희와 유리를 데리고 자기 집으로 돌아갔다. 나는 바닥을 닦고 거실에 널브러진 장난감을 치우고 노트북을 열어 어제 보았던 기사를 다시 찾아 스크롤을 천천히 내렸다.

오빠는 독일에서 첼리스트로 활동하다가 손을 다쳤다. 부상 전에 바이올리니스트 정수화를 만났고, 두 사람은 입대를 위해 같은 시기에 함께 한국에 돌아왔다가 연주하거나 음악 학도들을 가르치며 계속 한국에서 지내게 되었다. 오빠는 50대가 되었을 때 평생 교육원을 통해 사서 자격증을 땄다. 공공도서관의 야간 사서로 12년 동안 근무하다가 은퇴했고, 최근에는 정수화가 차린 현악기 학원에서 가끔 아이들 연주를 봐주거나 강의실 청소를 한다. 나는 애 엄마들이 동성애자가 운영하는 학원에 자녀를 보낸다는 사실을 믿을 수 없었지만, 오빠가 실패에도 불구하고 꽤 알차게 살았다는 것은 조금 자랑스럽기도 했다.

맨 아래에 적힌 기자의 이메일 주소가 눈에 띄었다. 아침에는 유독 시력이 나빠 화면이 잘 보이지 않았지만 어떻게든 메일을 작성해서 전송했다. 안녕하세요, 기자님.

김서해

기사 잘 봤습니다. 김희준 씨 친동생인데, 오랫동안 연락 끊긴 채 살았어요. 연락처 알 수 있을까요? 한번 만나고 싶어서요. 제 이름은 김순영입니다.

기자는 이틀 뒤에 회신했다. 내 메일을 김희준 씨에게 전달했더니 동생을 만나고 싶지 않다고 해서 연락처를 줄 수 없다는 내용이었다. 그 닿지도 않을 메일을 읽고 또 읽었다. 오빠가 나를 만나고 싶지 않아 한다고? 오빠를 마지막으로 만났을 때, 나는 오빠에게 도움을 주었고, 오빠는 '너만큼 나를 이해하는 사람이 또 있을까?'라고까지 했는데?

내가 작은 병원에서 일하다가 대학 병원으로 이직하고 몇 달 지나지 않았을 때였다. 나는 사람들 돌보는 것에 별로 관심이 없었고 쏟아지는 업무 탓에 자주 피폐해졌지만, 딸에게 주부 엄마보다는 간호사 엄마가 떳떳하고 더 좋은 영향을 줄 것 같아서 무슨 일이 있어도 일을 포기하지 않을 작정이었다.

오빠는 과호흡 증상으로 실려 온 어떤 남자의 보호자였다. 3교대 야간 근무를 마치고 퇴근하기 위해 겉옷을 입으며 걸어 나가던 나를 오빠가 발견하고는 우뚝 멈춰 섰다. 밖이 온통 캄캄한데 병원 복도는 빛도, 벽도 창백했다. 오빠가 검은 셔츠에 검은 바지를 입고 있던 탓에, 그는 창문에서 흘러나온 나온 그림자처럼 보였다.

우리는 서로를 단번에 알아보았다. 오빠는 짧게 깎은 머리를 제외하곤 시간이 멈춘 사람처럼 별로 변한 게 없었다. 출가 후 자기 힘으로 장학금을 받아 유학을 갔다고 들었는데,

아마 군대 때문에 한국에 돌아와 있었을 것이다.

'잘 지냈어?'

'오빠는?'

　오빠가 내게 말을 건 순간 나는 반사적으로 답했고, 그 흐름은 전혀 어색하지 않았다. 나는 겉옷을 마저 입으며 오빠에게 다가갔다. 그는 고달픔이나 괴로움으로 가득해 보였다. 번지르르하게 첼리스트가 되었을 텐데, 어째서 길에서 살거나 어디 오래 갇혀 있었던 사람처럼 고생을 많이 한 모습인지 알 수 없었다. 나는 병실에 누운 저 사람이 남자 친구인지 조심스럽게 물었다. 오빠는 나를 물끄러미 보다가 고개를 끄덕였다.

'밥만 잘 챙겨 먹어도 그런 안색은 아닐 텐데. 밥은 먹고 다니는 거야?'

　나는 엄마라도 된 것처럼 잔소리했고, 오빠는 송충이 같은 눈썹을 새끼손가락으로 살살 긁으며 웃었다. 나는 거의 무의식적으로 주머니에서 내가 챙겨 먹는 비타민을 꺼내 오빠 손에 쥐여 주었다. 우리는 나란히 걸으며 건물 밖으로 향했다.

'간호사 된다고 설치더니 정말로 됐구나.'

　오빠는 내 손가락의 반지를 보고 결혼했니, 남편은 어떤 사람이니 하고 물었다. 나는 선을 봐서 결혼했고, 남편은 대기업에 다니고, 딸이 태어났는데 엄마가 봐준다고 근황을 이야기했다.

'정말 잘됐다. 축하해, 순영아.'

　나는 오빠가 진심을 말하는지 연기를 하는 건지 알아보려고

표정을 살폈다. 예전에는 얼굴만 봐도 그의 말이나 반응이
진실한지, 거짓된지 알 수 있었는데 훌쩍 어른이 된 오빠는
가면을 쓴 것만 같았다. 나는 오빠에게 부모님, 삼촌과 숙모,
사촌들 소식도 전했고, 지갑에서 신생아 사진까지 꺼내 보여
주었다. 오빠는 딸 이름이 무엇인지 물었다.

'영아야. 꽃 영에 아이 아.'

'꽃의 아이 영아구나. 나중에 꼭 용돈 많이 줘야지.'

오빠는 우리가 언제라도 다시 만날 것처럼, 앞으로 계속
연락을 하고 살 것처럼 말했다. 우리는 병원 건물 주변의
정원을 거닐다가 후문으로 나가 여대 앞 거리를 걸었다.

곧 길이 갈라질 걸 예감한 나는 주머니에서 남은 비타민을
모두 꺼내 오빠에게 건넸다.

'야, 나도 이런 거 많아. 걱정 안 해도 돼.'

나는 오빠에게 남자 친구는 뭘 하는 사람인지, 두 사람 다
제대했는지, 독일에서도 교회에 다니는지 물었다. 오빠는
하하 하고 호쾌한 웃음소리를 내더니 내게 물었다.

'오빠가 너처럼 가족을 만들지 못할까 봐 동정하는 거야?'

'걱정이 돼.'

'걱정하지 마. 네 삶에만 집중해. 나는 없는 사람이야.'

분명 영아에게 용돈을 많이 주겠다고 했으면서 '없는 사람'
타령을 했다. 오빠는 돌아올 생각이 없었으면서 괜히 삼촌이
된 기분을 낸 것이다. 동생인 나의 비위를 맞춰 주려고. 나는
인상을 썼고, 오빠는 계속 웃었다.

'이상하게 기분이 좋다. 세상에 말이야, 너만큼 나를

이해하는 사람이 있을까?'

　나는 좀처럼 표정을 풀 수 없었다. 오빠가 남자와 사귄다고 부모님께 밀고하고, 오빠가 뒤지게 혼나기를 바라서 아빠 눈에 잘 띄는 곳에 야구 배트를 놔두고, 오빠가 정신 차리기를 바라서 사귀던 남자애 방에서 헐벗은 여자가 잔뜩 나오는 야한 잡지를 몇 권 훔쳐 오빠 방에 놔두기도 했다. 이해와는 분명 거리가 있는 행적이었다.

　'걔도 음악을 해. 독일에서 만났어. 우리 둘 다 정규 단원은 아닌데, 어떻게 잘 빌어먹고 살았지. 동네에서 화가 한 명이랑 작곡가 한 명이랑 패션 디자이너 한 명이랑 만나 친해졌어. 다섯이서 같이 살았어.'

　'다 남자?'

　'화가랑 작곡가는 여자고, 패션 디자이너는 남자. 우리가 1층 쓰고, 디자이너가 2층 쓰고, 여자들이 반지하 쓰고. 큰 주택이거든. 지붕이 주황색이야. 미치겠는 게, 온돌이 없다?'

　'교회는 가?'

　'가지. 한인 교회 가면 정착한 파독 간호사들이 있어. 아프면 챙겨 주고 그래. 볼 때마다 너 생각이 났어. 간호사가 됐으려나 했는데 대학 병원에서 일을 다 하고. 정말 잘됐다.'

　그 사람들은 다 동성애에 관대한가. 그 사람들은 뭘 해야 하고, 하면 안 된다는 신조도 없나. 교회 간다면서 신앙도 없나. 창의적인 일을 하니까 규칙도 없고, 멋대로 사는 거겠지. 그 간호사들도 오빠가 남자 좋아하는 거 알면 달라질 수도 있어. 나는 오빠와 오빠가 만났다는 사람들을 속으로 헐뜯다가 문득 드는 의문을 억지로 삼켰다. 내가 음악이나 미술 같은 걸 하는 사람이었다면, 외국에 오랫동안 산 사람이었다면 오빠를 이해할 수 있었을까? 하는 소망에 가까운 의문을.

'교회에서 만난 간호사 한 명이 그러더라. 마음에도 혈관이 있다면 말이야, 그건 아마…….'

나는 말을 끝까지 듣지 않고 달아났다. 차가 어느 방향으로 다니는지 제대로 살피지도 않고 무작정 뛰어 도로를 건넜다. 오빠는 나를 붙잡지도, 부르지도 않았다. 나는 오빠가 벌을 받기를, 불행하기를 강박적으로 바라면서 집으로 향했다.

더 솔직히 말하면 오빠가 나보다, 옆집 언니보다 더 거지같이 살 줄 알았는데 그렇지 않아서 분했다. 오빠의 삶은 독창적이고 강해 보였다. 차별받고, 무시당한 일을 털어놓으면서 '너도 그렇게 살지?' 하고 묻지 않고, 개척하면서 살아가는 외국 생활을 덤덤히 말하는 게 너무 미웠다. 그 옹졸한 마음을 들킨 게 분명했다. 그래서 나를 만나기 싫어진 거겠지. 내가 믿고, 내가 말로는 남자 친구니 뭐니 해도 자신을 끝내 깊이 이해하지 못하는 것이 슬프고, 그러니 나를 만날 이유가 없어진 거겠지.

오빠를 우연히 만났다 헤어진 다음 날 나는 오빠 몰래 치료비와 입원비를 수납해 두고, 오빠와 마주치지 않을 동선으로 다니면서도 한편으로 그 남자 친구의 호전을 기원했다. 음침한 생각이나 비정상적인 절차 같은 건 딱 싫지만, 그날은 꼭 그렇게 하고 싶었다. 그것도 쓸데없는 연민이라 생각해서 나를 더 싫어하게 되었을까?

여전히 종종 생각한다. 마음에도 혈관이 있다면 그게 대체 무엇일지. 그걸 기자에게 대신 물어봐 달라고 할까. 오빠를 다시 만나면 그것부터 묻고 싶었는데.

기자 쪽은 포기하고 다시 지인들을 물색했다. 내가 떠올린 사람 중에는 죽은 이들도 있었고, 죽었는지 살았는지 아리까리한 이들도 있었다. 다들 답이 없거나 모르겠다고 하니 이 얼마나 부질없는 짓인지 새삼 허망했다.

아버지는 집에서 나를 마주칠 때마다 연락처를 찾았는지 물었는데, 나는 솔직하게 답했다. 아직 못 찾았다고, 찾고 있다고.

변명하듯 말했다.

～～～

주말이 지나고, 영아는 댓바람부터 유리를 데리고 집에 왔다. 소희가 안 보이길래 행방을 물었더니 학원에 보내기로 했다고 말했다. 이제 학교 끝나면 학원에 가야 해서 내게 맡길 일이 없다는 의미였다.

"벌이가 빠듯해서 학원에 보내기 힘들다고 했잖아?"

"학원에 가고 싶다는데 어떡해? 보내 달라고 했어, 본인이."

"그래? 갑자기?"

"뭘 갑자기야, 엄마. 애가 6학년인데 늦어도 아주 늦은 거지. 그게 글쎄 너무 미안한 거야."

"무슨 학원 가는데?"

"영어랑 수학."

"소희 영어랑 수학 둘 다 잘하잖아. 내가 문제집도 여러 권 떼게 봐줬어."

"학원이 뭐 공부만 하러 가는 데야? 친한 친구랑 다니고 싶대."

영아는 유리와 손장난을 치며 조금 놀아 주다가 출근해야 한다며 부랴부랴 현관으로 달려가더니 구두를 구겨 신으며 말했다.

"엄마도 이제 시간이 좀 더 날 테니까, 유리 잘 때 다른 거 좀 해. 엄마 하고 싶은 거."

나는 영아가 나가는 것을 멍하니 보았다. 그렇게 밤에 물건을 던져 놓고 이제 와서? 하고 싶은 게 있었다면 소희를 돌보면서도 했을 것이다. 아무리 바빠도 틈을 만들었을 것이다. 내 인생을 전부 남에게 쓰게 만들어 놓고 이제 와서 무슨 소리야.

아이가 스스로 생각하고 돌아다닐 수 있을 때까지 얻는 것 하나 없이 애를 돌보다가 빼앗기는 것 같았다. 그걸 주기적으로 계속 당하는 기분이 들었다. 소희가 직접 와서, 얼굴이라도 보면서 이제 자주 못 오게 되었다고 인사라도 해 주었다면 이렇게까지 착잡하지 않았을 텐데. 나는 딸이 무급으로 고용한 유모에 불과하고, 정성을 다해 키운 아이를 자꾸 빼앗기고 있다는 부당한 느낌. 그 느낌으로부터 칼날이 수십 개 떨어져 심장이 파쇄되는 것 같았다.

엊그제까지만 해도 거실에 앉아 있던 소희를 이제 1년에 겨우 두어 번 볼 수 있겠구나. 소희에게 언니나 오빠가 있는 것도 아니고, 동생은 너무 어리니 참 외로울 텐데. 할머니가 필요할 텐데.

나는 소희가 내 손을 완전히 놓았다는 사실을 믿을 수 없었다. 언제부터 소희의 손가락이 하나둘 미끄러지기 시작했을까. 나는 우리의 수많은 외출을 떠올리다가 하나의 기억을 찾아냈다.

몇 년 전, 소희의 손을 잡고 을지로에 있는 금은방에 간 적이 있다. 같은 교회를 다니는 영아 또래의 남자가 운영하는 곳이어서 나는 안심하고 금을 팔았고, 생각보다 값이 안 나와 아쉬웠지만 별말 하지 않았다. 소희는 내게 찰싹 달라붙어 있다가 바깥에서 음악이 들리자 내 손을 슬그머니 놓고 유리문으로 향했다. 소희는 문을 살짝 밀며 유리에 얼굴을 박고 밖을 보았다. 밖에는 행진이 진행되고 있었다. 사람들이 깃발을 휘날리며 가발을 쓴 채 거의 반나체로 걸어 다녔다. 설마 내가 아이를 금은방에 두고 기절했다가 꿈을 꾸는 게 아닌가 싶을 정도로 해괴했다.

'저게 뭐예요?'

내 물음에 남자는 대수롭지 않게 답했다.

'아, 저거요? 퀴퍼요.'

'그게 뭐예요?'

'퀴어 퍼레이드요. 동성애자, 트랜스젠더 뭐 그런 사람들

김서해

나와서 춤추고 길거리 걷는 행사예요.'

'그런 걸 해요?'

'매년 했어요. 시청 앞 광장에서 주로 했었는데 요즘은 요 앞으로 나오더라고요.'

나는 나도 모르게 오빠를 떠올리며 물었다.

'혹시 거기에 늙은 동성애자들도 있어요?'

남자는 내가 이상한 걸 물은 것처럼 눈썹을 꿈틀거렸다.

'모르겠어요. 있겠죠, 없을 순 없겠죠?'

소희는 여전히 바깥의 무지개색 행진을 바라보았고, 나는 저걸 반대하는 사람이 없냐고 또다시 질문했다.

'있죠. 반대 세력인가 혐오 세력인가 해서 막 피켓 들고 꽹과리 치면서 동성애 반대! 동성혼 반대! 외치는 무리도 있어요.'

'우리도 거기 나가야 하는 거 아니에요?'

그는 '우리요?' 하고 되물으며 하품했다. 이 대화가 너무 지루해서 당장 죽을 수도 있겠다는 듯이 입을 벌려 댔다.

'사랑은 개인의 일이잖아요. 그렇게까지 해야 해요?'

나보다 서른 살은 어린 그 남자는 천천히 금반지를 닦으며 한 수 가르쳐 주는 말투로 덧붙였다. 나는 내 말에 따박따박 말대꾸하는 영아가 생각나서 나도 모르게 언성을 높였다.

'사랑은 개인의 일일지 몰라도, 결혼은 사회와 세계의 일입니다. 시스템 말이에요. 그게 무너지면 되겠어요?'

'아, 그럼 결혼만 반대하시는 건가요? 동성애는 괜찮고, 동성 결혼만?'

손가락이 미끄러지듯이　　　　　　　　　　　　31

남자는 조금 빈정거리더니 씩 웃고는 결혼이 계약이고 시스템이지만, 동시에 개인의 일이라고 말했다. 나는 그 사람이 목사도 아니면서 나를 훈계하는 것이 마음에 들지 않아서 금값을 받자마자 소희를 데리고 밖으로 나왔다. 노랫소리가 들리지 않게 귀를 막고 행진이 이뤄지는 길 반대편으로 가서 아무 버스에나 올라탔다. 소희는 꼿꼿하게 고개를 돌리거나 꺾어 가며 무지개의 향연을 구경했다.

　나는 젊은 사람들을, 특히 영아를, 또 소희를 마주하고 있을 때마다 이상하게 억울했다. 다 나를 지적하고 비판하는 것 같았다. 딸과 소희는 나와 나의 부모가 하는 일은 전부 잘못된 것처럼 구는데 가끔은 불안했다. 정말로 그 애들 쪽이 진실이면, 선이면 어떡하지. 연옥에서 하나님 아버지를 만날 때, 그가 딸의 얼굴로, 소희의 얼굴로, 어쩌면 오빠의 얼굴로 내 앞에 서면 어떡하지?

　늦은 오후가 될 때까지 나는 온몸 속을 흘러 다니는 불안을 가다듬기 위해 돋보기로 잠언을 읽었다.

　저녁에는 아버지가 밥 안 먹냐면서 내 방문을 두드렸다. 그러면서 아버지는 여전히 내가 오빠의 연락처 또는 주소를 모르는지 물어봤다.

　"어지간히 집 나간 아들한테 집착하시네."

　"뭘 집을 나가. 쫓아낸 건데."

　아버지는 자기가 한 일을 잊거나 왜곡하지 않고 제대로 알고 있었다. 그렇다면 왜 오빠를 찾아오라고 하는 걸까. 왜 구태여 앞에 불러다가 한 소리 하려는 걸까. 아버지가 화가

김서해

난 이유는 결혼 기사 때문이니 오빠의 뒤늦은 법적 결혼을
막으려는 것 같긴 해도, 지금 와서 막는다고 막을 수 있는
것도 아니지 않은가. 동성애자로 한평생 산 일흔 살 남자를
지금 와서 여자랑 선을 보게 할 것도 아니겠지. 돌아가시기
전에 얼굴이나 한번 보려는 심산일까.

"아버지. 혹시 오빠 쫓아낸 걸 후회한 적 있어요?"

"그런 적 없어."

아버지는 후회해 봤자 아무 소용도 없다고 답했다.

"걔가 계속 집에 있었으면 축의금은 축의금대로 뿌리고
거두는 건 한 푼도 없었을 거야. 그래도 너보다는 돈을 벌었을
테니 부모한테 좀 쥐여 줬을지도 모르겠다."

아버지는 공허한 눈으로 주절거렸다. 나는 침묵했지만
아버지는 아무도 묻지 않은 말에 혼자 답했다. '하나도
미안하지 않아. 미안하다고 해야 하는 건 그 녀석이야.'라고.

어지간히 오빠가 돌아오는 상상을 했나 보다. 오빠가
무릎을 꿇고 사죄하는 상상, 그를 받아 주는 상상. 나보다는
돈을 더 벌었을 오빠, 부모한테 돈 좀 쥐여 줬을지도 모를
그 김희준을 애타게 기다렸나 보다.

하지만 그게 도대체 누군데? 어디 있는데.

허탈했다. 그간 바쳐 온 나의 노동, 보살핌과 사랑은
아무것도 아닌 거야? 일어나지도 않은 일에 비할 만큼? 오늘
이 순간까지도 참 순진했구나. 나름대로 오래 살았다고,
사는 동안 이런저런 고통을 겪었다고, 수많은 사람을 모시고
키우며 세상을 알게 되었다고 자부하고서는 이것밖에 되지

손가락이 미끄러지듯이

못했구나.

오빠가 마치지 못했던 말이 떠올랐다. 마음에도 혈관이 있다면 말이야.

마음에도 혈관이 있다면, 그건 뭐야? 무엇을 운반해서 어디로 보낸단 말이야? 사람 마음에 꼭 있어야 하는 감정이 있고, 그게 흘러 다니는 통로가 있다면, 그건 대체 무엇일까.

나는 아버지 말이 부정하다고 생각하지 않았으나 갑자기 서러워졌다. 눈앞이 아주 깜깜했다. 문득 왜 소희가 가지를 먹으라고 하면 하나도 먹지 않았으면서 먹었다고 뻔뻔하게 답하는지 잘 알 것 같았다. 영아도, 심지어는 나도 그런 딸이었던 순간이 있었을 것이다. 부모가 나의 어떤 부분을 받아들이지 않아도 어쩔 수 없는 순간. 설득할 필요가 없다면 갈등할 이유도 없어지는 순간. 다만 그렇게 체념하고 돌아서면서조차 부모의 비위를 맞추는 순간. 오빠가 세차게 놓았던 아버지의 손에 나는 여태껏 머리를 대고 있었고 무엇을 위한 것인지는 알 수 없으나 용기를 냈다. 미끄러질 용기를. 나는 소희의 손가락이 내 손으로부터 미끄러진 것처럼 아주 예의 바르게 아버지의 손에서 미끄러질 것이다.

"기사 보니까 정수화가 서초에서 학원을 운영한대. 그 학원에 찾아가 봐."

아버지는 말이 없는 내게 당신다운 조언을 덤으로 했고, 나는 조용히 고개만 끄덕였다.

"네가 아직 눈이 꽤 보여서 운전할 줄 아는 것이 다행이다."

나는 서초에 가 보겠다고 답했지만, 그 학원을 찾아보지

김서해

않을 것이다.

아마 내일 오전이나 낮에 나간다면 버스를 탈 것이고, 노란색 시트가 덮인 노약자석에 앉아 동네를 한 바퀴 둘러볼 것이다. 아파트의 창문들을 보며 어떻게들 사는지 관찰할 것이고, 새로 생긴 가게가 있다면 그 가게의 이름을 외울 것이다. 아무 정류장에나 내려서 가까운 도서관까지 천천히 걸어갈 것이고, 성경을 한 자 더 읽을 것이다. 해가 지면 소희에게 잠깐 전화를 걸어 안부만 물어보고 끊을 것이다. 언제든지 할머니를 보러 와도 된다고 하고 싶지만, 보러 와 달라고 하는 편이 더 솔직하겠지. 그러니 아무 말도 하지 않을 것이다.

몇 년 동안 본 적도 없고, 전화도 해 본 적 없고, 나를 만나기를 원하지 않는 오빠에게 가지는 않을 것이다. 내가 모르는, 이미 흘러간 오빠의 삶을 상상하지도 않을 것이다. 마음에도 혈관이 있다면 말이야, 그건 아마 양심이 아닐까? 내가 오빠를 어떻게 생각하는지, 오빠를 만나는 데 자격이 필요하다면 그 자격이 있는지 헤아렸고 내게는 아무것도 없었다.

하지만 아버지나 숙모가 오빠를 만났냐고 물으면,

나는 아마 소희처럼 답할 것이다.

네, 만나고 왔어요.

그러면 어땠는지 묻겠지.

그때는 이야기를 지어낼지도 모른다. 손가락이 미끄러지듯이.

차라리 없는 일을 지어내고 싶다. 옛날 생각을 너무 많이 하지는 않으려고.

김서해

무언가를 하지 않는 것도 그것을 하는 것만큼이나 정치적인 행위라는 말을 종종 생각하곤 해요. 그건 어떤 상황일까 상상하다가 쓰게 된 소설입니다. 신기했던 일 한 가지를 공유해 봅니다. 소설에는 희준이 순영에게 "마음에도 혈관이 있다면 말이야."라고 말하는 부분이 있는데요. 저도 모르게 이 대사를 썼어요. 마치 실제로 있었던 일을 기록하는 것 같은 기분이었어요. 그런데 그다음은 도저히 생각이 안 나더라고요. 그래서 '말이야.'까지 타이핑하고 굉장히 오랫동안 가만히 있어야 했답니다. 뭐라고 해야 하지? 이게 갑자기 어디서 나온 말이지? 혼란스러워서 어쩔 줄을 모르다가 비워 두게 되었습니다. 차라리 질문하기로 했어요. 제가 지어낸 순영의 결론이 나오긴 하지만, 차치하고 여러분의 답을 들어 보고 싶습니다. 마음에도 혈관이 있다면 그게 대체 뭘까요?

손가락이 미끄러지듯이

지옥에 갈 수는 없겠지만 지금은[1]

박소민

죽은 사람들의 집을 치우던 스물여덟 살의 트럭 운전사 솔은 옥수수 텃밭 한가운데 파종 현장에 오뚝 서 있다. 어제까지는 대전 반석동의 이선주였지만 이제는 하월곡동 근처 이름 모를 동네의 솔이다. 도망친 게 아니라, 잠깐 옮겨 온 거다. 솔은 처음부터 그렇게 생각했다. 그걸 도망쳤다고 하는 거야, 마지막으로 연락을 주고받은 친언니는 말했다. 그런 떳떳하지 않은 곳으로 갔다는 건, 숨죽여 살든 죽은 사람이 되든 무엇이든 비겁한 거란다.

잘 살아, 잘 먹고.

전화가 끊어진 후 솔은 폐차 직전의 소형 픽업트럭을 건져 내 한밤의 고속도로를 달달 달렸다. 헤드라이트를 깜빡이며 달리던 길에 가로등이 하나둘 모습을 드러냈고 서울이구나, 이제 정말 도심이야, 차창 안으로 내리치는 백열등 빛만큼이나 환하고 명징해진 사실이 솔의 가슴 깊이 파고들었다.

밤이 깊고 어스름이 도시에 깔리면 골목마다 즐비한 철문, 영원히 열리지 않을 듯 굳게 잠긴 도넛 모양의 둥그런 문고리들이 거짓말처럼 열리기 시작한 사창가. 솔의 친언니 이해주는 거리 한복판에 덩그러니 놓인 명문 과학고등학교에 다녔다. 다른 학교보다 2시간쯤 빠른 기숙사 통금 시간, 학교 앞 주차장을 가득 채운 학부모 차량, 유독 검게 선팅한 셔틀버스…… 자랑스러운 학교와 부끄러운 도시. 졸업생들은 동네를 그렇게 기억했다. 부끄러운 동네에는 도로명도 정류장 이름도 드문드문했고 문제의 거리 앞에는 '여기서부터는 길이

---

1   소설의 제목은 영화 「우리는 천국에 갈 순 없지만 사랑은 할 수 있겠지」에서 변형 인용.

지옥에 갈 수는 없겠지만 지금은   39

없습니다' 표지판과 함께 샛노란 바리케이드 선이 그어져
있었다. 학생들은 졸업하자마자 동네를 떠났고, 도시를
세탁해 보려는 사람들이 책방과 카페들, 소극장을 군데군데
꾸며 두었지만 한 번이라도 이곳에서 살았던 사람들에게는
여전히 부끄러운, 이름 없는 동네였고.

솔은 잡초와 벼 싹, 고구마 줄기와 포도 넝쿨, 구황작물과
과일을 키우는 농가가 있는 동네로 향했다. 이름을 지우고도
살 수 있고, 장을 보지 않고도 살 수 있는 곳이었다. 버려진
땅을 지키려고 모인 사람들의 농가. 건물명도 도로명도 없이
오로지 x, y축 좌표만으로 식별할 수 있는 비옥하고도 황량한
땅. 그곳이 솔의 목적지였다.

잘 살고 잘 먹기. 내가 그걸 지금 해 보려는 거야.

솔은 잠시 심호흡을 하고, 새벽녘의 찬기와 못지않게
얼어붙은 얼마간의 침묵 후에 덧붙였다. 태어날 때부터
부르고 또 불러서 나달나달해진 호칭을. 언니, 잘 살아. 더는
이선주가 아니게 된 솔은 펄럭거리는 소리를 뒤로하고 액셀을
밟았다. 고속도로를 빠져나온 지는 한참 전, 목적지가 눈앞에
아른거리는데도 아랑곳 않고 속도를 높였다. 주변은 점점
어두워지고, 밤공기는 차게 식어 가고, 배는 고파 오고.

배고파?

그럼 나를 먹어. 솔은 어떤 소리를 들었다. 꿈인가.
자면서도 눈을 뜰 수 있구나, 생각할 겨를도 없이 신작로
한가운데였다. 안개가 아슴히 내려앉아 물기로 흥건한 흙밭,

낙엽이 겹겹이 쌓여 이루어진 거대한 낙엽 무덤. 등을 맞대고 누운 자리가 땀인지 수분인지 이유 모를 축축함으로 젖어 들어왔다. 아까와 같은 음성이 다시 들려왔다. 나를 찾아. 찾아서 목을 콱 따. 과육이 피처럼 똑똑 떨어지면 입가를 달큼히 적셔. 그 말이 경고보단 지시같이 들렸던 솔은 자리에서 일어났고 어둡고 희부연 안개를 헤치고 닿는 대로 걸음을 내디뎠다. 누구세요, 누군데 절 부르시는 거예요. 나무 한 그루 없는 황량한 땅을 마구 헤매어 걷는데 자꾸만 움푹 팬 골에 발이 빠졌다. 무엇을 찾아 달라는 것인지도 모르면서 어딘가 간절한 음성에 이끌려 다가간 곳에 엄지보다 작은 캠벨 포도 한 알이 놓여 있었다. 둥지에서 굴러떨어진 새알처럼 친구도 가족도 없이 홀로. 솔이 껍질을 벗겨 내자, 씨까지 들여다보일 만큼 투명하고 매끈한 속살이 드러났다.

뭐 해? 날 먹으라니까. 끊어질 듯 끊어지지 않고 이어지는 포도의 소리를 들으며 잠에서 깼다. 길목에 세워 둔 트럭 안, 목 끝까지 끌어올렸던 담요를 걷어 내며 눈을 비볐다. 솔은 늘 몽타주 같은 꿈을 꾸었다. 일어나지 않은 일을 미리 꾸는 사람도 있다는데 솔이 하는 일은 이미 벌어진 일의 빈틈을 채우는 것이었다. 세상에 가족이라곤 언니와 자신만이 남았을 때도, 하나뿐인 친구 영이 죽고 난 뒤에도 솔은 자신이 보지 못한 죽음의 순간을, 떠나기 직전의 차림새와 표정을 목격했다.

솔은 선팅된 차창을 내렸다. 밤새 본 것과 눈앞의 광경을 맞추어 보려고……. 네모난 농가를 기다란 농막 두 채가 꺾쇠처럼 에워싸고 있는 작은 동네였다. 사람들이 모여

지옥에 갈 수는 없겠지만 지금은

각자의 작물을 길러 냈고 나누어 먹었고 잉여 작물은 거두어
도매에 넘겼다. 그 덕에 누구나 고시원 단칸방 월세의 반값만
내고도 지낼 수 있었다. 이곳에 대해 처음 말해 준 사람은
당시의 과고생이었던 친언니 해주. 학교에서 멀지 않은
곳에 똥밭이 있어, 가면 안 되는 곳이. 언니는 입버릇처럼
이야기했다.

　똥밭은 해주가 가장 오래 떠올리고 가장 무서워했을 곳.
성공과는 거리가 먼, 그래서 오지 않기 위해 죽어라 열심히
살았을 곳. 자매의 대화 속에서만 존재하는, 있지만 없는
곳. 그리고 영이 죽기 전 마지막으로 머물렀던 곳. 해주의
친구는 솔의 친구이기도 했으므로 솔 역시 하루아침에 친구를
잃었다. 남은 친구가 죽은 친구 한 명뿐이야. 해주는 밤마다
그 이야기를 끄집어냈다. 지겹도록. 죽음은 지겹지 않았지만
한탄은 지겨웠다. 솔은 자신이 할 수 있는, 가장 잘하는 일을
해야 했다. 죽은 사람의 집을 찾아가는 일……. 그리고 남은
흔적을 말끔히 정리하는 일. 그런 일을 하며 솔은 언니와 둘이
사는 집의 월세를 내고 생활비를 벌었다.

　잎을 모두 떨어뜨린 앙상한 가지와 싹 하나 나지 않은
맨땅, 잘려진 나무들. 새들이 쪼아 먹고 땅바닥에 떨어져
쭈글쭈글한 껍질로만 남은 열매. 유독 죽음은 솔에게
솔직했다. 솔 앞에 나타나 속을 까뒤집어 보여 주었다. 그
덕에 솔은 청소부를 하며 적지 않은 돈을 벌었지만, 아주
가끔은 자신에게 밝고 환한 재능이 있었다면 어땠을까,
생각해 보곤 했다.

　　　　　　　　　　　　　　　　　박소민

기르고 살리는 일.

그런 일을 하고 싶어서 이곳으로 왔다. 트럭에서 내려 몇 걸음 내디뎠을 뿐인데 식은땀이 목덜미를 타고 흘렀고 솔은 정말로 울퉁불퉁한 밭을 오래 걸은 듯 발끝이 아렸다. 포도나무 앞에서 엉겨 붙은 넝쿨을 검지로 꼬아 보고 있던 솔에게 제복 입은 남자가 다가왔다. 그는 손님을 맞이하고 방을 배정하고 침입자를 통제하는 사람이었다. 솔은 그의 이름이 순경, 쯤 된다고 생각하기로 했다. 순경 씨, 하면 정말 사람 이름처럼 들렸다.

—그건 이쪽 사람들 거고 외부인은 저쪽, 농작물 담당입니다.

순경 씨가 말했다. 나무가 키우기 어려워서 그런가요, 솔의 물음에 여러해살이 풀이라서요, 하는 대답이 돌아왔다.

—한번 망치면, 여러 해를 망치니까?

—언제 사라질지 모르는 사람한테 생애를 맡길 순 없는 거니까.

나무에 비하면 작물은 고작 해 봐야 한해살이였다. 질문을 하면서도 솔은 알았다. 길러지는 것들의 생태 주기로 기르는 사람이 얼마나 남아 있게 될지, 그 유통기한을 알아맞히는 감각이 어떤 것인지. 솔은 얼음이 덜 녹아 깡깡 얼어 있던 흙을 맨손으로 파헤치며 안에 어떤 씨앗이 들었는지 만져 본 적이 있다. 영의 창가 바로 앞에 자리 잡았던 다섯 뼘 길이의 화단에 관한 기억이었다. 과학고에 다니던 시절, 영은 기숙사 생활을 했고, 솔은 종종 영의 방에 놀러 가서 영과 영의 물건들을 구경하곤 했다. 영은 기숙사 방 한편에 고추와 오이, 바질과 파슬리를 직접 키웠다. 다 키우면, 더 심을 거야. 한 줄기는 오래 못 살아도 여러 줄기 심으면 그중 몇 개는 살겠지. 뿌리도 깊게 내리고. 무럭무럭 자라라, 오래오래. 영은 정말로 오래 남아서, 무엇이든 키워 낼 사람 같았다.

　—오래 있을 사람이면요?

　—오래 있고 빨리 떠나고 하는 건, 선택과 결심의 문제가 아닌 것 같아요.

　—그럼?

　—적응의 문제랄까요. 누가 여러 해를 견딜 수 있나. 그보단 환경이 누구한테 덜 춥고 덜 가혹하나. 어제는 떠날 것 같은 사람이 남아 있기도 하고.

　평생 남아 있을 것 같은 사람이 떠나기도……. 순경 씨의 말을 이어받다 말고 솔은 입을 다물었다. 등을 맞대고 방을 쓰던, 택배 상자를 세 박스씩 쌓아 둔 룸메이트의 책장과는 달리 텅텅 비어 있던 방. 침대 아래 놓아둔 캐리어. 매일 비우던 쓰레기통. 영이 떠날까 불안해질 때면 솔은 미니 텃밭의 흙을 살살 파내어 손을 넣어 보았다. 발아하지 않은, 발아를 기다리는 씨앗의 존재가 만져졌다. 솔은 영이 앞니로 비틀어 목을 딴 영양제 통을 몰래 가슴팍에 숨기고는 방을 빠져나왔다. 떠날 거면 씨를 심지 않았겠지.

　미래를 준비하지 않았겠지.

　아가씨, 아직 모르는구나. 순경 씨는 중얼거리며 씨앗을 한 움큼 건네주고는 농막으로 향했다. 오늘 떠날 사람도 내일에

　　　　　　　　　　　　　　　　　　　박소민

대비해.

10분 뒤에 죽으려고 내일의 계획을 세우는 마음. 그런 게
뭔지, 그런 사람이랑은 어떻게 가까워지는지. 솔은 도무지
알 수 없었고 다른 밭을 지나 옥수수 앞에 멈추어 섰다.
옥수수로 빵을 만들며 살 거야. 솔과의 마지막 통화에서 영이
말했다. 영은 계절마다 가장 좋아하는 빵 하나씩을 마음에
품었다. 한 번도 만들어 먹은 적은 없었지만, 좋아하는 대상이
있다는 게 영에게는 중요했다. 그것만으로도 영은 한 계절을
견디어 낼 수 있었다. 사람을 쉽게 좋아하지 못하는 영은
사람을 이루는 조각을 좋아하기로 했다. 삼키면 몸의 일부가
되는 것. 잘게 부서져 뼈에, 혈관에, 조직 곳곳에 스미고
흘러서 완전히 사라졌다고도 온전히 존재한다고도 할 수
없는 것. 왜 하필 옥수수야? 솔은 물었던 것 같다. 구황작물
중에서 유일한 주요 작물이라서. 뭐가 주요 작물인데? 영은
진지하게 대답했다. 싸고, 영양분 많은 거. 막 키워도 안 죽고
살아남아서, 많이많이 먹여 살릴 수 있는 거.

―저 혹시, 이 옥수수 키워도 되나요.

순경 씨는 그러세요, 흔쾌히 대꾸했다. 솔은 자신이
일종의 청소를 하러 왔다고 생각했다. 영이 살았던 일상,
그렸던 궤적을 그대로 따라가 보는 것까지가 솔이 생각하는
청소였다.

살고 싶었을까.

살고 싶었겠지, 어느 순간엔. 영은 핸드폰을 버리지
않았다. 모든 것을 버리는 동안에도 핸드폰만은 간직했다.

요즘은 달력도 연동이 돼. 매달 첫날 영은 그달의 계획을 올려 두었고 대체로는 옥수수 물 주기, 빵 반죽하기, 같은 짤막한 일정이었지만 솔과 해주는 무언가 표시된 달력을 보며 불안함을 달랬다. 혹은, 안도했다. 친구를 만들지 않고, 혼자 숨어 지내면서 살아가는 영의 모습을 보며 솔은 내심 기뻤다. 영은 솔의 유일한 친구였고 솔이 유일하게 사랑하던 사람이었으니까. 그 무렵 해주는 연애를 시작했다. 같은 대학교 출신이라고만 하고 이름도, 성별도, 나이도, 그 어느 것도 알려 주지 않았지만. 솔도 굳이 알려고 하지 않았다. 언니가 누구를 만나는지 궁금해하지 않은 건 영 쪽도 마찬가지였다. 평생 애일 줄 알았는데, 어느덧 커서 사랑도 하네. 투명한 축하를 건네는 영의 태도를 도리어 해주가 서운해했다.

그래도 우린 단짝이었는데.

그래 단짝이니까.

그래서 축하하는 거야. 언니는 술만 마시면 그때 그 말을 건네던 영의 입술 모양에 관해 이야기했다. 정말 온전한 하트 모양이었어. 가슴을 후벼 파는 말을 할 때도 입 모양만큼은 완벽한 하트.

영을 기억하는 사람들은 입을 모아 말했다. 영은 없는 것, 원래 비워 두던 자리. 그러려고 탄생한 숫자입니다. 영과 해주의 과학고등학교에는 졸업생만 접속할 수 있는 온라인 주소록이 있었다. 영이 떠나고 닷새째 되던 날 솔은 해주의 학생증에 적힌 학번으로 접속했고, 15기 졸업생 목록을

훑어보았다. 어디에도 영은 없었다. 사람이 영영 사라졌으니, 주소도 없으니, 세상에 없는 건 남겨 둘 이유도 없었다. 수학적으로는 타당한 방식. 솔은 타당히 지워진 자리를 말없이 바라보았다.

수학적이란 게 무엇이지, 타당한 건 또 뭐지. 솔도 언젠가 그런 질문을 품은 적 있다. 솔은 공부 대신 일을 하는 자신을 한심하게 생각하던 언니와 언니가 골몰해 있던 수학이 더 한심했다. 아름답다고 하는데, 수학책엔 의미를 알 수 없는 수식들이 가득했고 모르는 것에서는 아름다움을 느낄 수 없었다. 이토록 복잡한 계산도 한다면 우리가 사는 집 1평을 유지하기 위해서 드는 돈이 얼마인지, 불을 한 번 켜고 물을 틀고 온도를 1도 높이는 데 지폐 몇 장이 갈리고 있는지도 알 수 있지 않나. 동생에게 어떤 숫자들을 위임하고 있는지 그런 건 모르나. 모르고 싶은 건가. 아님 그런 계산법은 안 배우나……

그런 한심한 언니도 기특한 구석이 있었다. 사회적배려대상자 전형으로 입학한 학생들은 수학 스터디에 끼워 주지도 않는다고, 이름 대신 사배자라고 불린다고, 불평 한번 없이 졸업한 것. 언니가 졸업한 뒤에야 과학고란 곳은 부모도 돈도 없이는 다니기 어려운 학교라는 걸 알았다. 나는 네 짐을 나누어 들지 않겠지만, 내 짐을 너에게 주지도 않을 것이다. 그게 이해주의 방식이라는 걸 솔은 뒤늦게 알았다.

방식 같은 게 있는 줄도 모르던 시절, 솔은 언니의

가방을 몰래 뒤져 손에 잡히는 책을 펼쳐 본 적 있다. 미분기하학이라는 제목이 크게 박힌 양장 표지를 왼손에 받치고, 페이지를 휘리릭 넘기다 숫자가 적혀 있지 않은 장, 오로지 도형만으로 이루어진 장에서 멈추어 선 적이. 커다란 삼각형 안에 작은 삼각형이, 작은 삼각형 안에 그보다 더 작은 삼각형이, 그렇게 같은 모양이 서로 크기를 계속 줄여 가며 혹은 늘려 가며 페이지를 가득 채우고 있었다. 프랙털, 솔은 난생처음 듣는 말을 소리 내어 발음해 보았다. 모르는 것을 발음해 본다고 아는 것이 되지는 않았지만, 그걸 아는 사람의 말을 알아들을 수는 있게 되었다.

　무한한 삼각형의 이름은 개스킷이었다. 풀 네임은 시어핀스키 개스킷이었지만 개스킷이 입에 붙었다. 크고 작은 삼각형 하나하나를 개스킷이라고 부른다고 했다. 개스킷 아래에는 삼각형이 작은 삼각형을 낳고, 그렇게 끝없이 뻗어 나가는 구조의 눈송이 그림이 있었다. 한 삼각형에서 뻗어 나온 세 개의 삼각형, 그 삼각형에서 각기 뻗어 나온 세 개의 삼각형…… 나뭇가지와 고사리, 포도 그림도 있었다. 생긴 건 조금씩 달라도 원리는 비슷했다. 솔은 언니가 주곤 하던 세 가지 소원권을 떠올렸다. 한 해의 마지막 날이면 건네 오던 반들반들 복사된 손바닥만 한 소원권. 솔의 소원은 늘 새로운 소원권 세 장이었다. 소원은 없고, 소원이 늘어나기를. 무엇을 원하는지 다 잃고 잊기 전에 원하는 게 뭐야? 묻고 또 물어 주길 바랐다. 그런 끝없는 질문이 갖고 싶었다.

　—원하는 방 있어요?

저녁 무렵 순경 씨가 다시 말을 걸어왔다. 방을 치우는 사람도 머물 방이 필요하니까. 눈 아래까지 눌러쓰고 있던 볼캡을 벗자 순경 씨의 표정이 더 또렷이 보였다. 낯익은데. 어디서 봤더라…… 솔은 기억을 뒤적이다가 영의 졸업생 주소록 속의 수많은 연락처들과 얼굴들을 넘겼고 한 얼굴과 만났다. 솔은 그에게 혹시 근처에 사셨나요, 물었고 그는 망설이다가 작게 끄덕였다. 학교를 이쪽에서 다녔어요. 다닐 때 애들끼리 여기로 오지 말자는 말을 달고 살았는데, 오지 말자, 오지 말자, 하다가 어느새 왔어요.

―어른들이 그러잖아요. 좋은 것이든, 나쁜 것이든, 입에 함부로 담지 말라고. 입에 담는 순간 다 돌아온다고. 우리끼리 똥밭, 똥밭 거리니까 정말 똥밭에 내려앉은 거 있죠. 허공을 떠돌다 땅에 착륙한 씨앗처럼.

―과학고 나오셨어요?

―그걸 어떻게?

―이 주변에 있잖아요. 언니가 그 학교 나왔어요. 똥밭, 똥밭, 하는 것도 언니한테 들은 적 있고. 그 학교 유행어인가 보다, 했어요.

―지금은 과학고가 아니긴 하지만요.

―과학고가 아니에요?

―얼마 전에 일반고 전환됐어요. 과학중점학교도 아니고 그냥 일반고.

입에 담는 순간 다 돌아오나. 인과가 어떻든 결말만 같은 것도 뱉은 말이 돌아오는 것으로 쳐준다면 그럴지도. 솔이 언니의 기숙사를 오가며 주워 담은 무수한 어른들의 예언도 모조리 맞아떨어졌다. 사배자인 애들 말이야. 죽어라 해도 다른 애들 못 따라잡아. 누군가 말했다. 개천에서 용 날 수도. 옆 사람이 대꾸했다. 유달리 독하거나 유달리 천재면 명이 짧더라. 누군가가 또 말했다. 그 독기로, 살기도 독하게 살지도. 옆 사람도 또 대꾸했다. 둘이 있으면 하난 잘 살고 하난 못 살겠지.

솔은 그 대화를 기억한다. 당시 사배자 전형으로 입학한 사람은 영과 해주, 두 사람이었다. 모든 선생님은 어떤 면에서 점성술사 같다고, 결과적으로는 정말 하난 잘 살고 하난 살지 못하게 된 이 예언은 너무나, 뭐랄까. 좆같다고 생각하며 솔은 같은 학교 어딘가에 살아 숨 쉬고 있었을 학생 시절의 순경 씨를 떠올리며, 지금의 그를 물끄러미 건너다보았다.

—이곳에 나 같은 사람도 있어요. 그 학교 나온 사람들. 많지는 않아도.

시험이 아무리 어렵게 나와도 80점을 넘기는 친구들을 보며, 시험이 아무리 쉽게 나와도 50점을 넘길 수 없다는 것을. 50점이 내 최고점이자 한계선이라는 사실을 매일 같이 배우고 몸에 시뻘겋게 새기며 궁극엔 50점으로 불리게 된 사람들 말이에요. 솔은 그런 점수를 받아도 좋은 학교에 갈 수 있지 않느냐고 했다. 갈 수 있었다. 실제로 갔고. 순경 씨는 좋은 학교에서 친구들이 우수한 성적을 받고, 대학원에 가고, 전문연구요원으로, 국가기관의 연구원으로, 부교수로 자라나는 모습을 보았다. 공부만을 알면 되었다. 자신과 공부,

박소민

두 개만 존재한 듯 살면 되었다. 그러면 꿈꾸던 어른이 될 수 있었다.

모든 것에 지쳐 버렸달까요. 난 이제 경쟁도 열패감도 싫어요. 순경 씨는 주머니에서 열쇠 꾸러미를 꺼냈다. 모두 0이 새겨진, 홈 모양과 개수만 미세하게 다른 꾸러미들 사이에서 솔은 가장 최근 비워진 방을 골랐다.

—가장 마지막으로 떠난 사람이요. 그 사람이 묵었던 방을 좀 보고 싶어요.

—아는 사람이 있는 거예요, 떠나고 싶은 거예요?

둘 다요, 대답하고 싶은 걸 참고 솔은 아는 사람은 없고 그저 마지막으로 비워진 방을 손수 청소해서 쓰고 싶은 거라고 했다. 한 번도 닦지 않은 바닥이랑 너무 더러웠는데 박박 닦아 낸 바닥이 있다면, 어느 바닥이 더 깨끗할까. 언니의 학교 주변에 가장 값싼 집을 고르며 솔이 했던 생각. 그리고, 죽은 사람들의 집을 청소할 때마다 했던 생각. 집을 구할 때도, 구한 뒤에 어떻게 살지 떠올릴 때도, 일의 이유를 찾을 때도 그 질문은 도움이 되었다. 순경은 수많은 열쇠 중 하나를 꺼내어 건네며 근데 아가씨 있잖아, 말문을 열었다.

—언젠가 확 떠나 버리고 싶어져도요, 여기 있는 사람한텐 말하지 마요. 나한테도.

왜요? 솔의 질문에 그는 그냥, 나쁜 건 입에 안 담는 게 좋으니까, 했다. 그거 진짜 이유 아니죠, 솔은 되물었다. 진짜, 진짜. 말장난인 듯, 강조인 듯, 연달아 흘러나온 진짜라는 말은 들을수록 진짜가 아닌 것 같았다.

지옥에 갈 수는 없겠지만 지금은   51

사람들이요. 무거운 애길 너무 자주 입에 올리면, 저
사람한텐 조금 가볍나 보다. 견딜 만한가 봐. 저 사람한테
몰아주자. 그렇게 생각해요. 눈송이 하나만 한 위험들도요,
그렇게 굴리고 굴려져서 한 사람한테 떨어져요. 무서울수록
무거울수록.

잘 숨겨야 해요.

숨겨서 나쁠 건 없어요.

안 숨겼을 때의 좋은 점도 물론 있었다. 솔은 순경 씨와
알고 지내며, 자신에게 배정된 방이 다른 사람들의 방과
조금 다름을 느꼈다. 삼각형 속의 삼각형, 그 안에 또 다른
삼각형, 그렇게 작은 사본들로 이루어진 개스킷들도 뜯어보면
완벽히 같은 건 없어. 언니의 말을 곱씹으며 솔은 자신이
딛고 선 한 조각의 개스킷, 그 비좁은 공간의 한쪽 모퉁이에
자리 잡은 유아용 좌변기를 열었다. 너무 작아서 앉을 수
없었고, 누런 오줌인지 누렇게 염색되어 샘솟는 변기 물인지
어느 쪽이 됐든 불쾌한 액체가 찰랑거렸다. 평소 죽은
사람들의 물건은 잘만 만졌는데. 솔은 영이 죽기 전에도 죽은
흔적이 더럽다고 생각해 본 적 없었다. 자신의 일이 쓰리디,
그러니까 디피컬트하고 데인저러스하고 더티하다고 뉴스에
오르내릴 때도 솔은 이해할 수 없었다. 하지만 이 변기는
다르지. 솔에게 이 변기는 너무나도 살아 있는 사람의 것처럼
느껴졌다. 엉덩이골대로 자국도 온기도 남아 있는…… 솔은
밤늦게 옆방 문을 두드렸다.

박소민

도저히 못 쓰겠어서 급한 대로, 솔의 말을 듣고 옆방 여자는 황당해했다. 변기라뇨, 호텔도 아니고. 농막에 물이 어딨어요. 그냥 밖에 싸는 거지. 솔은 숨을 참고 눈을 흐리게 뜨고 물을 내렸다. 뚜껑이 있다는 게 호사다. 변기에 남은 누런 자국을 보고도 솔은 그렇게 생각했다. 그 밖에도 솔의 방은 남향이었고 마룻바닥이 곧잘 데워졌다. 통신기기를 지니고 있어도 저지하는 사람이 없었고, 정해진 시간 외에 휴대전화를 사용하는 솔을 보고도 순경 씨는, 비행기 모드는 그래도 켜줘요, GPS 추적 안 되게, 하고 말할 뿐이었다. 여기까지는 순경 씨가 어찌 해 줄 수 있는 부분이었지만.

누구도 개입해 줄 수 없는 통제 불능의 세계는 눈을 감은 뒤에 시작되었다. 매일 밤 솔은 첫날과 같은 소리를 들었다. 사람 소리인지 포도 소리인지 알 수 없는 음성을 들으며, 새싹 하나 나지 않은 황량한 땅을 무한히 걸어야 했다. 시간이 지나서 심었던 씨앗에서 싹이 트고, 잎이 커지고, 잎과 잎 사이에 또 다른 잎이 피어나고, 그렇게 진짜 똥밭은 어느덧 푸르게 무성해졌는데도. 밤에 눈을 감으면 지금까지의 생장은 감쪽같아지고 오롯이 똥밭으로 돌아왔다. 나를 찾아, 찾아서 먹어 줘. 첫날의 소리는 어느 날인가부터 하나의 질문으로 바뀌었다. 누굴 찾고 싶어? 처음에는 대답하지 않았지만, 대답하지 않으면 잠에서 깨어날 수 없었다. 이해주를 찾고 싶어. 소리는 거짓말하지 말라고 했고 솔도 빠르게 자신의 거짓을 철회했다. 영이. 영이를 찾고 싶어. 그 앨 찾으러 여기까지 왔어. 소리는 원하는 대답이 아니라고 했다. 죽은 사람이 아니라, 산 사람의 이름을 대.

솔은 물었다. 산 사람의 이름을 대면, 어떻게 되냐고.
꿈에서는 하고 싶은 말을 할 수 없었지만 해야 하는 말은
잘 나왔다. 너의 하루를 그 사람의 3년으로 맞바꾸는 거야.
다른 사람의 시간을 삼키면 내일을 살 수 있어. 솔은 그냥,
내일을 살지 않으면 안 되냐고 말하고 싶었다. 주어진 내일이
별로 기대되지 않았기에, 더 필요한 사람이 가져다 썼으면
했다. 진짜 하고 싶은 말이 죽어도 나오지 않았다. 누구의
이름이라도 불러야 끝없는 잠이 끝났다.

솔은 매번 다른 사람 이름을 이야기했다. 불운을 얇게 포
뜨는 기분으로. 열 명의 수명을 세 겹씩 깎아 내는 것이 한
명의 30년을 단칼에 앗아 가는 것보다 나을 것 같아서. 다
말도 안 된다는 걸 알면서도…….

악, 악. 일어나면 목이 찢어져라 우는 짐승 울음소리가
창호지만큼 얇은 외벽을 뚫고 들어왔고 솔은 방의 벽지에
코를 가져다 댔다. 벽지 곳곳에 찢어졌다 다시 붙인 자국이
보였다. 솔은 침을 바르고, 또 발랐다. 여러 번 바르니 접합
부분이 조금씩 녹으며 벌어졌고 이전의 벽지와 그 이전의
벽지, 두 장의 서로 다른 지면이 차례로 보였다. 벽에서는
영이 좋아하던 갓 찐 옥수수빵의 냄새가 났다.

솔은 알코올을 묻힌 수건으로 탁자와 바닥을 닦다 말고
창문으로 한 여자의 뒷모습을 건너다보았다. 옥수수에
물을 주거나 곁가지를 싹둑싹둑 제거하는 여자의 동그란
뒤통수가 너무나도 낯익어서 솔은 며칠 내 유심히 지켜보다가

박소민

순경 씨에게 물었다. 저 사람, 아니 저분. 학교에 계시지 않았나요. 순경 씨는 놀라며 맞아요, 그걸 그쪽은 어떻게 아세요? 학교도 안 다니셨으면서······ 얼버무렸다. 솔도 놀란 건 마찬가지였다. 어쩌다가. 도대체 왜 하필. 여자는 한때 과학고에서 학생들을 가르치는 교사였다. 학교에서 재미없기로 소문난 선생님. 인기도 재미도 없었지만 그녀는 방과 후, 해주와 영과 같이 남아 문제를 풀어 주던 유일한 사람이었다. 학교에서 내 주는 문제는 조원끼리 머리를 맞대고 하지 않으면 풀 수 없는 대학 수학 수준의 난제뿐이었고 해주는 차가 끊기기 전 집으로 일찍 돌아가야 했기에, 영은 아무도 끼워 주지 않았기에 재미없는 선생의 도움이 차라리 다행스러웠다. 솔도 이따금 일이 없는 날, 학교에 해주를 데리러 갔다가 투명한 창 너머로 재미없는 수학 선생의 동그란 뒤통수와 역시 동그랗게 돌려 깎은 더벅머리를 바라본 적 있다.

　—애, 밖에 너. 너도 원하면 들어와 있어.

　운이 좋아 선생에게 발견되는 날이면 솔도 같은 교실에 잠시 앉아 있을 수 있었다.

　—나도 학교에서 왕따야.

　수학 선생은 말했다.

　—선생님이 어떻게 왕따예요.

　—너네도 너네끼리 있듯이, 우리도 있어.

　사람 사는 데는 어디든 비슷해. 싫으면 다 같이 싫어하게 만드는 거. 해주와 영의 눈에 반짝 생기가 도는 게 보였다.

그럴 땐 어떡해요? 영이 물었다. 1차원도 2차원도 아닌 그 중간 차원이 있다고 생각하고 살아. 그때 선생은 프랙털 이야기를 꺼냈고 솔은 처음으로 나온, 자신도 알아들을 수 있는 이야기에 귀를 기울였다. 선생은 눈송이가 그려진 페이지 바로 옆에 빈 종이를 놔두고는 커다란 삼각형 하나를 그렸다. 삼각형의 모든 변 정중앙에 삼분의 일 크기의 삼각형을 그려 주고, 생겨난 작은 삼각형에 똑같이 삼분의 일 크기 삼각형을 그리고, 끝없이 반복하다 보면 정말로 왼쪽에 있던 것과 똑같은 눈송이가 생겨났다. 선생은 원래의 큰 삼각형 바깥에 원 하나를 외접해 그렸다. 아무리 많은 삼각형을 그려도 원보다 커지지 않았다. 삼각형과 원 사이의 빈 곳을, 손가락으로 가리키며 선생은 나지막이 말했다.

─난 여기서 살고 있어.

1차원의 선도 아니지만 2차원 평면이라고 할 수도 없는 그 어느 중간 형태. 내가 사는 세계의 법칙이랑 안 맞는 것 같을 땐, 그냥 0.3차원쯤에서 살고 있다고 생각해. 나를 위한 새로운 차원을 만드는 거야. 나를 설명해 주는. 선생은 말했다. 해주는 고개를 끄덕였고 영은 가만히 선생의 눈을 바라보았다. 가족도 친구도 없는 네 사람은 그 순간 완벽한 하나의 덩어리가 되었다.

─그 선생님 기억나? 우리 수학 알려 주던 사람 말이야.

좀처럼 학교 이야기를 꺼내는 법 없던 언니가 어느 날 전해 준 선생의 소식은 학교 밖에서 어떤 한 학생과 손을 잡고 입을 맞춘 것에 대한 목격담이었고 처음엔 그 학생이 누구인지

박소민

밝혀지지 않아 영이 제일 먼저 그 옆자리에 놓였다는 것. 그리고 한참이 지난 뒤에야 사실이 정정되었지만 정정보도는 소문보다 덜 매콤했기에 아주 오랫동안 영이 지나가면 저 레즈년, 하며 원치 않던 자리를 지키게 되었다는 이야기.

솔은 벽지와 벽지 사이 들뜬 공간에 끼워져 있던 선생의 그림을 찾았다. 영이 마지막으로 머물렀던 방에서 찾은, 영의 흔적이 묻은 몇 안 되는 물건. 솔은 그림이 찢어지지 않게 벽지 틈새를 살살 벌렸다. 살려 낸 그림은 누가 볼세라 주머니에 챙겼다. 청소부 일을 하며 현장에서 몰래 챙긴 유일한 물건이었다.

솔은 꿈에서 수학 선생의 이름을 연달아 세 번 불렀고 세 번째 날 밭고랑에서 오줌을 지린 선생의 모습을 정면으로 본 뒤엔 죄악감이 들어 그만두었다. 그건 선생님 잘못이 아니었는데. 물론 솔 탓도 아니었다. 나이 때문인지 정말 꿈에서 이름을 부른 탓인지 혹은 고질적 지병이 있었는지는 알 수 없지만 모든 것이 제 손으로 만들어 낸 미신 탓인 것만 같았다. 솔의 레이더는 밭 근처에서 포도나무를 기르는 어린 학생으로 옮겨 갔다. 솔은 미래가 많이 남은 그 애의 이름을 불렀고, 그 애에겐 아무 일도 벌어지지 않았지만, 오른쪽만 걷어 올린 작업복 밖으로 삐져나온 새하얗고 가느다란 발목을 본 순간 너무 어리네, 저 애의 생명력을 깎아 먹는 것 역시 못할 짓 같다는 기분이 들어 그만두었다.

그만두고, 옮겨 가고, 그만두고. 그렇게 솔은 꿈속에서 아는 이름을 고루 불렀고, 부를 이름이 동나면 이름 모를 사람들을 지목했고, 그마저도 동났을 때 문득 자신이 왜 이토록 비현실적이고 잔인한 꿈에 말려들게 되었는지 궁금해졌다. 왜 하필 나야? 솔은 누구에게도 물을 수 없었다. 이 거지 같은 꿈을 꾸는 것이 오로지 자신뿐일지도 모르겠다는 사실이 솔의 입을 다물게 했다.

순경 씨는 무언가를 아는 듯, 혹은 아무것도 모르는 듯 속을 알 수 없는 얼굴로 솔의 주변을 맴돌았다. 솔은 집을 치우고 남은 시간 동안 밭에 나가 무성히 난 잡초를 잘라 냈다. 뒤돌아서면 잡초 머리가 스멀스멀 기어 나왔고, 뽑고 돌아서면 또다시…… 옥수수밭이 아니라 잡초밭이었다. 일하는 데 불편한 건 없어요? 이 미친 잡초들이요. 아니 그거 말고요, 평소에. 솔은 꿈 대신 매일 아침 단잠을 깨우는 짐승 울음소리에 관해 말했다. 아, 그거요, 사람 소리예요, 대수롭지 않다는 듯 순경 씨가 대꾸했다.

—그건 그렇고 요즘 사는 건 좀 어때요?

—뭐가요?

—사는 거 말이에요. 기대하고 온 게 있을 것 같아서. 달라요, 좀?

살리고 싶어서 왔는데, 죽이고 있어요. 솔은 차마 그렇게 말하지 못했다.

—기대하는 게 있었으면 여기 안 왔을 거예요.

—그런가.

—안 그러신가 봐요.

순경은 말이 없었다. 그러다 한참 뒤에 입을 열었다. 기대가

박소민

아예 없었으면 죽었겠죠.

　—말 그렇게 하는 거 아니에요.

　—그렇게 한다니요?

　그딴 식으로, 라고 정정해 줄까. 솔은 잠시 고민하다가 침을 꿀떡 삼키고 숨을 크게 내쉬었다. 그래야만 가라앉는 기분도 있었다.

　—죽고 싶은 사람도 기대하잖아요. 내일 계획을 짜듯이.

　순경은 눈을 감았고 솔은 덧붙여 말했다. 떠나보내야만 아는 건 아니잖아요. 솔은 그렇게 대답했지만 자꾸 눈물이 날 것 같았고, 자신도 모르는 사이에 시큰해진 코에서 말간 콧물이 흘러서 숨을 컹, 들이켰다. 찬 바람이 같이 콧속으로, 폐 깊숙이 흘러들었다.

　찬기가 몸에 돌고 나니 조금 더 멀리 보였다. 옹기종기 모여 있던 아는 얼굴들, 아는 뒷모습들, 그보다 더 먼 낯선 얼굴들이. 솔은 그날 해가 떨어지기 전까지 가지치기하려던 계획을 고이 접어 두고 각자의 밭을 일구는 얼굴을 구경했다. 각자의 기대를 쥐고 있을 얼굴들. 그들이 품고 있을 기대를 모두 그러모아 하나의 커다란 원을 만든다 해도 지도에 없는 지금 이 땅 밖으로 돌아갈 수 없을 것 같았다. 솔은 주머니에서 그림을 꺼내 선생이 가리켰던 빈 공간을 가만히 들여다보았다. 이쪽도 저쪽도 아닌 0.3차원쯤의 공간을.

찢어진 조각.

　솔은 프랙털의 의미를 찾아본 적이 있다. 같은 모양으로 찢어진 조각들, 자신의 복제품들. 엇비슷하게 찢어졌기에 프랙털은 들여다봐도 똑같았고, 복잡한 것은 단순해지지 않았다. 솔은 꿈에 나온 대지를 찾아갔다. 아무것도 없는 똥밭 자리에는 땅에 굳게 박힌 아치형의 지지대, 그 단단한 철조 구조물을 타고 배배 몸을 비틀며 올라오기 시작한 포도 덩굴이 있었다. 하얀 발목의 학생이 기르는 포도. 아마 직접 선택했겠지. 포도는 비주요작물. 비싸고 영양분도 적으니까. 저것만 먹고는 살 수 없으니까. 하지만 잘 사는 사람들은 먹고 살겠지. 비주요작물은 보너스 혹은 작은 사치. 솔이 제일 좋아하는 과일도 포도였다. 포도 포, 포도 도. 이름의 뜻이 이름 그 자체인 존재가 어찌나 존귀해 보였던지. 포도랑 닮은 것은 혈관. 또 폐를 이루는 폐포. 또 하나의 강에서 뻗어 나간 수 갈래의 강줄기들. 한 번쯤 용기 내어 수학 선생에게 물어본 적이 있다. 프랙털처럼 복잡하고도 질서정연한 구조가 어떻게 자연 곳곳에 있는 거예요? 선생은 싱긋 웃었다. 작고 동그란 눈, 코, 입. 뭐 하나 도드라진 것 없는 얼굴. 밋밋하고도 깨끗한 도화지 같았던 표정.

그 반대란다, 선생은 말했다. 복잡한 구조가 자연에 있는 게 아니라, 자연이 너무 복잡해서, 이걸 설명하기 위해 만든 법칙이 프랙털이야. 수학은 세계 그 자체는 아니지만 세계를 근사한단다.

근사하다.

솔은 그날, 간만에 해주와 영과 함께 저녁을 먹었던 것 같다. 영은 외박신청서를 썼다. 다른 아이들의 온갖 아픈

박소민

척에도 꿈쩍 않던 사감 선생님도 영에겐 이유를 묻지 않고
척척 잘도 끊어 주었다. 부모도 형제자매도 없는 영에게
어른들은 이상하리만큼 관대했다. 얇은 미역 서너 줄기가
전부인 말간 즉석 미역국을 끓였다. 2인분, 먹을 입은 세 개.
물을 평소보다 더 넣고 소금도 몇 꼬집쯤 넣었는데 짜기만
할 뿐 맛이 잘 느껴지지 않았다. 그러거나 말거나 영은
밥까지 한 주걱 크게 떠 잘 퍼먹었다. 솔은 그런 영을 가만히
쳐다보았다. 뭘 꼬나봐, 밥맛 떨어지게. 언니가 한마디 했다.
솔은 눈을 떼지 않았다. 쟤 얼굴에 뭐 묻었어? 밥이나 먹어.
아마 언니는 계속 말했던 것 같다. 봐도 되지, 보게 내버려둬.
영은 여전히 미역국을 입안 가득 우물거리며 만류했다. 솔은
영에게 수학 선생에게 했던 것과 똑같은 질문을 했다.

　—유클리드 기하학으로는 설명이 안 돼서.

　—유클리드 기하학이 뭔데?

　—말해 주면 알아?

　—말해 주면 알아.

　—아는구나.

　영은 밥풀과 미역이 덕지덕지 묻은 숟가락을 내려놓고는
수식이 빼곡히 적힌 종이를 꺼내 들었다. 그러고는 솔에게
연필을 쥐어 주었다. 네가 아는 산을 그려 봐. 솔은 큰
세모 하나, 작은 세모 하나를 겹쳐 그렸다. 영은 그 종이를
구겼다. 원래는 이렇게 생겼거든, 울퉁불퉁. 이런 거 다
무시하고 저 세모 두 개가 산이다, 말하는 게 유클리드
기하학. 이제 알겠어? 알만큼 말해 주지 않은 것 같지만 우선

고개를 끄덕였다. 해주는 정성 들여 설명하는 영과 고개를
끄덕이는 솔의 모습을 못내 못마땅한 눈으로 번갈아 보았다.
솔은 몽타주를 완성하는 기분으로 두 언니의 학교에 갔다.
다녀 보지 않았지만 알고는 싶었던 교문 안쪽의 세계를
스케치하고, 진짜 모습에 가깝게 구기듯이.

한차례 소문이 퍼진 뒤 솔은 영의 반을 찾았다. 뒷문을
에워싼 사람들은 많았지만 영을 보러 오는 사람은
솔뿐이었다. 영아, 영아. 점심 같이 먹을래? 솔은 영을 언니
대신 영이라고 부르기 시작했다. 동생보다는 친구가 찾아오는
편이 도움이 될 것만 같아서. 영에게도 그런 도움을 주고
싶었다.

애도 꼴에 친구가 있네. 걸쭉한 목소리가 귀를 파고들었다.
꼴에. 누군가가 그 말을 받았다. 솔은 말했어야 했다. 무슨
꼴에. 친구가 있지 그럼, 여기 반짝 살아 있지. 그때 솔은
열네 살이었다. 손에 쥔 쓰레기를 거리에 흘려 버린 동네
아이에게도, 일급을 떼어먹고 준 하청업체 직원에게도 빽빽
소리쳤는데. 소리를 칠 줄 아는 사람이었는데.

　—너도 여기 다니냐?

　침묵.

　—키도 작은 게 대답도 안 하네.

　침묵.

　—너 혹시 쟤 세컨이냐?

　침묵.

　—어디까지 했어? 모텔도 가고 키스도 하고 너도 그랬지.

　　　　　　　　　　　　　　　　　　박소민

존나 끼리끼리네. 학교 망신은 망신대로 시키고.

솔은 고개를 저었다. 할 수 있는 말은 그뿐이었다. 초등학교가 솔이 다녀 본 마지막 학교지만, 열두 열세 살의 어린 나이에도 애들은 때리고, 맞고, 욕하고, 또 맞았다. 아무런 잘못을 하지 않았는데도 눈을 치켜뜬 것도 충분히 맞을 이유가 되었다. 그 애들이었다면 이쯤, 어딘가로 불러냈어야 한다. 마음 놓고 때릴 수 있는 그늘지고 광활한 곳 두 군데쯤을 정해 두고 그날 기분에 따라.

그런 일은 일어나지 않았다.

솔이 상상하는 일. 그런 건 관심 없다는 듯 모두가 영을 무심히 스쳐 갔다. 아무 말도 하지 않는 애들이 거의 다였다. 동여매거나 양쪽 귀 뒤로 넘긴 푸석하고 숱 많은 머리카락, 안경테를 따라 우둘투둘 여드름 자국, 엇비슷한 얼굴들……. 용의자가 될 수 없는 얼굴들이 지나갔다. 전 학교에서는 앞머리에 핀을 꽂았다는 이유만으로 억울하게 끌려가는 언니도 있었는데. 어쩜 이렇게 다들 순박하게 못생겼어.

억울하게.

솔은 영의 옆에 서 있었다. 눈을 가려 주거나 손을 잡아 주진 못했지만. 대신에 영을 스쳐 가는 이 징그러운 얼굴들을 눈에 담았다. 하나의 커다란 몽타주를 완성하듯, 어떤 표정인지, 곰곰 뜯어보았다. 그 얼굴들은 순경 씨가 되었다가, 누구도 아니었다가, 선생이 되었다가. 결국 누구도 아닌 것이 되어 버렸다. 찰나의 시간이 느릿느릿 흐르고, 북적였던 교실에 오직 두 사람이 남았고 솔은 영의 손목을 보았다.

손톱으로 눌러 찍은 자국이 또각또각 남았다.

약 발라 줄까.

솔은 가끔 그런 말이 하고 싶었다. 포도나무를 가꾸는
아이의 하얀 발목에 불긋불긋한 자국이 생겼을 때 한달음에
달려가 물었다. 어디 긁혔어? 나, 약 종류별로 있는데. 필요한
거 말만 해. 아이는 발목을 뒤로 들어 보였다. 상처 아니에요.
독 오른 거예요, 가끔 이래요. 몸 밖에서 긁고 간 것이 아닌 몸
안에서 올라온 이런 건, 어떻게 해야 하는 거지. 멀뚱멀뚱 서
있는 솔을 돌아보며 아이가 말했다.

—괜찮아요, 먹던 거 있어요. 금방 가라앉아요.

그 길로 방에 들어간 아이는 얼마 안 지나 손등으로 입가를
닦으며 도로 달려 나왔다. 말끔히는 아니지만 붉은 기는 점차
옅어졌다. 원래의 살빛을 되찾아 가는 걸 멀리서 지켜보는
것도 꽤 좋았다. 낫고 회복하는 것이 자신의 덕이 아니어도
괜찮았다. 그날 저녁, 영의 기숙사에 함께 올라가 이층 침대에
누워서도 솔은 같은 생각을 했던 것 같다. 솔은 아래, 영은
위에. 외박 신청을 한 룸메이트 덕에 운 좋게 방이 비었다.

안고 싶다. 처음 느껴 보는 기분이었다. 사람을 안고 싶다는
낯선 감각에 솔은 누웠던 몸을 일으켰다. 어디 불편해? 영이
먼저 물었다. 응, 룸메 침대에서 이상한 냄새 나. 매트리스는
방금 빤 듯 깨끗했고, 냄새가 난다면 어제도 시체 썩은 내가
진동하는 집들을 치운 자신에게서 나는 것일 테지만 떠오르는
말이 그뿐이었다.

박소민

—새벽같이 일어나서 달걀 삶아 먹거든. 그 요란한 증기
소리, 달걀 껍데기 까면 나는 방귀 냄새, 그거에 깨거든.
　—그 냄새가 이렇게 오래 가나.
　나는 아무리 고약한 냄새가 나도 거기서 자고 싶어.
네가 누운 자리에 있고 싶어. 이 위에선 조금만 뒤척여도
삐거덕삐거덕, 나무 부서지는 소리가 나서 움직이지도 못해.
숨도 함부로 못 쉬어. 영이 한 마디 내뱉을 때마다 뼈가
허옇게 드러난 침대 살이 부서질 것처럼 오르내렸다. 앙상한
갈비뼈를 가로지르는 공기처럼, 숨은 고스란히 요란한 흔적을
남겼다. 하나의 거대한 몸통 같은 방이었다. 하나를 건드리면
온몸의 장기가 진동하는 것 같았다. 뼈와 폐포를 건드리며
발끝까지 퍼졌다. 그 연결감이 무서워 숨을 참게 되었다. 솔은
아래층에서 자면 소음에 깨지 않느냐고 되물었다.
　—소리는, 차라리 듣는 게 나아. 내는 것보단.
　—왜 그렇게 살아.
　—나는 이렇게 살아.
　—나, 올라갈까.
　솔이 참지 못하고 말했다. 냄새가 너무 고약해. 나지
않는 냄새를 맡으려고 이불 끝단을 가슴에 끌어안았다.
화이트머스크 향이 코끝을 간질였다. 아니, 올라오지 마.
영은 단호히 말했다. 너까지 숨 참는 거 싫어. 솔은 안
들리는 척 목제 계단을 올랐다. 윗단에 발을 딛고 쏟아지듯
매트리스에 몸을 떨어뜨릴 때까지도 영은 돌아보지 않았다.
한쪽 귀를 매트리스에 밀착하고는 무언가가 우지끈 부러지는

듯 구부러지는 듯 소리를 귀와 몸으로 온전히 받아 내며
엎드려 있었다. 솔은 그 옆에 나란히 누웠다. 영의 숨소리가
들려왔다. 들숨, 날숨. 작은 맥박까지도 발걸음처럼 솔에게
가까이 다가왔다가 멀어졌다. 영에게서는 아무 냄새도 나지
않았다. 나, 잘도 산다. 이렇게. 영은 깔깔 웃으며 웅크렸던
팔을 쭉 펴고 솔의 어깨에 턱 내려놓았고.

　가느다란 손.

　커다란 손바닥이 솔의 옆얼굴에서 오가며 진자운동을
했다. 솔은 손을 낚아채어 잡고 와이셔츠 소매 끝단을 끌어
올렸다. 매끈한 손목. 단추 자국을 따라 난 알레르기 외에는
상처 하나, 습진 하나 없는, 동맥이 들여다보이리만큼
투명한 피부였다. 손톱 모양대로 눌려 팬 자국에는 볼록볼록
새살이 차올랐다. 너무 많은 상처는 각각 낫고 치유되기보단
저들끼리 뭉치고 부풀기를 택한 것 같았다. 차오른
새살조차도 거대한 상처 덩어리 같았다. 둥둥 굴릴 수 있을
것만 같았다. 뭘 그렇게 뚫어져라 쳐다봐. 솔은 그럴수록
손목을 눈 가까이 가져다 댔다.

　―거기 뭐가 있었으면 좋겠어?

　―있었으면 좋겠긴. 있을까 봐.

　―근데 어쩌냐. 아무것도 없어.

　―거짓말.

　―거짓말 아니다. 못 믿겠으면 뒤집어 봐. 봐, 깨끗하지?

　―그러네……. 어디다 숨겨 뒀나.

　―안 숨겨 뒀어. 나 자해 안 해, 선주야.

　　　　　　　　　　　　　　　　　박소민

―지금 뭐라고?

　―나 몸에 상처 안 낸다고.

　근데 아까는…… 솔은 손톱으로 누른 자국들을 떠올리며
물었다. 아, 그거. 영은 대수롭지 않다는 듯 목만 간신히
들어 올린 얼굴을 도로 베개에 파묻었다. 별것 아냐. 솔은
손목을 위아래로 흔들었다. 왜 나한테는 말 안 해 줘. 살면서
알고 싶은 것도, 듣고 싶은 것도 별로 없었는데 그 순간에도
무언가를 묻고 싶었고, 묻고 있었다.

　―운전도 서른 넘어가면 시작하기 힘들다잖아.

　해 보고 싶었는데 겁이 나서, 안 해본 걸 한다는 게. 영은
옥수수빵을 만들어 먹고 싶다는 이야기를 들려줄 때와
다름없이 헤실거리며 말했다. 솔은 영이 다른 대답을 하길
바랐다. 거기 뭐가 있었으면 좋겠어? 하고 당당히 팔목을
내밀 때처럼. 수학 공식이 빼곡히 적힌 종이를 뒤집으며, 말해
주면 알아? 물었을 때처럼. 내 걱정은 마, 짤막한 말과 함께
영의 입술이 솔의 이마에 가볍게 닿았다. 그 순간에도 솔은
자신의 피부에서, 숨구멍과 귀 뒤의 땀샘에서 더러운 냄새가
날까 숨을 참았다. 참는다고 가려지는 냄새도 아니었지만.

　영은 벽지를 손톱으로 살살 긁어 찢어 냈다. 한 줄기에서
뻗어 나온 서로 다른 줄기들, 벽지는 꼭 그런 문양을 하고
있었다. 이건 옥수수잎. 이 벽지 안에 옥수수밭이 있어.
푸르게 무성한…… 한번 맡아 볼래? 벽지를 도려낸 벽
안에는 스티로폼 충전재가 있었다. 알알이 부서지는. 눅눅한
구수함이 포슬포슬 묻어나고 손톱 안에 끼었다. 벽지 안에

지옥에 갈 수는 없겠지만 지금은　　　　　　　　　67

세계가 있다. 몇백 개의 옥수수알처럼, 무수히 들어차 있다.
영은 솔에게 벽 안의 세계를 보여 준 최초의 사람이다.

　—계속 파내다 보면 엄청 넓은 밭에 갈 수 있어.

　—똥밭?

　—아름다운 밭. 향긋한 밭. 주소 알고 싶어?

　—그런 곳이 정말 있어?

　—손 줘 봐. 주소 적어 줄게.

　영은 솔의 손바닥을 판판히 펴고는 주머니에 있던 네임
펜을 꺼내 적기 시작했다. 펜촉이 손바닥을 간지럽혔고
움찔거린 끝에 손에는 네 개의 숫자가 남았다. 이걸 좌표라고
해. 영이 웃으며 속삭였다. 아직은 알 필요 없지만 언젠가
필요할 수도 있으니까. 솔은 손을 씻지 않으리라 결심했다.
말아 쥔 손에서 땀이 나고, 시간이 흐르며 숫자는 번졌다.
더 알아볼 수 없어지기 전에 옮겨 적어야 했다. 솔은 뜯어낸
벽지를 손톱 끝으로 잘 눌러 폈다. 구겨진 자국은 여전했지만
흐릿하게나마 글씨를 쓸 수 있었다. 사각사각. 솔이 손끝에
힘을 주고 한 글자, 한 글자 눌러쓰는 동안 영은 단물이 덜
빠진 껌을 검지로 콕 찍어 솔의 입에 넣었다.

　먹어.

　얼른 우물우물해. 우린 기숙사 안에서 껌 씹으면 벌점이야.
네가 씹었다 하면 사감샘도 봐주실걸. 영의 손목이 눈앞에
오갔다. 솔은 이 투명하고 매끈한 피부를 뜯어보고 싶었다.
벽지처럼. 발라 줄 약도, 약이 스밀 상처도 없지만, 없는 것이
좋은 것. 구겨지기 전으로 돌아갈 순 없지만 종이의 크고 작은

　　　　　　　　　　　　　　　　　박소민

굴곡, 그 곡률을 무한대로 높여 평면에 가깝게 다려 볼 수
있었다. 그럴수록 영에 가까워졌다.

영은 좌표가 적힌 종이를, 옥수수밭을 품은 벽지를
구겨서 쓰레기통에 버렸다. 솔은 영이 보지 않는 틈을 타서
쓰레기통에 손을 넣어 벽지를 챙겼다.

눈이 감겨 오고 정신이 잠의 세계로 기울 즈음 한두 방울 똑똑
떨어지던 빗방울이 거세지며 후두둑 쏟아졌다. 창문을 끝까지
닫는다고 닫았는데, 문짝과 새시의 아귀가 자꾸만 어긋났고
걸쇠를 꼭 걸어 잠가야 찬기가 가셨다. 폭우가 거세지면
옥수수 모가지가 꺾이겠지. 일어나서 나가 봐야 하는데……
생각과 달리 눈이 스르르 감겼다.

잠 속에서 솔은 순경 씨의 이름을 불렀다. 꿈을 꾸지도,
누군가 이름을 묻지도 않았지만, 한 번으론 안 될 것 같아
순경 씨, 순경 씨, 두 번 불렀다. 순경 씨는 너무 건강해서
수명 좀 깎여도 괜찮아. 그것이 묻지도 않은 꿈속 질문에 순경
씨라고 답하는 데 좋은 이유가 되지는 않았지만 마음은 한결
편해졌다. 이렇게 이름을 막 부르면 천국에 가지 못할 텐데.
지옥에 갈 때 가더라도 지금은 마음이 더 중요했다. 솔은 손에
쥐고 있던 0이 새겨진 열쇠를 힘껏 움켜쥐었다. 홈 모양대로
손바닥에 자국이 남았다. 자국 같은 것이 남을수록 현실에
가까워졌고.

악, 악. 소리에 잠에서 깼다. 꿈 한 겹이 없어졌을 뿐인데
소리가 이렇게나 선명해진다. 근방에서 난 소리가 진공에

지옥에 갈 수는 없겠지만 지금은   69

가까운 하지만 진공이 아닌 공간을 비집고, 합판과 합판
사이의 들뜬 틈을 통과해 피부를, 살갗 아래 뼈를 퉁 건드리고
가는 북 같은 방이었다. 숨만 쉬어도 소음이 되는 침대에서
솔은 얼굴을 조금 더 깊숙이 파묻었다. 숨이 막힐수록 주변이
고요해졌고 솔은 납작해짐으로써 무해해졌다. 벽지 냄새가
오래된 입김처럼 방 전체로 퍼졌다.

　—나를 불렀어요?

　바깥쪽 창문이 들썩이는 소리가 들려 창문을 열었을
때, 순경 씨는 창틀과 창틀 사이, 방충망 대신 주먹만 한
구멍이 숭숭 뚫린 추락방지망에 얼굴을 맞대고 있었다. 그물
모양대로 조각난 세상 밖으로 보도블록과 밭, 그 경계를
뛰어다니는 남자가 멀리 내다보였다.

　—꿈을 좀 꿨어요.

　—기분 좋은 꿈이었나 보네요, 나를 부를 정도면.

　—악몽이었어요, 머리 깨지는.

　—무서울 때 생각날 만큼 든든한 사람인가 봐요, 내가.

　—순경 씨한테는, 내가 허구한 날 찾아올 정도로 한가해
보이나 봐요.

　—말을 뭘 그렇게 서운하게 하지.

　순경 씨가 중얼거렸다. 참 분수 넘게 서운해한다고, 여기서
만나지 않았으면 우리가 친구나 했겠냐고. 솔은 말해 주고
싶었다. 해주와 크게 싸운 날, 언니에게 그랬듯이. 해주를
위해 빈 딸기잼 병에 싸 준 메추리알 장조림 국물이 틈새로
흘러 가방을 흥건히 적신 날이었다. 화를 내는 언니에게 솔은

말했다. 언니니까 같이 사는 거지. 밖에서 만났으면 언니랑 친구 안 했어. 여전히 창문 안으로 고개를 파묻은 순경 씨는 팔을 뒤로 뻗어 밭을 가리켰다. 어제 같은 세찬 장대비가 쓸고 지나갔다면 지금쯤, 옥수수대 반의 반의 반절은 쑥대밭이 돼야 했는데. 그 위로 흰 비닐이 드리워져 있었다. 땅 깊이 박힌 말뚝과 함께, 단단하게 딛고 서서. 몸을 조금도 움직일 수 없을 것 같은 날, 순경 씨는 기가 막히게도 솔이 미처 보지 못한 중요한 전조를 알아차렸다. 줄기가 위로만 길게 자라는 걸 보고 저거, 좀 쳐 줘야 해요 그래야 열매를 열어요, 귀띔해 준 것도 순경 씨였다. 솔은 순경 씨가 아닌 순경 씨의 두 눈이 좋았다. 많은 것을 꿰뚫어 보고 간파하는 눈. 덕분에 좁고 불편하고 더러운 곳에서도 몸만큼은 한결 편안했지만 솔에게 순경 씨는 여전히 영의 반에 앉아 있던 학생의 얼굴을 하고 있었다. 억울하게도.

　—늘 그렇게 사세요?

　—이렇게?

　—네 그렇게.

　무슨 말을 하든 다 받아 줄 거라고 착각하면서. 솔이 순경 씨의 두 눈을 똑바로 바라보자 순경 씨는 웃음기를 한 겹 걷고는 왜 그래요, 우리 그래도 나름 애 하나를 길러 냈는데, 맞받아쳤다. 애라뇨? 애죠, 자식 농사라는 말도 있잖아요. 파종 때 처음 뱄고 지금 줄기가 허벅지 높이까진 오니까, 이 정도면 자식 농사 같이 지은 거죠. 농사를 자식 길러 내듯 했으니 농사 자식인가. 순경 씨가 말했다. 자식이 아니잖아요,

농작물은. 솔도 지지 않고 맞받아쳤다. 똑같이 키워 놓고도
작물은 잡아먹고, 자식은 안 먹잖아요.

　—잡아먹죠. 20년쯤 길러 내고 10년 잠깐 쉬었다가 내내,
죽을 때까지.

　진짜 말 개떡같이도 하네. 혼자 있는 방인데도 솔은 순경
씨의 말을 누군가 들었을까 고개를 들고 주변을 살폈다.
그러거나 말거나 순경 씨는 스무 살이 되던 해 1월 1일 학교
앞 일식 덮밥집에서 가츠동을 먹었던 이야기를 들려주었다.
엄마가 용돈을 넣어 주던 카드로 긁었는데 승인거절 메시지가
뜬 날이었다. 당장 돈도 없는데, 전화도 안 받고. 해서
근처 사는 친구한테 좀 나와 달라고 부탁까지 했더니 한참
있다가 엄마한테 메시지가 왔다. 스무 살까지 최고 교육
기관까지 보내 주며 키워 줬으면 됐지, 뭘 더 바라냐고. 솔은
맞장구라도 치고 싶은 기분이었다. 그래 뭘 더 바라냐. 우리
자매는 용돈 받아 본 적도 없는데. 스무 살 전부터 없이 사는
사람들도 많고. 그런 삶에 대해서도 좀 들려줘야 하나, 하다가
말았다.

　—그게 끝이 아니었어요.

　—그럼?

　—이젠 네가 줘야지, 용돈. 그러는 거예요.

　—집은요?

　—기숙사 살았어요. 처음으로 생활비 대출을 받았어요. 그거
내려고.

　—부모님은 그 상황을 아셨고요?

박소민

—계좌번호를 보내 줬는데 맨 뒤 숫자 세 개 빼고 똑같은 거예요, 나랑 엄마랑. 그때 그러더라고요. 대학교 땐 매달 30, 졸업하면 80, 승진하면 150씩 보내라고. 안 보내면 기숙사 앞까지 찾아오고 그랬어요. 학교가 전남에 있었는데.

　—그래서, 줬어요?

　—어떻게 안 줘요. 학교도 좁고, 과기원은 무학과로 뽑아서 서로 얼추 누가 누군지 아는데. 안 주면 소리 지른다 했어요.

　순경 씨는 그래도 나쁜 기억만 있는 건 아니라고 했다. 할머니 생신으로 본가에 모인 날이었다. 고등학교 시절 외박 나왔을 때처럼, 긴 3인용 소파에 팔다리를 뻗고 누워서 핸드폰을 만지작거리고 있던 정오 즈음. 엄마는 소파와 궁둥이를 붙이고 있는 팔걸이의자에 앉아 티브이를 보았다. 보다가 꾸벅꾸벅 졸다가, 다시 일어나서 보고, 또 졸고. 어느 순간 순경 씨는 소파 밖으로 삐져나온 자신의 손바닥을 리모콘 버튼 누르듯 꾹꾹 누르는 감각에 뒤를 돌아보았고, 머리맡에는 엄마가 있었다. 잠결이 아닌 누가 봐도 맨정신이 분명한 엄마가, 정성을 다해 손끝에 힘을 싣던 모습으로 그 자리에 존재했다.

　—가만히 있었어요. 그 시간이 끝날까 봐. 고등학교 때로 돌아온 것 같았어요. 사랑이 무조건적일 때로.

　그렇구나, 솔은 자꾸만 순경 씨에게 무언가를 묻고 싶었다. 하나의 대답을 듣고 나면 그 다음 이야기가, 혹은 그 이전 이야기가 궁금해졌다. 달의 뒷면을 처음으로 본 사람처럼, 크레이터와 무언가가 부서져 가루가 된 먼지를 손으로 만지고

줍고 핥아 보듯이.

　—근처 사는 사람, 누구였어요? 그 덮밥집으로 불렀다는
친구 말이에요.

　—말하면 알아요?

　—말하면 알아요.

　저도 모르게 대답이 튀어 나갔다. 있어요, 순경 씨는 입을
떼었다. 다들 기숙사에서 짐 안 뺐을 때였거든요. 짐 뺄
필요가 없는 애가 있었어요. 역 근처에 자취방 구한 사람이,
우리 학년에는 둘이나. 우리는 한번 시내 나가려면 많은
결심이 필요한데, 언제든지 가고 싶은 곳 가고 먹고 싶은
거 마음껏 먹는 게 너무 배 아팠는데. 우리는 마지막 교시가
체육인 날, 농구 조금 하다가 석식 시간 끝나기 1분 전까지
알차게 피시방에 있다가 왔는데, 친구는 와우껌 소다 맛
둥둥 부풀리며 하교했거든요. 어찌나 부럽던지. 그런 애들이
부르기 편했죠.

　그럴 때만 부르기 편하지.

　솔은 자신이 몇 번을 오갔던 언니의 학교를 떠올렸다.
학교 깊숙이 있어 정문을 통과하고도 한참을 걸어야 했던,
기숙사로 이어진 언덕길을. 보도블록이 아닌 차도와 똑같은
아스팔트로 깔린 길, 하얗게 칠해진 갓길을 오르다 보면 왜
학생들이 학교 밖으로 애써 나오지 않는지 알 수 있었다.
학교가 어떻게 언니를 고립시켜 왔는지. 수학 문제를 풀어야
할 땐 초대되지 못했던 언니가 어떨 때 소환되곤 했는지. 솔은
문득, 순경 씨에게 확인하고 싶은 게 생겼다.

—친구였어요?

　순경 씨는 그렇다고, 친구니까 부르지 그러면 왜
불렀겠냐고 답했다. 솔은 그 대답을 믿을 수 없었다. 해주의
친구는 솔의 친구이기도 했고 영은 친구가 없었으니까.
학교에서 나와 산 적이 한 번이라도 있는 사람은 둘뿐이었다.

　—그 친구랑은 어떻게 친해졌어요?

　—3년 내내 같은 반이었으니까요. 온종일 붙어 있으니까.

　—친구는 지금 어디 사는데요?

　—지금은 연락이 끊겼어요. 마지막으로는 대학교 졸업할
때, 저는 전남에 남고 그 애는 고향으로 간대서. 이 근방에
오겠구나, 거기서 또 열심히 치열하게 살겠구나. 그렇게
생각하기로 했어요. 더 묻기 뭐해서.

　영은 대학에 가지 않았고 해주는 전남에서 학교를 나왔다.
하지만 그해 유독 전남의 과기원과 주변 공과 대학으로
진학한 과학고 동기들이 많았으므로 솔은 여전히 누가 순경
씨의 친구인지 알 수 없었다. 솔이 오며 가며 만난 동기들도
있었다. 대학생이 되어 다시 나타난 익숙한 얼굴들은 어느새
자신을 해주의 친구라고 소개하고 있었다. 그들을 친구로
받아들인 것은 해주도 마찬가지였다. 내 친구들이야, 인사해.
솔은 고개를 15도쯤 어정쩡하게 숙였으나 끝내 인사는 하지
않았다. 자신을 위해서가 아니라 언니를 위해서. 언니의 학창
시절을 위해서.

　구겨진 교복 와이셔츠를 다림질하듯 솔은 순경 씨가 해
준 이야기에 언니를 판판히 다려 넣었다. 덮밥값을 대신

내주기 위해 구불구불한 언덕길을 오르내렸을 언니 해주의
포니테일이 검은 롱패딩에 찰박거렸다. 덮밥을 얻어먹을
가치가 있는 유일한 인간. 그 인간을 위해 걸어간 길이라고
생각하면 조금 덜 억울했다.

　―열심히, 치열하게?

　―네, 치열하게.

　치열하게. 정말 순경 씨의 친구가 언니인지, 아닌지도
몰랐지만, 언니라고 생각한 순간부터 모든 것은 언니의
이야기로 들렸다. 그래서 솔은 자신이 선주였던 시절을
떠올렸다. 언니와 단둘이서 1평짜리 공간으로 3평으로,
또다시 5평으로 넓히기 위해 바삐 움직이던 시간을. 솔은
당일에 짝 지어진 낯선 파트너와 집을 청소했다. 죽은 사람의
집을 치워야 한다는 사실보다는, 낯선 파트너와 함께하는
상황이 늘 더 어려웠다. 화장실, 혹은 다신 꺼내 볼 일 없지만
버리기엔 아까운 물건을 넣어 둔 장롱. 한 번도 닦지 않은
바닥이랑 너무 더러웠는데 박박 닦아 낸 바닥이 있다면, 어느
바닥이 더 깨끗할까요? 솔은 청소일을 하며 질문에 대한 답을
찾았다. 뭐가 더 깨끗하긴. 둘 다 더럽지. 그리고 더러운 건,
자연히 솔의 몫이었다.

　언제나, 당연하게도. 더러운 곳을 청소해 낸 솔이 다음
집을, 또 그다음 집을 향해 버스를 타고 새벽하늘을 차게
가로지르는 이유는 단 하나였다.

　―치열하다고요?

　솔이 물었다. 순경 씨는 솔 앞에서 말을 꺼내기가 점점

　　　　　　　　　　　　　　　　　　　　박소민

조심스러워졌고, 고개를 갸웃하며 간을 보고 되물어야 했다.

　—치열은 보통, 칭찬 아닌가.

　아니지. 치열도 칭찬도 원한 적이 없고 멀어지고 싶었는데 멀어지려고 하는 순간 순경 씨가 와서 네 치열 떨어졌다, 얼른 주워 가야지, 하고 쥐여 준 것이지. 선주가 솔이 되고도 줄기차게 간직했던 꿈은 그거 하나였다. 그만 치열하기. 그런 솔의 사정을 알 리 없는 순경 씨는, 아무튼 그 친구는 참 치열히, 아니 열심히 사는 친구였고 왕따한테 유일하게 말을 걸고 같이 밥을 먹는 착한 친구이기도 했다고, 늘 말을 걸고 싶었지만 걸 수 없었다고 말했다.

　—그 전부터, 친구 하지 그랬어요.

　—그게 내 맘대로 되는 게 아니었는데.

　—친구도 왕따인 친구랑 친구로 지냈듯이. 그냥 그렇게 친구 좀 해 주지 그랬어요.

　—친구는 해 주는 게 아니잖아요. 되는 거지.

　—잘났다.

　저도 모르게 튀어나온 날 선 목소리에 솔은 조금 놀랐다. 대꾸하고 나서야 그런 말은 하면 안 됐는데, 생각이 들었고 주워 담기엔 너무 늦어 버렸다. 순경 씨의 얼굴에서 표정이 사라졌다. 초승달처럼 휘어지던 눈도, 인디언 보조개도, 모두 지워 버린 것처럼. 그렇게 도화지 같은 얼굴로 얼빠진 채 서 있던 순경 씨는 한참 뒤에 입을 열었다. 저기 있잖아요, 뭔가 오해가 있는 모양인데.

　—내가요, 가츠동 값은, 그다음 날 바로 보내 줬어요.

지옥에 갈 수는 없겠지만 지금은　　　　　　　　　　77

스타벅스 기프티콘도 같이.

그는 숨을 깊게 내쉬었다. 그러고는, 왜 내가 자꾸 변명을 하고 있지? 조용히, 동시에 분명하게 읊조렸다.

—그쪽이 나를 어떻게 생각하는지 모르겠는데요, 누구 우습다고 막 불러내고 빌려달라고 해 놓고 안 돌려주고. 그런 사람 아니에요. 배로 돌려주면 줬지.

순경 씨는 한 손에 쥐고 있던, 교체하고 남은 관수용 파이프를 구루마에 내려놓고는 돌돌 굴렸다. 바퀴가 자갈 바닥을 긁는 소리를 내었다. 창밖으로 내려다본 구루마에는 족히 50킬로그램은 되어 보이는 액체 비료도 함께 굴러다니고 있었다. 순경 씨는 숱 없는 눈썹을 검지로 마구 문지르며 고개를 양옆으로 흔들었다. 듬성듬성 몇 안 되는 잎을 매단 앙상한 나무를 마구 흔들 듯이, 비빌 때마다 빈약한 눈썹이 한두 올씩 떨어져 나왔다.

—말도, 친구가 먼저 걸었어요.

수학 선생이 자리를 비운 시기였다. 영과 해주는 모르는 문제를 해결하기 위해 인사 한번 나누어 본 적 없는 학생에게 다가갔고 그게 순경 씨였다. 사양하지 않고 매점에서 가장 비싼 2,500원짜리 삼립 샌드위치 식빵을 골라 전자레인지에 25초 돌려 호호 불며 한입 크게 베어 무는 순경 씨. 그런 순경 씨가 편해서 다음번에도 질문하고, 빵을 사 주고, 또 문제를 풀어 주고, 그러다가 딱 한 번 결제 오류를 대신 해결해 주러 온 것뿐이라고.

솔은 그때 확신했다. 순경 씨의 친구가 누구인지, 누가

박소민

덮밥을 결제해 준 것인지. 나흘에 한 번꼴로 울리던 출금 문자가 떠올랐기 때문이었다. 액수는 늘 2,500원이었다. 그 지독한 일관성에 솔은 언니가 누군가에게 돈을 뜯기고 있는지도 모르겠다고 생각했다. 솔은 그냥 언니가 나흘꼴로 미쳐서 자신을 위한 사치를 부리는 거라고 믿었다. 깊게 물어봐야 자신이 해 줄 수 있는 일도 없었기 때문이었다. 삥이 아니라 친구 사이의 동등한 거래였나. 솔은 자신이 밟고 거닐던 교정을 떠올렸다. 좁고 높은 언덕길을 걸어 올라가는 순경 씨 옆에 언니의 뒷모습을 오려 붙여 보았다. 내일은 덜 비싼 것 좀 고르라며 빵 봉지를 허공에서 흔드는 언니를. 솔은 순경 씨의 이야기가 끝나지 않았으면 했다. 순경 씨가 말끝마다 붙이는 친구라는 호칭을 자꾸만 듣고 싶어서.

　—그리고 친구라는 거, 누가 해 줘야 하는 거라면 걔도 왕따랑 친구 안 해 줬어요.

　—그게 무슨 소리예요?

　—그 애도 똑같이 소문을 만들었는걸요. 언젠가부터는 왕따랑 아는 척도 안 했어요.

　무려 그런 앤데도 나는 걔가 사 준 빵 맛있게 먹었어요. 그 정도면, 친구 해 준 거 아닌가. 나도 꽤 대인배 아닌가? 순경 씨는 비난도 원망도 없는 목소리로 골똘히 생각에 잠긴 듯했고, 솔은 추락방지망을 열었다. 얇고 버름한 망은 창문과 달리 이음새가 뻑뻑했고 잘 열리지 않았다. 열리지 말라고 존재하는 창이어서 그런지 손가락 한 마디만큼 열 때마다 뻑뻑 소리가 요란히도 울렸다. 창틀에 올린 순경 씨의 검지와 엄지가 유독 길고 희었다. 만져 보고 싶다. 생각하며, 솔은 스무 살의 순경 씨를 머릿속에 그려 보았다. 엄마와 손끝을 맞댄 채로, 어떤 신호를 주고받고 있다고 믿었을 순경 씨. 돈 같은 건 요구하지 않을 것 같은 순박하고 못생긴 엄마의 손에 자신의 손을 무방비로 내맡기던 순경 씨. 그리고 일찍이 풍선껌을 둥둥 부풀리며 교문을 나서는 해주를 선망의 눈으로 내려다보며 김이 모락모락 나는 비싼 빵을 한입 크게 베어 물었을 순경 씨.

　그런 장면을 떠올리는 것만으로도 기분이 나아졌다. 솔은 순경 씨에게 언니가 예전보다 나은 사람이 되었다는 것을 이야기해 주어야겠다고 생각했다. 왕따가 새벽 3시에 전화를 걸어도 늘 응답하고, 단 한 번도 졸린 시늉을 해 본 적 없는 사람이 되었다고. 전화를 조금 더 잘 받기 위해 그 애의 달력과 계획표를 늘 챙겨 보곤 했다고. 왕따의 마지막 전화 수신인이 자신이 아니었다는 사실을 두고두고 후회하고 있다고. 하지만 그 순간 새 손님이 세 명씩이나 순경 씨를 찾아왔으므로 솔은 하고 싶은 이야기를 할 기회를 놓쳤다. 농막 밖으로 나설 때 먼저 말을 건 것은 순경 씨였다. 생각나서 말인데. 만약 제가 친구한테 좀 더 일찍 말을 걸었다면, 우리는 친구가 못 되었을 거예요. 솔은 창밖 넘어 허공을 초점 없이 바라보았다. 누구랑도 말을 안 하던 친구였으니까. 모두에게 그런 식으로 평등했어요, 걘. 아주 도도했다고요. 세상이 자기 것인 줄 아는 공주과였달까. 활짝 열린 문으로 비 내린 다음 날의 끈적이는 찬기가 흘러

　　　　　　　　　　　　　　　박소민

들어왔다. 솔은 아무 대꾸도 할 수 없었다. 초점이 흐려진 두 눈에 물기가 맑게 고였다.

눈가만큼이나 하늘도 맑은 날이었고 선생의 바지는 오늘도 젖어 있었다. 솔은 왜 어떤 사람들은 오줌을 참을 수 없는지 알고 있었다. 언젠가 같은 병을 앓는 의뢰인을 만난 적이 있다. 집까지 도착하지 못하고 엘리베이터에 황망히 서 있던 의뢰인과 바닥에 흥건히 고여 있던 오줌을 솔은 똑똑히 보았다. 치우는 것을 도와준 솔에게 의뢰인은 말했다. 공황장애 약을 너무 오래 먹다가 근육을 조이는 힘까지 함께 잃었다고. 조절할 수 없다고, 정말 미안하다고. 솔은 괜찮다고 했다. 병이 있는 것, 그뿐이다. 원치 않아도 보여 줘야 하는 병. 하지만 병 없는 사람은 없다, 고 생각하며 솔은 자기 허리에 둘렀던 바람막이 점퍼를 풀었다. 숨길 수 있는 병이든 없는 병이든 똑같은 게 하나 있었다. 어디선가 바람이 불어오고, 작물과 비작물, 꽃밥과 암술머리를 움직이던 노랗고 고운 가루들이 실려와 코끝을 살살 건드리더니 에취, 보단 취, 에 가까운 재채기가 나왔다. 이 재채기 같은 것.
　참을 수 없는 것은 참으면 좋지 않으니까, 들켜야 도움을 받을 수 있으니까 참아지지 않는 것이다. 솔은 흥건한 피브이씨 바지를 보며 과거의 선생이 입고 다니던 말끔하고 단아하던 수십 벌의 바지들을 떠올렸다. 한때는 이런 뒷모습을 보지 않아도 되었는데. 일터를 떠난 사람이 서서히 내려놓았을 존엄을 솔은 물끄러미 바라보았다. 솔은 꿈속에서

선생의 이름을 부르지 않은 지 오래되었고, 순경 씨는 튼튼한
고관절로 트랙터를 몰았다. 애초에 꿈에서 지껄인 이름 몇
번으로 수명이 줄어드는 것은 말도 안 됐다. 아닌 걸 알면서도
솔은 여러 사람을 참 많이, 오래도 불러 왔다.

　확인해 보고 싶었나.

　솔은 눈대중으로 바지의 위치에 바람막이를 겹쳐 보았다.
몰래 둘러 주기에 조금 티가 나려나. 그래서 조금 무례하려나.
고민 끝에 솔은 밭과 밭 사이에 세워진 베일러로 다가갔다.
볏짚을 돌돌 말 때 쓰는 투명 비닐이 들어 있는 기계였다.
옷보다는 훨씬 가벼운, 동시에 불투명해서 한 장만으로도
몸을 가릴 수 있을 것 같은 비닐이 돌돌 말려 있었다. 비닐을
조금 뜯어내 선생의 뒷주머니에 양쪽 끝자락을 남몰래
꽂아 볼까. 솔은 처음 보는 낯선 기계를 조심히 더듬어
보기 시작했다. 기계 뚜껑을 열어 본 적도 없고, 여는 법도
모르는 솔은 베일러의 틈이란 틈은 악력으로 벌려 보려고
했고 그조차도 되지 않아 롤이 나오는 구멍에 고개를 거꾸로
넣었는데.

　그 순간 누군가 달려와 솔의 어깨를 두 손으로 끌어 내렸다.
반동으로 솔의 몸이 튕겨 나와 바닥으로 굴러 떨어졌다.
아, 씨발. 반사적으로 욕이 튀어나왔다. 한동안은 멍하니
주저앉아 있었고, 정신이 돌아올 즈음 뒤를 돌아 자신을
내동댕이친 사람을 확인했다. 솔과 마찬가지로 바닥에
떨어져 있는 사람은, 헝클어진 머리가 얼굴을 반이나 가리고
있었지만 분명 선생이었다.

　　　　　　　　　　　　　　　　　　　　박소민

—저를 아세요?

—거기 고개 넣으면 죽어.

선생이 말했다. 말간 얼굴, 동그란 눈 코 입. 수학 문제를 풀이해 주고, 어린 솔, 아니 당시의 선주에게 나긋나긋하게 풀이법과 원리를 알려 주던 그때의 얼굴이 그대로 앞에 있어서 솔은 지금 꿈을 꾸고 있는 건가, 갸웃거려야 했다. 어쩌다 이렇게 됐어요, 같은 말은 하지 않았다. 이렇게 됐다기엔 선생은 달라진 게 별로 없었고, 달라졌어도 어쩌다, 같은 건 없겠지.

—고개 넣어서 죽은 사람을 알아.

—무슨 겁을 그렇게 주세요?

—진짠데. 고개를 넣고 있다가 말려들어 간 사람이 있었어.

—그런 끔찍한 말은 마세요.

—볏짚을 돌돌 뭉쳐 마시멜로 만드는 저 기계가, 볏짚 대신 사람 얼굴을……

—그만.

들을수록 장면이 현현해졌기에 솔은 귀 대신 눈을 감았다. 그편이 빠르고 정확했다. 선생은 입을 다물었고 솔의 미세하게 격앙된 음성과 덩달아 달달 떨려 오는 윗입술이 차차 차분해지기를 가만히 기다렸다. 솔은 선생이 자신을 알아보리라 생각했다. 해주와 영, 선생과 솔 외에는 아무도 없었던 교실. 비록 그때로부터 오랜 시간이 지났지만, 네 사람이 보낸 시간은 그리 쉽게 잊힐 만한 것이 아니었다. 아무나 누릴 수 없는 특별활동이었다. 그래서 솔은, 놀란 기색

하나 없는 선생이 차라리 자신을 알아보고도 모른 척하는
것이길 바랐다. 그편이 정말로 아무것도 기억하지 못하는
것보다 나았다. 선생은 액체 비료를 1.5리터 분무기 통 안에
부었다. 오래 힘주고 조였던 근육을 풀어 주듯 시원하게도
쏟아졌다. 콸콸콸. 물을 주고, 비료를 붓고는 선생은
옥수숫잎을 말아 쥐고는 찬찬히 쓸어내렸다. 어린아이의
머리카락을 정성스레 묶어 주듯이.

　—어떤 사람이었어요?

　솔은 기다림 끝에 물었다. 선생은 듣지 못한 건지, 안
들리는 척하는 건지, 베일러 옆에 놓인 연장통으로 천천히
걸어가 작물용 가위를 들고 왔다. 싹. 싹. 꺾이는 소리와 함께
잔줄기가 땅바닥에 흐드러졌다. 솔은 다시 물었다. 어떤
사람이었냐고, 제가 묻잖아요.

　—누구?

　—그, 죽었다는 사람 말이에요.

　싹. 싹. 솔의 질문은 또다시 가위질 소리에 묻혔다. 세상에
저런 거 왜 좋아하나 싶은 사람 있잖아, 모든 소음이 잦아들
때까지 기다린 뒤에야 선생은 겨우 입을 뗐다. 답은 이미 나와
있는데 나만 모르는 수학 문제 같은 거. 그런 쓸데없고 아무도
안 좋아하는 걸 좋아하는 사람이었어.

　—좋아했어요?

　—나보다 어린 사람들은 다 예뻤지. 예뻐했어.

　—사랑했어요?

　—그게 왜 알고 싶으세요?

　　　　　　　　　　　　　　　　　박소민

선생은 말끝을 스리슬쩍 올렸다. 여전히 얼굴엔 희미한 웃음이 동동 떠올라 있었다. 솔은 물러서지 않았다. 알고 싶었다. 좋아하는지 아니면 사랑하는지, 솔은 해주를 사랑했지만 좋아하지 않았다. 언니의 학교에 찾아가지 못하는 동안 솔은 언니가 걱정된 적은 있어도 보고 싶었던 적은 없었다. 한 번도 본 적 없는 부모도 솔에겐 나쁜 사람들이 아니었다. 영하 17도의 추운 날이었어. 수면양말을 신은 발이 그대로 얼어 버릴 것 같은 그런 날, 눈을 닮은 새하얗고 따뜻한 구스다운 점퍼에 소중히 감싼 채로 너희를 데리고 온 어린 부부가 있었어. 울거나 애원하거나 하진 않았지만 살얼음을 걷는 듯 조심스러운 몸짓이었어. 발발 떨려 오던 점퍼가 꼭, 알을 소중히 품은 백로 같았다니까. 솔이 전해 들은 근사한 탄생 설화였다. 우리를 찾아오지 않는 건 걱정되지 않아서가 아니라 보고 싶지 않아서겠지, 솔은 생각했다.

　—그 죽었다는 사람 말이에요. 살리려고 뭘 했어요?

　—똑같은 것.

　너한테 하듯이 똑같이 끌어내렸지. 그 말이 끝나기 무섭게 영이 바닥으로 굴러떨어졌다. 데구루루. 솔과 같은 위치에 떨어졌고 그 반동으로 선생도 덩달아 굴러떨어졌을 것이다. 흙바닥을, 똥밭을 굴렀을 것이다. 영이 위에, 선생이 아래에. 그렇게 잠시 포개졌다가 각자의 바닥으로 약간의 추락을 했을 것이고. 바지에 흙과 물기를 묻혔을 테지. 거기까지는 솔도 쉽게 상상할 수 있었다. 솔이 알 수 없는 것은 그 다음이었다.

같은 바닥에서 일어난 자신과 영, 두 사람이 다가간 곳은
왜 달랐는지. 왜 한 사람은 선생에게 가는 동안 다른 한
사람은 또다시 베일러의 벌어진 틈, 혹은 더 위험한 곳으로
걸어갔는지.

　─한 번 실패한 방법을 또 썼네요.

　─늘 똑같지 않으니까.

　─저도 죽었다면요?

　─그런 말 하면 죄 받아요.

　─뭐라고요?

　─죄 받는다고. 그런 말 하면.

　솔은 선생의 밭에 있던 옥수수를, 아직 옥수수를 맺지
못한 푸른 줄기를 장화 앞코에 힘을 실어 걷어찼다. 뭐? 죄를
받아? 죽을 가능성을 점쳐 보는 사람 앞에서도 죄와 벌 그런
게 중요한가. 죽었으면 안 됐는데, 안 죽어서 다행이다. 그냥
그런 평범한 말을 좀 할 순 없는 거냐고. 소용돌이치는 말에
비하면 발에 챈 옥수수 줄기가 입은 타격은 미미했다. 잠깐
뱅그르르 돌더니 오뚝이처럼 원래 자리로 되돌아왔다.

　생명은 소중한 거야. 함부로 다루면 안 되는 거란다. 솔이
발로 찬 옥수수를 선생은 두 손 모아 꼿꼿이 폈다. 그렇게
하면 꺾인 줄기를 다시 원래대로 세울 수 있기라도 한 것처럼.
그게 솔의 기분을 더 더럽게 했다. 쓰러뜨리는 사람, 일으켜
주는 사람 따로인가. 그걸 알려 주고 싶은 건가. 솔은 더 큰
힘을 실어 줄기를 걷어찼다. 헛발질이었다.

　─좋아하면 그러면 안 됐잖아요.

　　　　　　　　　　　　　　　　　박소민

걱정이 됐으면. 선생은 숙인 솔의 얼굴 가까이 자기 얼굴을 가져다 댔다.

—뭐요?

—선생님보다 어린 사람들은 다 예쁘다면서요. 좋았다면서. 왜 모른 척한 거예요?

—무슨 말을 하는지 모르겠는데.

눈을 껌뻑이며 묻는 선생에 솔은 도리어 말을 잃었다. 솔은 주머니에서 구겨진 사진을 꺼냈다. 영의 방에서 주운 이래로 솔은 어딜 가든 이 사진을 늘 한쪽에 품고 있었다. 잊고 싶지 않았던 게 영인지, 영을 잊어버린 사람들인지 솔은 스스로도 알 수 없었다. 당시에 이 사진을 갖고 있지 않은 사람은 거의 없었다. 턱 길이의 짧은 곱슬머리와 바꿔 낀 적 없는 은색 링 귀걸이. 그 뒷모습은 아닌 걸 알고 보아도 영락없는 영이었다. 닮은 정도가 아니라 너무도 똑같아서, 사진을 보는 것만으로도 주춤하게 되었다. 그때나 지금이나.

—이거 선생님이잖아요.

옥수수 줄기를 쓰다듬다 말고 선생은 고개를 들어 솔을 올려다보았다. 댕그란 눈. 그 눈깔을 껌뻑이며 솔을 가만히 응시했다. 솔은 다시 추궁했다. 이걸 보고도 모른다고 할 수 있어요? 선생은 여전히 은은한 웃음을 띤 채로 자신의 왼쪽 옆을 손바닥으로 두 번 가볍게 두드렸다. 앉아 보라는 듯이. 솔은 그대로 서 있었다.

—좀 앉아, 학생. 다리 아프잖아.

옥수수가 구황작물이라 키우기 쉬운 줄 아는 사람들이

많은데, 생각보다 손이 많이 가는 작물이야. 선생은 푸른 잎을 두 손으로 벌리며 그 안에 든 생곡을 검지로 문질렀다. 관개만 해 주면 잘도 사는 줄 알겠지만, 섭씨 39도가 5일만 계속돼도 죽는다. 잘 돌보려면 잘 관찰해야 해. 일기예보도 보고, 흙도 만져 보고, 하루에도 몇 번씩 잘 있나 들여다보고. 예쁜 말도 해주고. 같이 시간을 보내야 해. 시간만큼 정직한 게 어디 있어? 주머니를 뒤적거리더니 작은 지온계를 꺼내 드는 선생. 길게 뻗은 두 쇠막대를 흙에 꽂아 넣으니 아날로그 숫자가 나타났다.

　—너도 직접 꽂아 볼래?

　솔은 쇠막대를 그대로 손으로 움켜쥐었다. 거센 악력으로 선생의 손에서 지온계를 빼앗았다. 선생이 손에 조금도 힘을 주고 있지 않았던 탓에 반동이 일었고 솔은 주저앉을 뻔했다. 모른 척하지 마세요. 나도 참을 만큼 참았어요. 솔은 휘청이는 다리 중심을 잡으며 말했다. 여전히 아무것도 모르겠다는 그 두 눈깔을 본 순간 솔은 참을 수 없는 분노가 일었고 선생의 어깨를 밀쳤다. 선생은 솔의 손목을 움켜쥐었다.

　—한 번은 살렸어야죠.

　—한 번은?

　—학교에서든, 여기서든.

　—사람들이 좀 살고 싶어 해야지. 그래야 나도 살리지. 하늘은 스스로 살리는 자를 살린다. 몰라요, 그런 말?

　내가 할 수 있는 일이 있었다면 했겠지. 난 늘 최선을 다했어. 선생은 힘 빠진 목소리로 덧붙였다. 비아냥거림인지 체념인지, 인정인지 분간이 안 갔다.

　—할 수 있는 일이요?

　—그래, 할 수 있는 일.

　솔은 할 수 있었던 일과 했던 일을 떠올렸다. 대체로는 똑같은 날들이 머릿속에서 똑같이 재생되었다. 이따금 해주의 학교에 찾아가고, 가는 김에 영의 교실에, 영의 기숙사에 들렀다. 준비물이 있다면 두 개를 챙겨 갔고, 도시락을 싸 가야 할 때도 똑같은 메뉴를 두 개 만들었다. 새벽같이 일어나 만든 낫토김밥과 하트, 별, 꽃 모양 틀로 찍어 낸 계란말이를 영이 먹는다는 생각에 마음이 부풀다가도 그 음식을 나누는 사람이 해주라는 사실에 바늘로 터트린 듯 맥없이 쪼그라들었다. 고작 언니 같은 사람이 영의 곁에 있다. 마트를 예닐곱 바퀴씩 돌며 시식 음식으로 배를 채우고, 학부모 대접용 간식을 주머니 가득 챙겨 나오던 언니. 가방에 수학책보다 훔쳐 온 과자 봉지들과 컵 과일이 더 많았던 언니. 솔은 그런 언니가 한심했던 적이 없었다. 침을 질질 흘리며 생존 사냥을 하는 곰처럼, 도리어 커다랗고 사나운 맹수 같았다. 그런 언니가 왜 영 옆에 서면 저토록 보잘것없어지는지 솔은 알 수 없었다. 가끔 영이 없을 때면 솔은 영의 자리에, 영의 침대에 앉았다 왔다. 영이 머문 자리에서는 영의 냄새가 났다. 그런 기억을 한참 되짚다 보면 끝엔 꼭 하나의 장면이 남았다. 학기말 고사가 끝난 날 저녁, 세 사람이 영의 방에 모였던 날. 솔은 보온병에 망고 맛이 나는 맥주를 가득 담아 밀반입해 왔고 세 사람은 밤새 함께

지옥에 갈 수는 없겠지만 지금은　　　　　　　　　　89

홀짝였다. 영은 수학 선생이 써 주었던 풀이 노트를 꺼냈다.

—야, 너 라이터 같은 것 좀 없어?

솔은 어디에서 주웠는지 알 수 없는 라이터를 꺼내 불을 붙여 주었다. 구하기 힘든 물건을 지니고 다니면 영과 언니 사이에 끼어들 수 있었다. 이 구질구질한 시간들, 다 날려 버리자. 두 사람이 킬킬댔다.

—불나면 어떡해?

해주가 솔의 손에 들린 라이터를 빼앗아 들었다.

—깔끔하게 타. 내가 많이 태워 봤어.

영은 다시 라이터를 넘겨받아 불을 붙였다. 누런 기 섞인 모조지가 순식간에 시커멓게 탔다. 재 한 점 날리지 않았고, 돌돌 말아 쥔 그대로 검은 통나무가 되었다. 솔은 영에게 어떻게 타오를 종이의 미래를 알았냐고 물었다. 영은 제사 지낼 때 할머니가 하던 말을 흉내 냈다. 깔끔하게 자알, 머물다 천국 가셨네. 진실하게 사랑하면 끝도 깔끔한 거야.

—불교에도 천국이 있나.

해주가 검게 탄 종이 끄트머리를 만지작거리며 말했다.

—언니네 할아버지는 기독교였거든. 믿음이 한데 섞였어.

솔이 영을 대변했다. 해주는 그런 자신의 동생을 흘겨보았다. 영과 같은 학교에 다니는 건 나인데, 더 많은 시간을 보내는데 어째서 너는 모르는 게 없어? 솔은 모르는 게 없는 게 아니었다. 영에 대해 우연히 알게 된 한 줌의 사실들이 절묘한 순간 튀어나왔을 뿐이다. 한 사람 손에 섞여 들어간 두 장의 조커 카드처럼. 꼼수도, 한쪽으로만

　　　　　　　　　　　　　　　　　박소민

기울어진 애정도 아닌 그저 운과 타이밍일 뿐이었다. 해명이 길어질수록 해주의 얼굴이 딱딱하게 굳었다.

　—너 이제 우리 학교 허락 없이 오지 마라.

　해주는 솔의 눈을 똑바로 바라보며 목소리를 낮추었다. 솔은 똑같이 받아치는 대신 웃긴 이야기를 들은 듯 과장되게 깔깔거렸다. 올 건데, 올 건데? 언니 말고 영이 보러 오는 건데? 해주는 영이가 네 친구냐고 했다. 언니라고 불러라. 좋은 말로 할 때. 대화 틈새를 파고든 냉기는 금세 웃음에 희석되었다. 영은 솔과 단둘이 있을 때 씹던 아카시아 껌을 씹었다. 단물이 빠지다 만 껌을 솔의 입에 넣어 주는 일은 없었지만. 세 사람은 그렇게 웃고 떠들었다. 불과 종이, 음료수 맛이 나는 망고 맥주. 그것만으로도 그들은 긴긴밤을 지새울 수 있었다.

　어스름이 완전히 걷히지 않은 이튿날, 어두컴컴한 복도를 함께 걸어간 셋은 불 켜진 교실을 보고 한 번, 그 교실이 영의 반이라는 것을 알아차리고 두 번 놀랐다. 웬일로 다들 이렇게 일찍…… 한 장의 사진을 빙 두르고 선 아이들과 눈이 마주쳤다. 단발머리를 한 아이가 영에게 사진을 보여 주었다. 이거 너지. 영은 대답하지 않았다. 단발은 영 옆에 선 해주에게 같은 질문을 했다. 어제 애 어딨었어. 넌 알지? 같이 있었구나. 너 얘랑도 사귀냐. 솔은 해주의 허리를 쿡 찔렀다. 말해 언니. 말하면 다 해결돼. 언니랑 같이 있었잖아, 그러면 누명을 벗을 수 있잖아. 해주는 끝내 대답하지 않았다. 솔은 그때 처음으로 보았다. 부스스한 머리를 대충 올려 묶은 채로,

그 자리에서 딱딱하게 굳어 버린. 겁에 질린 듯한 표정을.
그 표정이 너무나도 간절해 보여서 솔은 더 찌르지 않았다.
언니가 해야 했을 말을 대신 하지 않았다.

솔은 교실 뒷문을 힐긋 쳐다보았다. 누구라도 지나갔으면
했다. 상황을 중재해 주거나 아이들을 벌하기를 바란 것은
아니었다. 솔은 아이들이 가장 두려워하는 것이 무엇인지
알았다. 목격자. 벌을 받는 것보다 나쁜 사람으로 기록되는
것을 더 무서워하는 사람들을, 솔은 침착하게 둘러보았다.

—얘는 모르는 일이야.

오랜 대치 끝에 영이 입을 연 순간 복도에 불이 들어왔다.
팅. 팅. 환해지는 소리였다. 어둠이 꺼지는 소리였다. 해주는
솔을 돌아보았다. 언니는 아무것도 묻지 않았지만, 솔은 무슨
대답이라도 해야 할 것만 같았다.

너라도 좀 나서지 그랬어.

한 번이라도 사랑했으면. 선생은 사진 속 설핏 보이는
옆얼굴과 실루엣을 손톱으로 긁었다. 구겨지고 굴곡이
생겼다. 더욱 형체를 알아볼 수 없게 된 사진 속 인물들이
도리어 실체감 있는 사람처럼 느껴졌다. 솔은 영이 세모가
그려진 종이를 구기며 해 준 이야기를 떠올렸다. 원래는
이렇게 생겼거든, 울퉁불퉁. 이런 거 다 무시하고 저 세모
두 개가 산이다, 말하는 게 유클리드 기하학. 이제 알겠어?
세모를 구긴다고 해서 진짜 산이 될 수 없었고 모자이크는
아무리 잘게 나누어 보아도 모자이크일 뿐이었지만, 구기고
쪼개어서라도 진짜에 가까이 가고 싶은 마음이 오돌토돌

박소민

만져졌다.

　—말할 만큼 말했죠, 학생?

　선생은 솔의 손목을 쥐었던 손을 놓아주며 물었다. 솔은
아니라고 했다. 할 말, 아직도 많이 남았다고. 오늘 밤을 샐
수도 있을 거라고. 선생은 해 보라고 했다. 해야 하는 말이
있으면 다 해야지. 해야 할 말을 못 하면 가슴에 응어리가
생겨서 한이 된다고. 솔은 말하고 싶었고, 말해야 했다. 매일
남아 영과 문제를 풀었던 선생과 도망친 선생 중에 어떤 것이
진짜 선생님이냐고. 돌볼 줄 아는 사람이 왜 도와주지 못했던
거냐고. 솔은 입을 열었지만 어떤 말도 나오지 않았다. 선생은
침묵을 가로채지 않고 기다렸다. 솔은 끝끝내 아무 말도 할 수
없었다.

　—그럼 이제 내가 물을게요. 내가 행동을 똑바로 못 해서 내
학생이 피해를 봤다고. 내 책임이라고, 학교도 그만두고 일터
잃는 거. 그런 게 학생이 원하는 건가?

　말해 봐요. 나도 같이 다쳤으면 학생 속이 좀 편했겠는지.
솔은 그때라도 말하고 싶었다. 그랬으면 속이 좀 편했을
거라고. 한 명 혼자 맞지 않고 좀 나눠 맞았으면 덜 아팠을
거라고. 그게 내 방식이라고. 꿈에서 자신이 내렸던 매일의
원칙과 원칙에 따른 선택들이 떠오르자 입이 근질거렸다.
동시에 자신이 원칙을 어겼던 순간들도 떠올랐다. 한 이름을
연달아 부르며 함께 아프길 바랐던 순간들이.

　—내 옆에 누가 있었어도 내 선택은 같아. 나는 어리고
혼자 남은 예쁜 학생이 있으면 같이 문제를 풀어 줄 거란다.

넘쳐나는 시간을 같이 보내 줄 거고. 매일 들여다보고 돌볼 수는 있단다.

진짜 도움이 필요할 땐 도망치고. 솔은 하고 싶었던 말을 삼켰다.

—나는 정말 그 애를 좋아했어.

선생은 밭에 그대로 주저앉았다. 엉덩이를 땅에 문대어 흙을 묻혔다. 그러면 병이 있는 사람에서 기르는 사람에 가까워졌다. 정말 예뻐했지. 선생은 흙밭이 잠길 만큼 액체 비료를 들이부었다. 좋아한다고 할 수 없는 일까지 할 수는 없잖아. 안 그래요? 선생은 솔을 똑바로 바라보며 사라지지 않을 자국을 남기듯 말했다. 학생도 알잖아. 나도 알고.

잘못 들었나. 솔은 고개를 들고 선생을 돌아보았다. 인위적으로 올린 입꼬리와 자글자글한 주름의 움직임을 응시하던 솔은 축축이 젖은 흙을 한 움큼 쥐었다.

알아?

알긴 뭘 알아. 영과 언니 사이에 서 있던 무수한 순간들. 아무 말도 하지 않는 언니를 지켜보고. 그 사람이 성인이 되는 그날만을 기다리며 학교 대신 남의 집으로 등교하던 시간들. 그걸 어떻게 아는데요. 솔은 해주에게도 같은 질문을 했다. 알아? 영이 어떤 취급을 받는지 아느냐고. 알고도 그랬다고 언니는 순순히 자백했다. 갠 혼자서도 잘 버티는 줄 알았으니까. 언니 지금 되게 뻔뻔한 거 알지. 언니는 그 역시도 인정했다.

—사람이 너무 미안해지면 좀 파렴치해져요.

박소민

원래 그런 거야, 학생. 몰랐으면 알아 둬. 솔은 당장
집어 던질 듯이 단단하게 뭉친 흙을 제자리에 내려놓았다.
동그랗고 옹골지게 뭉쳐졌던 흙덩이가 바닥에 마찰하며
잘게 부서졌다. 부서지는 순간, 선생과 눈이 마주쳤다. 너도
내 마음이 이제 이해 가니? 묻는 것만 같은 말갛고 인자한
웃음을 보자 솔은 오랜 시간에 걸쳐 조금씩 쌓여 왔던 의문의
정체를 알 것 같았다. 왜 사람들은 이렇게 보여 주려고
하는지. 흙이든 오줌이든 묻은 바지도, 병도, 사진도, 누가
누구랑 입을 맞추든 뒹굴든 살렸든 죽였든 그걸 왜 내 앞에
들이밀고, 속속들이 알 수밖에 없도록 하는 것인지.
　　왜.
　　솔은 숨을 고르듯 흩어진 흙을 손바닥으로 두드리며 판판이
눌러 폈다. 선생님, 잘 살아요. 잘 먹고. 꾹꾹 눌러 말한 솔은
미련 없이 일어섰다. 너, 떠나니? 솔은 아니라고 했다. 솔은
이제 떠나지 않아도 괜찮았다. 떠나지 않고도 먹고 사는
법을 어느 정도 터득했기 때문에. 솔은 어깨에 두르고 있던
바람막이 점퍼를 풀어 선생의 허리춤에 둘러 주었다. 한 번
묶은 매듭으로는 힘없이 흘러내려서 두 번, 세 번, 꽉 조였다.
오랜 여행을 떠나기 전 밑반찬을 해 두는 엄마, 같은 건 가져
본 적 없지만 있다면 이런 기분이지 않을까 하고 생각했다.

영과 해주를 앞혀 놓고 수식과 그림을 수백 번 적어 내는
선생의 뒷모습을 솔은 아주 오랫동안 떠올렸다. 그리고
지우기를 반복한 도화지처럼, 수없이 반복해 떠올리고 그려

보고 또 그려 보아서 울고 헤져 버린 장면이었다. 솔은 희고 노릇한 곡물을 오돌토돌 매단 옥수수를 바라보았다. 선생이 열심히 길러 내고 지켜보았을 옥수수. 아이의 입에 처음으로 돋아나는 이 같은 알갱이. 멀리서 보았을 땐 맑고 투명했는데 가까이 뜯어보니 끝없이 이어진 동그라미들이 징그러웠다. 너무 가까이에서 보지 않는 편이 나을 때도 있었다.

솔은 수염을, 길게 찢은 벽지 같은 이파리를 걷어 내고 탐스러운 알갱이 몇 개를 뜯어냈다. 입에 넣고 앙다물어 보았는데 기묘하게도 옥수수알은 차가웠지만 단단하지 않았다. 혀끝에서 돌돌 궁굴리니 갓 찐 것처럼 속살이 톡 터졌고 뜨거운 기운이 이 사이사이에 스몄다. 찜기에 갓 쪄서 나온 것과 같은 온기와 무른 질감이었다. 옥수수알은 으깨지고 입안에 눅진히 들러붙었다. 꿈이었고, 깨고 나서도 입에 선명한 이물감이 남았다. 누구의 이름을 부르지 않아도 깨어날 수 있었다. 이상하지만 슬프지 않은 꿈이었다.

—원래 먹은 게 그 사람이 돼.

룸메이트가 들어오지 않은 날, 침대에 나란히 누워서 영은 그런 말을 했다. 석류알을 땅에 던지면 땅이 먹고 석류가 돼. 그 땅에서는 석류 냄새가 나는 거야. 옥수수를 심으면 옥수수 냄새가 나고. 달걀을 삶아 먹으면 달걀 비린내가 나. 이제 더는 영의 숨소리도, 목소리도 들을 수 없는 텅 빈 방에서 솔은 벽지를 살살 뜯어냈다. 코에 가까이 갖다 댄 벽지를 깊이 들이마셨다. 옅은 냄새, 그 냄새가 남기고 간 희미한 흔적까지도 남김없이 맡기 위해서. 이제는 옥수수

박소민

단내라고도, 영의 체취라고도 할 수 없는 종이 냄새가 났다.

솔은 뜯어낸 벽지를 뒤집어 보았다. 뒤집어도 다를 것 없는 밋밋한 무늬가 있었다. 이 벽지 하나로도 옥수수 이파리를, 무서운 속도로 자라난 식물들로 가득 뒤덮인 밭을 상상할 수 있었다. 영은 지독하게도 푸른 밭을 처음으로 보여 준 사람이었다. 영이 사라졌고, 밭도 같이 사라졌다. 눈을 감았다 뜨는 동안에도 많은 것이 사라진다고 솔은 생각했다.

영과 아카시아 껌을 씹으며 학교 밖으로 몰래 빠져나온 날이었다. 두 사람은 목적지도 없이 지하철을 타고 도보를 걸으며 한나절을 보냈다. 역사에서 각가지 껌을 깔아 놓고 파는 할아버지를 만났다. 사람들의 체취, 먹은 음식들, 그 음식의 냄새, 추운 겨울날의 난방기 바람과 동물들이 싸고 지나간 오줌, 어쩌면 사람도. 그런 것들이 한데 섞여 처음 맡아 보는 냄새가 났다. 금지된 냄새. 더럽고 위험하고 쿰쿰하고 수치스럽고 달큼한 냄새였다. 솔은 그때 함께 일하던 어른들에게 마리화나라는 말을 처음 배웠다. 구리고도 단내가 나는 그런 약이 세상에 있다는 이야기를 주워듣고는 궁금해했다. 언니는 마리화나 알아? 이런 냄새랑 비슷한가, 묻자 영은 솔의 손을 꽉 쥐었다. 그런 건 궁금해하지도 마. 세상에 알 필요 없는 건 좀 알려고 하지도 말고 들여다보지도 말고.

모르고 살아.

창밖에는 여전히 덜 자란 작물과 과일나무가 무성했다. 악, 악. 소리를 내며 밭을 가로지르는 남자 옆으로 순경

씨의 트럭이 천천히 속도를 줄이며 멈추어 섰다. 그러고는
익숙하다는 듯 그의 맨발에 파우더를 발라 주었다. 울퉁불퉁
뒤꿈치에 잡혀 있던 물집이 한결 가라앉아 있었다. 발을 하얀
가루로 잔뜩 뒤덮은 남자는 또다시 사람 없이 휑뎅그렁한
땅을 내달리기 시작했다. 솔은 이끌리듯 흙으로 뒤덮인
운동화를 끌고 밖으로 나갔다. 변한 것들 사이로 변하지 않고
그대로 제자리를 지키는 포도나무가 작은 포도 한 알을 매단
채 서 있었다. 매끈했던 표면에 주름이 지고, 과육을 조금씩
흘리며, 친구도 가족도 없이 하나의 알맹이로 존재하던 포도.
솔은 마지막 포도 한 알을 따고 메마른 나뭇가지에 손을
대었다. 그 순간, 나뭇가지는 간신히 원래의 모양을 유지하고
있던 깨진 접시처럼 우지끈 부러지더니 땅을 향해 추락했다.
부러지고 남은 자리에 동그란 구멍이 남았다.

　시간이 흐르는 게 좋다.

　잘린 자리를 어루만지며 솔은 중얼거렸다. 두 팔 가득
포도를 매달던 시간이 사라지지 않고 구멍으로 남았다. 솔은
동그란 구멍 안으로 오래 품어 왔던 벽지를 돌돌 말아 넣었다.
벽지는 처음부터 가지의 일부였던 것처럼 꼭 붙어 떨어지지
않았다. 이제는 몰라도 돼. 모르고 살아. 속삭이며, 솔은 파낸
흙을 도로 덮었다. 순경 씨는 지나가며 힘도 좋네요, 하고
말했다. 쓰러진 건 땔감으로 쓰고 내일 그 자리에 새로운 걸
심자고. 하나에서 셋, 셋에서 아홉, 아홉에서 스물일곱, 여든
하나…… 눈을 감았다 뜨면 첫 번째 가지가 무엇이었는지도
알 수 없을 만큼 무성한 가지들이 뻗어 나와 있을 거라고.

　　　　　　　　　　　　　　　　　　　　박소민

사과, 귤, 살구 중에 무얼 심을까요. 솔은 무엇이어도
좋았지만 포도, 하고 작게 말했다. 또요? 네, 또요. 하나만
심으면 못 살아도, 여러 그루를 심으면 그중 몇몇은 살겠지.
푸르른 보랏빛의 외피, 속에 웅크린 달큼한 과육. 아직 열리지
않은 미래를 맛본 것처럼 순경 씨는 웃으며 근사하죠, 물었고
솔은 아무것도 없는데 뭐가 근사하냐고 대꾸했다.

지옥에 갈 수는 없겠지만 지금은

물리학자 김상욱 교수님의 강의를 들은 적이 있다. "물리는 세상
그 자체는 아니지만 세상을 근사합니다." 분명, 흘러가듯 툭 건넨
말씀이었을 것이다.

　근사하다…….

　완벽히 설명해 내기엔 불가해하고 모순적인 세상이지만 그렇기에
한번 이해해 보고 싶다. 가까이 다가가 보고 싶다. 세상 모두를
납득하게 할 순 없어도 나 한 사람이라도. 세상을 근사해 보려는
시도는 근사하구나, 하고 나는 생각했다.

　이 소설은 실패할 것을 알고 던지는 줄자 같은 것이다. 줄이라기엔
너무 연약해서 누구도 매달릴 수 없을 것이다. 자라기엔 아무것도
측정할 수 없을 것이다. 삶만큼이나 복잡한 죽음에 갖다 대는 숫자는
무력하니까. 그렇게 손에 힘을 풀고 툭 늘어뜨린 줄자로는 적어도
내가 선 절벽의 깊이를 재 볼 수는 있을 것이다. 내가 무엇 위에 서
있는지 알고 싶은 마음으로 또다시 손에 줄자를 움켜쥐어 본다. 그런
마음으로 쓴 소설이다.

박소민

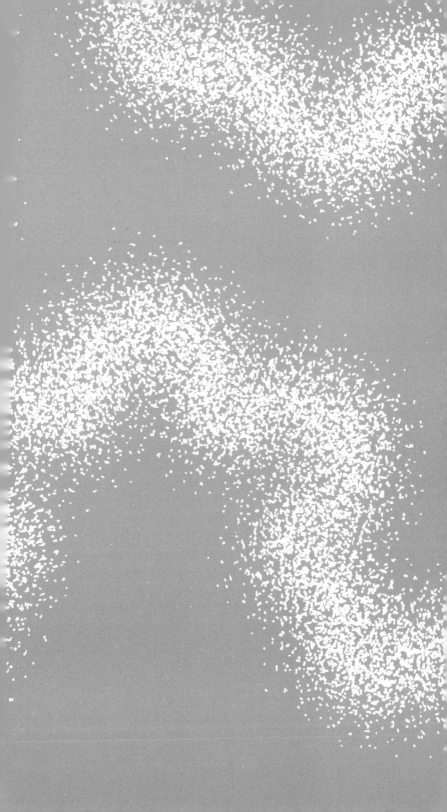

잃기일지

이선진

내가 아직 세상에 나오지 않았을 때 내 사전(辭典)엔 침묵이 있었다. 믿거나 말거나, 나는 지금도 기억할 수 있다. 사방에서 나를 감싸안고 있던 나의 첫 침묵을. 겸자가 비집고 들어와 내 침묵에 작은 구멍을 내던 순간을. 귀밑의 파인 자국은 그때 떨어져 나간 침묵의 조각이 박히면서 생겨난 거였다. 보통 이틀 정도면 없어지니까 너무 걱정하지 마세요. 간호조무사는 겸자 분만을 하는 경우 흔히 있는 일이라며 대수롭지 않다는 듯 웃어 보였지만 그 자국은 이틀 뒤는커녕 지금까지도 사라지지 않았다. 당연했다. 그건 부젓가락처럼 생긴 금속 집게가 아니라 엄마 배 속의 새까만 침묵이 내게 마지막으로 건넨 작별 인사였으므로.

산후조리를 할 틈도 없이 엄마는 매일 버스 터미널 앞 사거리로 나가 손수 캔 고사리를 팔았다. 싸요 싸, 싱싱해요 싱싱해, 하고 지나가는 사람들의 귀를 사로잡는 대신 잠자코 소리 죽였다. 통행에 방해가 되긴 하나 비키라고 말하기에는 애매할 정도로만 행인들의 앞길을 막았다. 어떤 사람들은 그녀가 거기 있다는 사실조차 하얗게 잊어버리곤 했다. 그녀는 그 순간을 놓치지 않고 고사리가 든 플라스틱 소쿠리를 좌판 앞으로 슬쩍 내밀었다. 고사리 같은 손으로 고사리 내밀기. 그녀의 삶을 한마디로 요약하자면 이랬다. 소복이 쌓인 고사리를 누군가 발로 짓밟으면 이를 어쩌면 좋아, 하고 호들갑 떠는 대신 캄캄한 밤하늘을 올려다보듯 고개를 들었다. 에이 씨발 재수 없게시리. 재수 없이 덫에 걸린 행인으로부터 못 쓰게 된 나물값을 건네받은 뒤 그녀는

잃기일지

계획대로 무사히 하루 장사를 마쳤다. 그러니까 그 당시
나를 먹여 살린 건 다름 아닌 그녀의 침묵이었다. 심지어 한
손에는 빈 소쿠리를, 한 손에는 내 손을 쥐고 집으로 돌아가던
중 뺑소니 차량에 들이받혀 소멸 직전의 별처럼 공중에 붕
떠올랐을 때에도 그녀는 아주 작은 소리조차 내뱉지 않았다.

혼자 남은 나를 거두어 준 건 길정 이모였다. 그녀는 엄마의
이복언니로, 매일 미세하게 옷깃 모양이 다른 정장을 빼입고
건물 다섯 층을 통째로 쓰는 어학원으로 출근하는 원장 남편
덕에 부족함 없이 사는 것 같아 보여도 늘 무언가를 잃어버린
사람의 얼굴을 하고 있었다. 무언가를 잃어버린 사람의
얼굴이 뭐지, 하고 묻는다면…… 뭐긴 뭐겠어 뭔가를 잃어버린
사람만이 알아볼 수 있는 그렇고 그런 얼굴이지.
  그녀가 사는 서울의 2층짜리 단독주택에는 빈방이
많았다. 그중에서도 눈을 감고 곤히 잠든 별 패턴의 벽지로
꾸며진 복도 쪽 방은 그것이 비어 있는 정도보다 훨씬 더
많이 비어 있다는 인상을 풍겼다. 나는 그 사실이 마음에
들었고, 그 집에 어린아이라고는 나뿐이었고, 모든 조건이
딱 들어맞았고, 그럼에도 내게 하달된 규칙은 "그 방만 빼고
다 써도 돼."였다. 기대를 배반당한 나는 우표 수집하듯
침묵을 수집했다. 내세울 게 침묵밖에 없었다. 이제는 사람의
진면목을 확인하는 데 알코올만 한 게 없다는 걸 알지만 당시
나는 상대방이 언제 침묵하는지만을 골똘히 들여다보았다.
예컨대 이모부가 이모가 사랑을 말할 때 침묵하는 사람이라면

이선진

이모는 이모부가 사랑을 말하지 않을 때 침묵하는
사람이었다. 내 마음의 축이 어느 쪽으로 기울어졌을지는,
두말하면 입 아팠다.

밤중에 지도를 그린 내가 똑똑, 하고 방문을 두드릴 때면
이모는 나를 야단치는 대신 상냥한 얼굴로 새 잠옷과 이불을
가져다주었다. 한 번쯤은 엉덩이를 때릴 줄 알았는데 한 번도
안 때렸다. 애정이라기엔 비정했고 비정이라기엔 애정이 서려
있었다. 그러길 바랐다.

하루는 깃이 둥근 숄칼라 재킷을 걸친 이모부가 대체
언제까지 저 애를 맡아 줘야 하는 거냐고, 혹시 나를 괴롭힐
작정으로 이러는 거냐고 세상 떠나가라 소리쳤다. 내게도
귀가 달려 있다는 사실을 잠시 잊어버린 것 같았다. 그러나
나는 그 말을 듣고 상처 입거나 당황하지 않았다. 오히려
나를 상처 입히고 당황시킨 건 그가 "이를 어쩌면 좋아." 하고
어린아이처럼 울음을 터트렸다는 사실이었다. 내 사전에
말이 없었듯 그의 사전에도 '어쩌면 좋아'라는 말은 없을 줄
알았는데 그게 아니라는 사실이 나를 따끔따끔하게 했다. 나는
'저 지금 무척 따끔따끔해요.' 하고 입 모양으로만 말하면서
침묵과의 의리를 지켰다. 놀이터인 동시에 전쟁터인 침묵.

그 무렵 내 속은 딴마음으로 가득했다. 일단 마음이 있어야
딴마음을 품을 수 있는 거 아니냐고 생각할 테지만, 내
경우에는 반대였다. 딴마음이 먼저, 마음이 나중. 정반합이
아니라 반정합. 그러니까 당시 이모도 내게 "진주 너, 지금
마음이 어떠니?" 하고 묻는 대신 "너 지금 딴마음이 어떠니?"

하고 물어 줬으면 좋았을 터였다. 어찌 됐든 씨앗처럼 작은
딴마음을 품은 열세 살의 나는 해가 동쪽에서 뜨고 달이
서쪽에서 뜨는 줄 알던 아이였다. 저녁때 하늘의 중간
지점에서 만난 해와 달이 서로에게 굿나잇 키스를 건네는 일이
매일같이 반복되는 줄 알던 아이였다. 1년 365일 중에 3분의
1은 이불에 오줌을 지리던 아이였다. 그리고 명왕성이 태양계
행성에서 퇴출되었다는 소식으로 세상이 떠들썩하던 초등학교
6학년 여름방학 무렵, 내가 이불에 필리핀 모양 지도를
그리기가 무섭게 이모는 필리핀행 비행기표 두 장을 끊었다.

우리의 목적지는 마닐라 공항에 착륙해서도 구불구불한
낭떠러지 길을 한참 올라가야 나오는 바기오라는 도시였다.
따로 묻지 않았음에도 이모는 내 안전벨트를 매어 주면서
우리가 지금 이곳에 온 이유는 필리핀 지부에 있는 어학원을
관리하기 위해서라고 했다. 그곳은 한국과 다르게 여름에도
무척 선선하다는 말이나 사람 사는 게 어디든 다 똑같다는
말—어쩌면 다르지 않다고 했을지도 모르겠다—을 덧붙이기도
했다. 그러나 동경 120°36′ 북위 16°25′에 위치한 그곳에
머무는 동안 이모는 학원 운영에 별다른 관심이 없었다. 가끔
'아떼'라고 불리던 현지인 매니저에게 "하우 이즈 쉬?" 하고
누군가의 안부를 묻기도 했는데, 그 '쉬'가 지칭하는 게 내가
아님은 분명했다.

　그 동네에서는 시내에 나갈 때 지프니라는 운송 수단을
이용했다. 한국의 버스처럼 출입구 쪽에 따로 동전 투입구가

　　　　　　　이선진

있는 게 아니라 옆자리에 앉은 사람에게 동전을 건네면 동전이 별과 별 사이를 잇는 선분처럼 손에 손을 타고 뻗어가 기사에게까지 가닿았다. 인종차별인지 특별우대인지 다들 약속이라도 한 듯 거스름돈은 주지 않았으므로 미리 셈을 잘해 놔야 손해를 최소화할 수 있었다. 물론 이모에게 그 사실을 들켜선 안 됐다. 머리에 피도 안 마른 어린애 혼자 타지를 쏘다니는 것도 위험한데 한국인이 괴한에게 피격당했다는 뉴스까지 연이어 터졌으니 그럴 만도 했다. 그러거나 말거나 나는 '피격'이라는 단어가 마음에 쏙 들었다. 지나가는 사람 아무나 붙잡고 나를 좀 피격해 달라고 말하고 싶을 정도였다. 하루는 수업을 땡땡이치고 몰래 학원을 빠져나와 아무 지프니에나 올라탔는데, 내 또래로 보이는 여자애에게 말없이 동전을 건네자 그 애가 또박또박하지만 어딘지 모르게 어눌한 한국말로 다짜고짜 내게 이렇게 말했다.

"너, 너무 시끄러워."

그 순간 나는 지구의 자전축처럼 그 애 쪽으로 기울어졌다.

자식이 부모의 거울이라면 그 애의 거울은 반으로 쪼개져 있었다. 반쪽은 마닐라에서 영어 강사로 일한다는 필리핀 여자였고 나머지 반쪽은 타국에 자식을 두고 고국으로 나른 한국 남자였다. 길에서 흙먼지를 일으키고 다니는 게 유일한 취미인 현지 꼬맹이들이 그 애만 보면 시도 때도 없이 안녕하세요, 하고 배꼽인사를 해 댄 것도 그 때문이었다. 누군가에겐 안부를 묻는 그 단어가 '코피노'의 이음동의어라는 사실을 모르는 사람은 아마 없을 터였다.

고로 나는 그 애에게 '안녕'이라고도, '헬로'라고도 하지 않고
뭔가에 피격이라도 당한 사람처럼 다급히 동전을 건넨 손을
거두어들였다.

머무는 곳이 달라졌다고 해서 나의 생활이 크게 달라지는
건 아니었다. 서울의 쓸데없이 커다란 학교에 갈 때나 학원
지하의 개미굴 같은 강의실에 갈 때나 나는 늘 가방 문을 열고
다녔다. 칠칠치 못하게 가방 속에 든 것들을 흘리고 다녔다.
그곳에서도 하나같이 속없는 사람들이 가방 문 열렸어, 하고
지퍼를 닫아 주려 했다면 그 애는 어느 날 내가 깜빡 잊고
가방 지퍼를 닫아 두었을 때 뒤에서 조용히 지퍼를 열어
주었다. 내가 잃어버려야 하는 것들을 마음껏 잃어버릴 수
있도록 해 주었다. 어쩌면 좋아. 나는 내 안의 침묵어 사전을
펼쳤다. 온통 침묵투성이인 사전을 뒤적이다가 내게는 지금
상황에 딱 맞춤한 침묵이 없다는 걸 깨달았다. 그렇기에 그
순간, 나는 난생처음으로 내 침묵을 배신했다.

"안녕, 내 이름은 진주야."

나는 말을 되찾기가 무섭게 도로 잃어버렸다. 이번에는
자의가 아니고 타의였다. 명색이 어학원이었으므로 그곳
사람들은 잘하든 못하든 영어로만 대화했다. 선생이 수업을
너무 날로 먹는다는 말도 기숙사 침대 매트리스에 베드버그가
있는 것 같다는 말도 모기에 물린 거랑은 비교도 안 되게 몸이
가렵다는 말도 모두 영어로 했다. 무의식적으로 한국어를
썼다가는 험상궂은 나무늘보처럼 생긴, 허리춤에 가짜 총을

찬 사설 가드가 다가와 "돈 스피크 코리안." 하고 주의를
줬다. 처음은 단순 경고로 끝났지만 그다음부터는 이름 옆에
'-1'이라는 글씨가 얄짤없이 새겨졌다. 물론 '펄'은 한국어가
아니었으므로 내가 벌점을 받을 일은 없었다.

펄. 그 애의 이름을 발음하기 위해서는 혀를 잔뜩 뒤로
꼬부라트렸다가 혀끝으로 앞쪽 윗니를 부드럽게 건드려야
했다. 퍼얼. 퍼얼. 그건 펄펄 눈이 옵니다, 할 때의 '펄'과는
전혀 다른 종류의 것이어서 나는 암만 애를 써 봐도 그
이름을 제대로 말하지 못했다. 펄펄 눈이 옵니다. 하늘에서
눈이 옵니다. 내가 흥얼거리자 펄은 자기는 그런 노래는 듣도
보도 못했다고 했다. 당연했다. 펄은 한국인이 아닌 데다
그곳에선 겨울에도 눈이 오지 않았으니까. 여름에 시원한
만큼 겨울에는 따뜻했으니까. 얻는 게 있으면 잃는 것도 있는
게 만국 공통의 규칙이었으니까.

"여긴 원래 눈이 안 오긴 하는데, 12월에는 눈이 와."
어느 날 펄은 내게 이렇게 말했다. 앞뒤가 안 맞는 말을
했다. 어쩌면 내가 뭔가를 잘못 이해한 걸지도 몰랐다.
이해받지 못한 것들이 바글바글했다. 예나 지금이나 나는
영어도 잘 못하고 한국말은 더 못했다. 거의 0개 국어를
구사했다. 눈이 안 오는데 눈이 온다는 게 무슨 소리야? 나는
그렇게 묻고 싶었지만 자칫 말이 길어졌다가는 속내를 들키기
십상이었다. 아닌 게 아니라 당시 내겐 할 수 있는 말보다
할 수 없는 말이 많았다. 이를테면 내가 말을 되찾았다는 걸
알게 된 순간 이모가 지어 보였던 우쭐한 표정이나, 주말

잃기일지   109

아침 한인 교회에서 펄의 식판에만 떡볶이를 조금 덜어 주던
사람의 눈빛이나, 벌점 따위는 전혀 중요하지 않다는 듯 나와
펄을 두고 "쟤들은 완전 자매가 따로 없네." 하고 수군거리는
소리를 마주했을 때 나는 철저하게 침묵 뒤에 숨었다.

그해 나는 살면서 가장 어두운 시기를 지나고 있었다. 비유가
아니었다. 태풍으로 인한 연이은 단전으로 어학원 사람들은
블랙홀처럼 새까만 어둠 속에 던져지곤 했다. 그러나 언젠가
이모의 서재에서 펼쳐 본 책에 의하면 블랙홀은 우주의 모든
빛을 빨아들인다는 점에서 어두운 것이라기보다는 밝은 것에
가까웠다. 우리는 인당 세 개씩 보급받은 촛불을 켜는 대신
어둠 속에 잠자코 머무름으로써 세상에서 우리를 지워 내기
위해 애썼다. 침대보로 지은 궁전 속에 몸을 웅크리고 앉아
있는 힘껏 숨을 참았다. 숨을 참으면 밤사이 지도를 그린
이불처럼 축축한 침묵이 사방을 에워쌌고, 우리는 그 안에서
우리만의 고요하고 은밀한 놀이를 이어 나갔다. 며칠 전
수업에서 'silent'의 알파벳을 재배열하면 'listen'이 된다는
걸 배웠기 때문인지 더욱더 펄의 대답에 귀를 기울이게 되었다.
등가교환의 법칙에 의거해 펄도 내게 귀 기울여 주길 바랐다.
　"(나는 새색시가 될 거야.)"
　내가 소리 없이 입 모양으로만 말하자 펄은 확신에 찬
얼굴로 소리쳤다.
　"나는 개새끼가 될 거야?"
　어쩌면 좋아. 나는 새색시처럼 얼굴이 붉어졌다.

그리고 얼마 전, 나는 진짜 새색시가 되었다. 열세 살 이후로 지구가 열아홉 번 더 공전하는 동안 내 사전에는 많은 이름이 쓰였다가 지워졌다. 그중엔 여자도 있었고 남자도 있었고 자기가 여자도 남자도 아니라고 주장하는 사람도 있었다. 결국 마지막으로 남은 사람은 남자였다. 덩치 좋은 두 사내가 나오는 시간 정지물을 즐겨 보는, 위성도시에 위치한 버스터미널 유실물 보관소에서 이달의 친절직원상을 3연속 받았고 미제 면도날과 중국산 쉐이빙크림을 애용하고 자유분방한 구강 구조 덕에 발음이 새서 나를 진주가 아니라 징주라고 부르는 작고 왜소한 남자. 혼인신고만 하고 식은 패스할까 하다가 그럼 굳이 이 촌극을 벌이는 이유가 없으니 풀 옵션으로 가능한 성대하게 치렀다. 아무것도 모르는 시모는 자신은 하늘색이 잘 안 받는다며 내내 칭얼대다가 기어코 식장에 분홍색 개량한복을 입고 나타났다. 나는 개새끼가 되지 않으려고, 새색시로서의 맡은 바 역할을 다하려고 아랫입술을 깨물었다. "그런데 우리 새아가는 몇 살 때부터 그렇게 과묵했니?" 시모로 말할 것 같으면 원래 그렇게 과묵한 편이니? 하고 물으면서 빠져나갈 구멍을 만들어 주는 대신 정확한 시점을 콕 집어 요구함으로써 사람을 구렁텅이로 몰아넣는 타입이었다. 언제부터였냐고 물으신다면 아무렴 대답해 드리는 게 인지상정이지만 나는 멈춘 시간으로부터 갓 풀려난 사람처럼 어리둥절히 말했다. "어머니, 방금 저한테 무슨 말 하셨어요?"

나는 지금 이 글을 이면지에다 쓰고 있다. 앞면은

남편이 직장에서 실수로 잘못 프린트한 분실물 관리대장
양식이고 뒷면은 백지다. 아니, 이제 앞면이 백지고 뒷면이
분실물 관리대장이다. 어느 쪽을 앞면으로 두는지가 삶을
결정짓는다면 지금 나의 앞면은, 적어도 표면상으로는,
남편이었다. 가끔 그는 서로에게 필요 이상으로 사사로운
말을 건네지 않는다는 규칙을 잊기라도 한 듯 내게 직장
생활의 지리멸렬함에 대해 늘어놓곤 했다. 하루는 버스에
산나물이 든 검정 비닐봉지를 두고 내렸다는 어떤 할머니에게
따로 신고 접수된 습득물이 없다고 하니까 아니 세상에
절대로 그럴 리가 없다면서, 여기 직원 중 하나가 슬쩍한 거
아니냐면서 하루 종일 자기를 들들 볶았다고 했다. 말로 볶는
거면 차라리 낫지 묵언수행 하듯 사무실 구석에 불상처럼
쭈그려 앉아 내리 침묵을 지켰다고 했다. "진주야, 나는 그런
사람들이 진짜 이해가 안 된다. 그게 뭐라고 굳이 그렇게까지
사람을 못살게 굴어야 되나?"

"그럼?" 나는 물었다.

"그니까 내 말은…… 잃어버린 걸 더 잘 잃어버리는 건 안
되냐는 거지."

그곳에는 명백한 계급이 존재했다. 병아리 감별하듯 레벨
테스트 결과가 지하 게시판에 공개적으로 부착되었다.
자식들 뒷바라지를 마치고 만년에 영어 공부를 시작하려던
60대 할아버지는 비기너, 대학을 휴학하고 별생각 없이
인생 경험을 쌓으러 온 20대 초년생은 어드밴스드로

이선진

분류되었다. 은근한 동경과 무시가 중력처럼 서로를 붙들어
맸다. 비기너는 어드밴스드 앞에서 입도 뻐끔 못 했다.
한없이 작아졌다. 나는 외국어엔 재능이라곤 눈곱만치도
없었지만 쓸데없이 작아질 필요도 그렇다고 커질 필요도
없었다. 중등 미만 연령대의 아이들은 모두 주니어로 묶였기
때문이었다. 하이 주니어 로 주니어가 아니라 그냥 주니어.
사실 영어 실력으로만 보면 펄이 압도적 우위에 있었지만
그게 규칙이니까 어쩔 수 없었다. 따지고 보면 현지 사람인
펄이 어학원에서 수업을 듣고 있는 것 자체가 반칙이긴 했다.
펄은 나와 다르게 한시적인 학생이 아니었다. 3층과 4층의
기숙사가 아닌 1층에 따로 마련된, 유럽풍 벽감과 샹들리에가
있는 널따란 방에서 지내는 것도 이상했다. 누가 봐도 그건
차별보다는 특권에 가까웠다.

　일주일에 두 번은 그룹 티칭 수업이 있었다. 펄과 나는
학원의 유일한 주니어 등급이었으므로 자연스레 한 그룹으로
묶였다. 둘이니까 엄밀히 말해 '유일한'은 아니었지만 괜히
꼬투리를 잡았다가는 귀찮은 일에 연루되기 일쑤였다.
여느 때처럼 비가 억수같이 쏟아지던 날의 수업 주제는
자기 자신이었다. 나의 취미. 나의 가치관. 나의 장래 희망.
그런데 정작 선생은 나 자신보다는 내 가족들에 대해 먼저
써 보라고 했다. "롸잇 다운 어바웃 유어 페언런츠 네임."
어떤 이유에서인지 내가 쓰기를 주저하자 선생은 친절하게도
한국말로 다시 한번 설명해 주었다. "너의 어머니 아버지
이름을 써 봐." 너무 천천히 또박또박 말해서 역으로 한국어

같지 않은 말이었다. 문득 필리핀행 비행기 안에서, 창가
자리에 앉은 이모가 온통 구름으로 다글다글한 창밖을
바라보며 내게 말했던 게 생각났다. "진주 너, 이상접근이라는
말 들어봤니?" 애석하게도 그때 내 사전엔 침묵뿐이었고, 이모
역시 대답을 기대하고 던진 말은 아니었을 터이므로 곧장
말을 거두었다. 먼 훗날 사전에서 그 단어를 찾아봤을 때 종이
위엔 '비행 중인 항공기가 충돌 위험을 초래할 정도까지의
비정상적인 접근'이라는 문장이 적혀 있었고, 그건 나와는
조금도 상관없는 것이었다. 그런 줄 알았다. 힐끗 곁눈질해
보니 펄은 예상과 달리 이미 질문에 대한 답을 끝마친 뒤였다.
백지상태였던 갱지에는 어여쁜 한국어로 '김충열'이라는
글씨가 박혀 있었다. 이응을 미음처럼, 미음을 이응처럼 쓴다는
점 말고는 내 앞에 놓인 종이에 적힌 이름과 정확히 일치했다.
그 순간 나는 이모가 굳이 나를 그곳에 데려간 이유를 알았다.
내가 종이 위에 이모부의 이름 석 자를 쓴 이유를 알았다.
몸으로 이미 알고 있던 걸 마음으로까지 알아 버렸다. 음 소거
버튼을 누른 듯 몸속에서 고요히 천둥번개가 쳤다.

장마전선이 소강상태에 들던 날 우리는 몰래 학원을 빠져나와
지프니에 올라탔다. 내가 바깥쪽에, 펄이 안쪽에 앉았다.
나는 그 애에게 동전을 건네는 대신 엉덩이를 든 뒤 팔이
빠질 정도로 손을 길게 뻗어서 기사에게 직접 가닿았다. 동전
무더기에 쨍, 하고 동전이 섞여 드는 소리와 거의 동시에 펄이
말했다.

이선진

"진주, 나 너희 아빠한테는 미안하게 생각하고 있어."

나는 미안을 논하는 펄을 바라보았다. 내가 잘못 들었거나 펄이 잘못 말했거나, 둘 중 하나일 거였다. 둘 다일 확률은 없을 거였다. 애석하게도 내가 잘못 들은 게 아니었다. 펄은 별을 따다 박은 듯 반짝거리는 눈을 두어 번 끔뻑이더니 "우리 엄마는 너희 아빠한테 돌아갈 생각이 없대." 하고 말했다. 그러면서 진심으로 안타깝다는 듯 "너희 아빠는 그게 무척 작대." 했다. 뭐가 작다는 건지만 쏙 빼놓았다. 마음? 씀씀이? 마음 씀씀이? 나는 궁금했지만 물어볼 의향은 없었다. 자의보다는 타의에 가까웠다. 뭔가에 피격당한 느낌이 내 입을 틀어막았기 때문이었다. 그래서 나는 내 속에 있던, 그는 내 아빠가 아니고 고로 나는 김충열 주니어가 아니고 무엇보다 '무척'은 긍정적인 의미에서 사용되지 부정적인 의미에서 사용할 때는 '너무'라고 해야 한다는 말을 밖으로 꺼내 놓지 못했다. "근데 있잖아." 나는 그렇게 말해 놓고는 곧바로 아무것도 아니야, 했다. 하다 만 말이 많았다. 만약 펄이 난데없이 그런 얘기를 건네지 않았더라면 나는 "우리 아빠는 한국의 수도에서 매일 깃 모양이 조금씩 다른 정장을 입고 출근해. 그곳엔 높은 건물이 너무 많아서 여기랑 달리 밤에도 하늘에 별이 없어. 별이 하나도 안 보여서 내가 속상해하면 아빠는 괜찮다고, 낮이건 밤이건 보이건 보이지 않건 별은 언제나 저기에 있다고 말해 줘. 사람은 누구나 자기 별을 갖고 있어서 별을 찾으면 그 별에 이름을 붙이고 소원을 빌 수 있다고도 해 줘." 하고 한바탕 거짓말을 부려놓았을지도 몰랐다. 하지만 그런 가정은 무의미했다. 우리는 지프니에서 내내 아무 말도 안 하고 있다가 시장 거리 초입에 다다라서야 내렸다. 하차 벨도 따로 없어서 입 아프게 여기 내려 달라고 말해야 했다.

"어디 아파? 알 유 오케이?" 펄은 그렇게 말하면서 나를 병원이나 약국이 아닌 마켓 거리의 꼬질꼬질한 노포로 데려갔다. 나무로 엮은 넓고 오목한 바구니 안에 껍질이 누르스름한 계란이 차곡차곡 쌓여 있었다. 투명한 비닐로 덮여 있긴 했지만 위생이 썩 좋아 보이지는 않았다. "이게 뭐야?" 내가 묻자 펄은 발룻이라고 했다. 질문자의 의도를 제대로 이해하지 못했거나 너무 제대로 이해했거나, 둘 중 하나였다. "그러니까 발룻이 뭐냐니까?" 내가 재차 묻고 나서야 펄은 정답을 입에 담았다. 병아리. 병아리는 병아리인데 병아리가 되다 만 병아리. 정확히는 부화하기 직전의 계란을 삶은 것. 그런 건 뭐라고 불러야 되나? 그냥 발룻, 이라고 하면 될 걸 나는 발룻을 대체할 만한 다른 한국말을 떠올리기 위해 애썼다. 그러나 아무리 생각해 봐도 딱 맞춤한 단어가 생각나지 않았다. 내 사전에도 없었고, 서울 집 이모의 서재에 꽂혀 있는 『동아 새국어사전』에도 없을 것 같았다.

"윽 역겨워. 이걸 어떻게 먹어."

그때 누군가가 내가 하려던 말을 대신 해 줬다. 나의 사랑스러운 대변인이 되어 주었다. 요란한 무늬의 하와이안셔츠를 빼입은 한국인 무리가 한참 가위바위보를 하다 마침내 단 한 명의 패자를 가려낸 직후였다. 그는 다 큰

이선진

어른이 돼서는 미안한데 진짜 못 먹겠다며 아이처럼 눈물을
훔쳤다. 병아리가 되다 만 병아리 앞에서 닭똥 같은 눈물을
흘리며 분위기에 재를 뿌렸다가 막상 한입 먹어 보더니 오잉?
생각보다 괜찮은데? 짱 맛있는데? 하면서 하나 더 먹었다.
스스로의 배신자가 되었다.

　"저거 봐. 생각보다 괜찮다니까."

　그게 문제였다. 생각보다 괜찮다는 걸 알게 될까 봐 나는
죽어도 그걸 입에 대기 싫었다. 반찬 투정 한번 안 해 봤던
내가 한국에 돌아가자마자 발룻을 구해 오라고 생떼를
부리게 될까 봐, 그것 없이는 죽고 못 사는 사람이 될까 봐.
그래도 사 준 사람의 성의를 생각해 나는 잔머리를 굴렸다.
대놓고 버리는 건 예의범절에 어긋나는 일이기에 그것을
몰래 잃어버리고자 했다. 나는 곧장 작전을 실행에 옮겼다.
모국어 외국어 비속어. 넘실거리는 온갖 말들 때문에 숨이
막히던 거리를 헤치며 걷다가 발룻이 든 검정 비닐봉지를
툭, 하고 떨구었다. 그러자 흑갈색 머리카락을 두 갈래로
땋은 외국인이 헤이 걸, 하고 나를 부르더니 유 드롭 잇,
했다. "감사합니다." 나는 말했다. 바로 몇 분 뒤엔 나도
모르는 사이 주머니에 들어 있던 비닐봉지를 흘렸다. 그러자
갑자기 나타난 금발의 한국인 아저씨가 너, 길에 쓰레기
버리면 혼난다, 하면서 내 이마에 꿀밤을 먹였다. "쏘리."
나는 말했다. 버렸을 땐 잃어버렸다 하고 잃어버렸을 땐
버렸다고 했다. 어쩌면 좋아. 나는 내 의도가 오해받은 게
슬프면서도 비참하고 따끔따끔했다. 어쩌면 좋아, 내 사전에

딱 이 한 문장만 남은 기분이었다. 아니, 어쩌면 그건 두 문장이었을지도 몰랐다.

어쩌면 좋아. 어쩌면 좋아. 어쩌면…… 좋아.

나는 조금 전 내가 떨어트렸던 비닐봉지를 주워 들었다. 원점으로 돌아왔다. 더 정확히는, 돌아오고 보니 원점이었다. 아무것도 바뀌지 않았는데 모든 것이 달라진 기분이었다.

캠프 존 헤이는 옛날 옛적 미군 기지가 있던 자리에 지어진 일종의 휴식처였다. 총을 쏘고 제식훈련을 하고 얼차려를 받았을 그곳에서 사람들은 여유롭게 BBQ 파티를 하고 골프를 치고 잇몸을 만개하며 웃었다. 과거를 감쪽같이 지우고 현재를 살았다. 미래를 도모했다. 지나간 시간의 뒤치다꺼리를 하는 건 언제나 앞으로 도래할 시간이었다. "여긴 진짜 바기오 같지 않아서 좋아. 그렇지 않니?" 말없이 운전에만 전념하던 이모는 뒷자리에 앉아 있던 우리를 선바이저 거울로 건너다보며 물었다. 나는 바다 건너 이국까지 와서 이국적인 데를 찾아가는 사람들의 마음이 우스웠지만 대충 장단을 맞춰 주었다. 나답지 않게 굴었다.

"좋은 것 같아요." 내가 말했다.

"좋으면 좋은 거지 좋은 것 같은 건 뭐야." 이모가 과거를 들추었다.

"좋아요." 펄이 과거를 다시 썼다.

"애, 너는 누굴 닮아서 그렇게 딱 부러지니." 거울에 비친 이모의 얼굴은 어느새 반쪽이 돼 있었다. 백지수표인

이선진

줄 알았던 남자가 사실은 부도수표였다는 걸, 그것도
아니라 아예 위조수표였다는 걸 이모는 언제부터 알고
있었을까. 내가 이모의 진짜 딸이었다면 이모가 조금은 덜
속상해했을까. 그럼 내가 조금은 쓸모가 있었을까. 괜찮아요?
나는 이모에게 그렇게 물어보고 싶었지만 괜히 남 일에
참견했다가는 싫은 소리를 들을 게 뻔했다. 주머니에 들어
있던 10페소짜리 동전을 꺼내 쥐었다. 앞면에는 필리핀 초대
총리가, 뒷면에는 중앙은행 로고가 양각돼 있었다. 사람이
나오면 말, 건물이 나오면 침묵을 택할 작정이었다. 확률은
반반, 나는 동전을 공중으로 가볍게 튕겼다. 차가 급정거하는
바람에 허공을 가르던 동전이 좌석 밑으로 들어가 버렸다.
말과 침묵의 강제 휴전.

　우리는 천장이 높고 바닥 타일이 반짝거리는, 실내를
크리스마스풍으로 꾸민 마놀 호텔에서 금가루가 뿌려진
치즈케이크를 먹었다. 후식으로 그린망고셰이크도 먹었다.
한국에서 파는 양파링이랑 별다를 게 없어 보이는 어니언링도
먹었다. 펄은 양파 모양을 본뜬 과자를 반지인 양 내 약지에
끼워 주었고 나는 속이 동그랗게 비어 있는 과자를 꾹꾹꾹 눌러
부스러기로 만들었다. 원래도 맛있었는데 부스러트리니 맛이
배가 됐다. 겉보기에 이모는 평온해 보였다. 이따 세션로드에서
눈 축제가 열리니 같이 그걸 보러 가자고 할 정도로.

　그러나 호텔 방에서 우리가 예쁘게 머리를 땋고 있을
무렵, 정확히는 펄이 실수로 화장대 거울을 깨트렸을 무렵,
누군가와 통화를 하던 이모는 난데없이 울음을 터트렸다.

잃기일지　　　　　　　　　　　　　　　　　119

아니, 이모가 울기 시작해서 펄이 거울을 깼다. 선후관계가
불명확했다. 불확실 속의 확실 하나, 이모가 "말 같지도 않은
말 집어치워!" 하고 세상 떠나가라 소리친 걸로 미루어 봤을
때 이모를 화나게 한 건 깨진 유리가 아니었다. 깨질 수 있는
건 유리뿐만이 아니었다. 작년 이맘때 구청에 혼인신고서를
제출하기 직전, 남편이 "진주 너, 파경 할 때 경이 거울 경
자인 거 알아?" 하고 물어본 것도 아마 같은 맥락에서였을
거였다. "어림 반 푼어치도 없는 소리 하지 마." 이모는
잔뜩 흥분했다가도 이럴 땐 말이 아니라 침묵이 상책이라는
걸 깨닫기라도 했는지 급격히 조용해졌다. 나는 지금
이모의 사전이 어떤 단어들로 이루어져 있을지 궁금했지만
감히 예상조차 할 수 없었다. 예상은 못 해도 예감 정도는
가능했다. 가능했기에 예감했다. 이제 이곳에서의 시간이
끝나면 나는 다시 한국으로 가는 비행기에 올라타게 될
거라고. 내 몸과 마음의 시간도 원래대로 한 시간 더 빨리
흐르게 될 거라고. 과거가 인수인계한 마음을 미래라는
얼빠진 후임이 건네받게 될 거라고. 무엇보다 앞으로 나는
다른 누구도 아닌 나 자신과 셀 수 없을 만큼 많이 충돌하며
위험을 초래하고 말 거라고.

겉으로는 과묵을 지켜도 속으로는 부산스레 말과 침묵의
중간지대를 서성거리던 나는 맨손으로 펄이 깨트린 유리
조각을 치우기 시작했다. 깨진 유리가 얼마나 위험한지 몰랐던
것도, 날카로운 유리가 내 살을 베기를 원했던 것도 아니었다.
다만 나는 원했다. 내가 스스로를 위험천만한 상황으로 밀어

이선진

넣는 동안 누군가 스페이스바 누르듯 내 시간을 잠시 멈춰
주기를. 그러나 펄은 내가 맨손으로 유리 조각을 집어 드는
걸, 유리 조각에 손이 베여 아야, 하고 소리치는 걸 가만히
보고 있을 뿐이었다. 다친 게 내가 아니라 유리라는 듯이.
유리가 고체가 아닌 액체라는 듯이. 사실 엄밀히 말해 유리는
액체였다. 조금씩 천천히 위에서 아래로 움직였다. 별의
반짝임이 지상에 가닿는 시간 정도면 이 세상의 모든 유리는
이미 아래쪽으로 모조리 흘러내려 갔을 거였다. 나는 미래를
보고 오기라도 한 듯 유리 조각을 손에서 놓쳤다. 깨진 거울이
또 한 번 깨졌다. 아야, 소리 없이 아야 했다.

하루가 채 안 되는 휴양을 마치고 학원으로 돌아온 우리는
그대로 방 안에 틀어박혔다. 관심병사처럼 이불 속에 몸을
숨기고 있는 힘껏 숨을 참았다. 1분 26초, 1분 27초, 1분
28초…… 참았던 숨을 내쉬면 우리의 침묵이 한데 섞여
들었다. "근데 어디서 시끄러운 소리 안 들려?" 내가 물었고
펄은 모르겠다고 했다. 모를 리 없을 텐데도 그랬다. 나는
시끄러웠고, 그건 내 밖에서 나는 소리 때문이기도 내 안에서
나는 소리 때문이기도 했다. 나는 나 자신이 제일 시끄러웠다.
　더 쉬운 쪽부터 처리하기 위해 삐걱거리는 목조 계단을
올라가 똑똑, 하고 문을 두드렸다. 닫힌 문이 아니라 벌어진
상자처럼 살짝 열린 문이었기에 나로 인해 문이 닫히지
않게끔 조심조심 두드렸다. 안으로 들어가 보니 원래는
1인실인 좁아터진 공간에 네 사람이나 꾸역꾸역 들어앉아

잃기일지

있었다. 그냥 있기만 한 게 아니라 술판을 벌이고 있었다.
우리가 문턱을 넘었으니 이제 여섯이었다. 시끄러워요. 나는
그렇게 말하고 싶었지만 막상 말을 하려니 입이 안 떨어졌다.
기숙사에 술을 밀반입하는 건 규칙 위반이라고 입도 뻐끔
못 했다. 수적으로 열세여서도, 내가 그들에 비해 새파랗게
어려서도 아니었다. 사실 그들의 시끄러움은 내 안쪽의
시끄러움에 비하면 아무것도 아니었다. 소음 축에도 못 꼈다.

"너희 뭐야?"

기껏해야 20대 초반, 많이 쳐줘야 중반일 그들이 나와 내
뒤에 선 펄을 보며 물었고 나는 입 꾹 닫았다. 그들 가운데
놓인 테이블은 트럼프 카드와 동전으로 아무렇게나 어질러져
있었다. 주둥이의 지름이 완전히 똑같은지 위스키 병과
사과주스 병이 위아래로 포개어져 있었다. 오래지 않아 내가
배우게 될 섞어주 제조법이었다. 만약 그때의 내가 지금의
나였더라면, 인생 선배로서 섞어 마시면 맛도 두 배지만
숙취도 두 배란 걸 알려 줬을 테였다. 애석하게도 그때의 나는
너무나도 그때의 나였다. 내가 쉿, 하며 검지를 입술에 가져다
대자 그들은 낄낄낄 웃음을 흘리면서 말했다.

"뭐야 술맛 떨어지게. 애들은 가라."

"아니야, 가지 말고 이리로 와 봐."

오라는 건지 가라는 건지 몰라서 나는 오도 가도 못한 채 그
자리에 가만히 서 있었다. 다른 선택지는 없었다.

"아가, 이거 마셔 볼래?"

"미친놈, 애한테 무슨 짓거리야. 하지 마."

이선진

"왜, 이거 사과주스야."

"위스키 플러스 사과주스잖아."

"사과주스 플러스 위스키인데?"

"그거나 그거나, 이 사기꾼 새끼야."

"어차피 나중에 크면 다 마실 텐데 무슨 상관이야. 안 그래?"

그들은 내가 거기 있다는 걸 잠시 잊기라도 한 건지 자기들끼리 한참 동안 실랑이를 벌였다. 언뜻 보기엔 비슷한 체급이었지만 자세히 들여다보면 어드밴스드와 비기너의 싸움이었기에 승패는 금세 가려졌다. 사과주스의 승리였다.

"마셔 볼래? 응? 안 마실 거면 가고."

"마셔 볼게요." 주저하는 나 대신 펄이 대답했다. 흑장미를 자처했다.

우리는 모두 잠시 말문이 막혔다. 침묵의 문이 트였다. 그러나 그러기가 무섭게 그는 다시 문단속을 한 뒤 그놈의 주둥이를 놀렸다. 나이도 먹을 만큼 먹어서는 줏대 없이 "아가, 어린 애는 술 같은 거 배우면 안 돼. 나가서 이걸로 과자나 사 먹어." 했다. 이거나 먹고 떨어지라는 듯 내 손바닥 안에 100원짜리 동전 한 닢을 쥐여 주었다.

마음은 명사가 아니라 동사 같았다. 마음이 변했어, 라고 하지 않아도 마음은 그 자체로 변하는 것이었다. 쥐도 새도 모르게 딴마음이 되어 있는 것이었다. 내리고 흩날리고 녹고 더러워지는 것이었다. 그러니까 눈 같은 것이었다. 그날 나는 앞으로 내 안에서 끊임없이 내리고 흩날리고 녹고 더러워지기를 반복할 눈을 보았다. 혼자 보기 아까운 풍경이었지만 혼자 봤다. 둘이 봤다 한들 무언가 크게 달라지지도 않았을 거였다. 위스키나 사과주스와 달리, 1 더하기 1은 2가 아니었으니까. 값이 0으로 수렴했으니까.

우리는 눈을 보기 위해 밖으로 나섰다. 맨정신으로 통금을 어겼다. 사설 가드는 어린애한테 약한 타입은 아니었지만 협박에는 약했다. 사람들, 술, 밀반입, 뒷돈, 당신, 해고. 조각조각 난 한국어를 주워섬겼을 뿐인데 친히 문을 열어 주었다. 서로 윈윈하는 방법을 기가 막히게 알았다.

세션로드는 눈을 보러 나온 인파로 발 디딜 틈 없었다. 장관이라면 장관이었고 가관이라면 가관이었다. 뜨겁고 시끄러운 숨이 너무 많아서 숨이 막혀 왔고, 나는 그게 자의라도 된다는 듯 있는 힘껏 숨을 참았다. 1초, 2초, 3초, 내가 숫자를 세는 동안 거리의 사람들은 일제히 10, 9, 7, 하고 카운트다운을 했다. 이윽고 내가 속으로 10을 말하고 사람들이 0을 외쳤을 때, 놀랍게도 우리를 둘러싼 세상엔 아무런 변화조차 없었다. 주변의 웅성거리는 소리를 대강 주워듣기로는 휴대용 제설기가 먹통이 된 모양이었다. 눈 없는 눈 축제를 두고 사람들이 야유를 쏟아내는 동안 펄은 "이제 어떻게 하지?" 하고 말했다. 무방비 상태에서 그 말을 건네받은 나는 순간적으로 얼어붙었고 펄은 아까 받은 동전을 튕겨 보라고 했다. 앞면이 나오면 기다리고 뒷면이 나오면 돌아가자고 했다. 나는 동전을 허공으로 가볍게 튕겼다. 뒷면이었다.

이선진

물론 뒷면이 나왔다고 해서 곧바로 돌아갈 수 있는 건
아니었다. 어른 아이 할 것 없이 목적지로 삼은 곳과는 언제나
다른 곳에 다다르는 게 삶의 유일한 규칙이었다. 쉽게 말해
우리는 길을 잃어버렸다. 길을 잃어버렸을 때에는 주변에
도움을 청해 길을 찾거나 길을 더 잃어버려야 했고, 나는
후자를 택했다. 그리고 길을 잃어버렸다는 사실조차 하얗게
잊어버릴 만큼 얼마간 더 길을 잃어버렸을 즈음 내 발밑에서
무언가 바스러지는 소리가 났다. 거기엔 으깨진 계란이,
정확히는 병아리가 되다 만 병아리가, 나로 인해 상품 가치를
완전히 잃어버린 발릇이 엉망이 된 채 널브러져 있었다. 처음
겪는 일인데도 낯설지 않은 느낌.

이를 어쩌면 좋아. 나는 그렇게 말하면서 호들갑 떠는 대신
캄캄한 밤하늘을 올려다보듯 고개를 숙였다. 에이 씨발 재수
없게시리, 하고 말하지는 않았다. 아니, 어쩌면 말했을지도
몰랐다. 분명한 사실 하나는 그게 자의든 타의든, 내가 덫에
걸려 버렸다는 거였다.

좌판 주인은 기로에 서 있었다. 한몫 제대로 챙기느냐,
하루 장사를 완전히 공치느냐. 그는 온갖 말짓과 몸짓을
사용해 가며 나를 몰아붙였고 나는 그가 하는 말을 전혀
알아듣지 못했다. 그의 입에서 나온 건 한국어도 영어도
아닌 타갈로그어였기에. 예상하건대 그는 더도 말고 덜도
말고 내가 손상시킨 발릇의 개수만큼 돈을 물어내라고 하는
것 같았다. 어쩌면 지금 당장 나 대신 값을 치를 어른을
데려오라고 하는지도 몰랐다. 그게 세상의 이치에 맞았고,

나 역시 그것이 옳은 방향이라는 걸 알았고, 애석하게도
주머니에 든 건 좀 아까 건네받은 100원짜리 동전
하나뿐이었다. 잔뜩 실망한 표정의 상인에게 동전을 건네면서
왜일까 나는 비로소 내가 지금 먼 타국에 나와 있다는
사실을 실감했다. 나는 나의 첫 번째 외국이었고, 그 사실은
내 마음을 몹시 따끔따끔하게 만들었다. 이제 어떻게 하지?
이럴 땐 말은커녕 침묵조차 섞지 않는 게 상책이었지만 나는
기어코 입을 열었다. 말 다 했다.

"있잖아요, 저는 가진 게 아무것도 없어요. 마음도 씀씀이도
마음 씀씀이도 너무 작은 빈털터리예요. 엄마 배 속에서부터
빈털터리였고, 오늘도, 내일도, 이담에 내가 죽어서 이
세상에서 없어질 때까지도 계속 빈털터리일 거예요. 그러니까
원하는 만큼 나를 미워해도 좋아요. 혼내도 좋아요. 피격해도
좋아요. 네? 알겠죠?"

내가 세상 떠나가라 울어 대자 조금 전까지 나를
쏘아붙이던 상인은 굳은 듯 조용해졌다. 말을 알아먹은
것도 아니면서 알아먹은 척 굴었다. 못 쓰게 된 계란 잔해를
순식간에 옆으로 치워 버리고 그나마 멀쩡한 발룻의 껍질을
손수 까 건네기까지 했다. 고작 그걸로 자신의 과거를 다시 쓸
수 있다는 듯이. 사람 태도가 어떻게 한순간에 그렇게 돌변할
수 있냐고 누군가 반박해 온다면…… 내 말이 그 말이었다.

'그때 김진주가 보였던 행동을 시간순으로 바르게
나열하시오.' 만약 내게 이런 문제가 주어진다면 답은 빤했다.
커닝할 필요조차 없이 이미 내 안에 있었다. ①김진주가

이선진

감사합니다, 하고 말하면서 그의 성의를 건네받았다.
②김진주가 거스름돈 건네듯 진짜 역겨워, 했다. ③김진주가
병아리가 되다 만 병아리를, 역겨우리만치 맛있는 병아리를,
처음이자 마지막으로, 허겁지겁, 남김없이, 되새김질도 없이
꼭꼭 씹어 먹었다. ④이름 : 김진주

"진주 너 그거 알아?"
　위험하니까 집까지 데려다주겠다는 상인을 뒤로하고
돌아가는 길에 펄은 말했다. 말해 봐야 입만 아플 거라고
소리칠 틈도 없이 하늘을 올려다보며 말했다. 사람은 누구나
자기 별을 갖고 있어서 별을 찾으면 그 별에 이름을 붙여 주고
소원을 빌 수 있다고. 그러니 진주 너도 여기서 네 별을 하나
골라 보라고.
　어쩌면 그때, 나는 베드버그에 물린 자국처럼 작고
징그러운 별들 아래에 우두커니 선 채 먼 훗날 남편이
내게 건넨 말을 떠올리고 있었을지도 몰랐다. 미래를 슬쩍
훔쳐보고 왔을지도 몰랐다. "근데 너는 많고 많은 여자 사람
중에 왜 나를 골랐어?" 안 하느니만 못한 질문에 남편은
"그냥, 네가 너를 제일 남처럼 대해서." 하고 말했다. 그가
맞았다. 나의 특장점은 '나는 지금 마음이 아프다.'가 아니라
'김진주는 지금 마음이 아프다.' 하고 되뇌면서 자기 자신과의
인력을 무화시키는 거였다. 스스로를 창백한 푸른 점처럼
바라보는 거였다. 그렇기에 그때 그 순간, 나는 손가락으로
밤하늘에 박힌 수많은 별 중 하나를 가리키는 대신 잠자코

팔뚝을 긁었다. 나의 침묵과 재회했다. 그 사실이 가리키는
바는, 두말하면 입 아팠다.

"나 뭔가 두고 온 게 있는 것 같아."

어째서인지 나는 펄을 혼자 남겨 둔 채 뒤돌아섰다. 시간을
거스르듯 인파를 거슬러 한참을 달린 끝에야 조금 전까지
우리가 있었던 거리에 다다랐다. 못 쓰게 된 발룻값을
청구하지 않고 내게 친절을 베풀어 준 상인은 이미 자리를 뜬
뒤였다. 그리고 좌판이 펼쳐져 있던 흙바닥의 가장자리에는
내가 좀 아까 건넸던 동전 한 닢이 그대로 놓여 있었다.
누군가 발견하고도 가져가지 않았거나, 애초에 발견되지
못한 것 같았다. 홀로 남겨졌다는 기분이 뒤늦게 엄습했다.
그때였다. 멀리서 함성인지 야유인지 모를 우우우, 소리가
들려오더니 사람들의 시선이 일제히 허공에 박혔다. 내내
먹통이었던 제설기가 드디어 작동되기라도 한 건지 저편의
하늘에서는 정말 눈이 내리고 있었다. 눈은 눈인데 정확히는
눈보다 비누거품에 가까운 눈이었다. 하늘에서 보내온
수신지 불명의 편지 같은 눈[1]이었다. 곧 녹아서 더러워질
테지만 그렇기에 더 눈다운 눈이었다. 눈 한 송이의 모양이
그것의 결함에 따라 달라지는 거라면 그때 내 마음은 어떤
모양으로 이루어져 있었을까. 그것은 마음에 가까웠을까,
딴마음에 가까웠을까. 확신이 없을 땐 확률에 기대는 게
인지상정이었으므로 나는 동전을 허공에 가볍게 튕겼다.
뒷면이었다. 나는 뒷면이 앞으로 와 있는 동전을 허공으로
가볍게 튕겼다. 뒷면이었다. 애초에 확률은 반반이 아니었다.

---

1   나카야 우키치로, 『눈은 하늘에서 보낸 편지』의 변형.

앞뒤가 똑같은 동전은 동전 축에도 못 꼈다. 화폐로서의
가치가 전무했다.

어쩌면 좋아.

졸지에 진짜 빈털터리 신세가 된 나는 고개를 푹 숙인 채
"펄펄 눈이 옵니다. 하늘에서 눈이 옵니다" 하고 중얼거렸다.
낯선 외국어로 된 노랫말을 뜻도 모른 채 받아쓰는
어린아이처럼. 작별 인사를 나눌 새도 없이 녹아 없어져 버린
첫눈의 가장 첫 번째 눈송이처럼.

요즘 나는 매일같이 과거를 다시 쓰곤 한다. 언제나와 같이
엉망진창인 하루를 보내다 언제나와 같이 엉망진창인
마음으로 위성도시의 변두리에 있는 신혼집에 돌아왔을 때,
지금 내 옆에 있는 사람이 다른 누구도 아닌 남편이라는
사실을 마주할 때마다, 시모로부터 남편 노트북에서 웬
남세스러운 동영상을 봤다며 바깥사람 간수도 제대로 못 하고
뭐 했냐는 말을 들을 때마다 현재를 하얗게 지우고 과거를
불러오곤 한다. 지나간 시간을 떠올리는 것만으로도 시간은
재배열되고 그때와는 전혀 다른 의미를 갖기 마련이니까.
이를테면 오래전 바기오에서 서울로 돌아가던 날 새벽, 나는
소스라치게 축축한 느낌에 잠에서 깼다. 또 싼 건가 싶었는데
아니었다. 천장에 매달려 있는 빗방울이 똑, 똑, 내 가랑이
사이로 떨어지고 있었다. 어째서인지 나는 곧장 계단을
내려가 똑, 똑, 이모의 방문을 두드렸다. "나 쌌어요." 본전도
못 찾을 거란 걸 예감하면서도 나는 말했고 이모는 시곗바늘

같은 손가락으로 내 이맛머리를 쓸어 주며 "그래, 굿나잇."
했다. 돌이켜보면 내가 더 이상 이불에 '실례'를 하지 않게 된
것도 그 무렵이었다.

오늘도 어김없이 남편은 인기척도 없이 내 방문을 열고
들어왔다. 큰 실례를 했다. 그는 노크 좀 해 달라고 말할
틈조차 주지 않고 "우리 엄마한테 뭐 들은 거 없지?" 하고
말했다. 서로의 궤도를 따라 도는 위성이 되어 주라는
김충열 씨의 주례사에 실컷 고개를 끄덕여 놓고 자꾸만 나와
충돌하려 들었다. 그런 점에서 이 글의 제목은 김진주전이
되어야 할지도 몰랐다. 펼 전 자가 아니라 싸울 전 자였다.

"근데 뭐 하고 있어?" 그가 내 전적을 파헤쳤다.

"그냥 일기 써."

"진주 네가 일기도 쓰고 그러는 사람이었어? 몰랐네."

"몰랐다면 다행이고, 앞으로도 몰라주면 다행이고."

"근데 나 뭐 하나 물어볼 거 있는데,"

"뭔데?"

"그거 혹시 내 거야?"

그가 내 앞에 놓인 종이 뭉텅이를 가리키며 물었다.

"이면지인 것 같아서 내가 좀 썼어. 안 돼?"

별을 따다 달라는 부탁이라도 받은 양 그는 한참 동안
침묵을 지켰다. 안 될 건 없었다. 금슬 좋은 부부들의
공통점이 대화가 잘 통한다는 거라면 우리는 말이 아니라
침묵이 잘 통했다. 어떤 말을 내뱉을지보다 어떤 말을 내뱉지
않는 게 서로에게 윈윈일지 기가 막히게 알았다.

이선진

그걸로 뭘 하고 있었어? 만약 남편이 그렇게 묻는다면
나는 잃어버린 시간을 찾고 있었어, 하고 대답할지 잃어버린
시간을 잃어버리고 있었어, 하고 대답할지 한참을 고민했을
터였다. 그러나 그는 그가 즐겨 보는 동영상 속 인물처럼
엉거주춤한 자세로 미동도 없이 서 있다가 다음부터는 내
물건에 맘대로 손대지 말아 줘, 했다. 용건을 마치고 문을
닫은 뒤에야 똑똑, 노크했다. 자기 맘대로 인과를 뒤섞었다.

　나는 거의 텅 피어 있다시피 한 이면지를 뒤집었다. 쓸
문장이 너무 많아서인지 쓸 만한 문장이 더는 떠오르지
않아서인지 아님 둘 다인지는 써 봐야 알았다. 확실한 건
이거였다. 행복과 불행은 종이 한 장 차이지만 한 장의
종이에게 한 장 차이란 전부나 다름없다. 나는 흔들리지 않고
편안한 침대에 태아 자세로 웅크린 채 두 눈을 감았다. 감은
눈 속에서 한 번 더 눈을 감으면 블랙홀처럼 새까만 침묵이
몰려와 혼자 남은 내 곁을 지켜 주었다. 너무 눈부신 어둠
속에서, 나는 내가 잃어버린 것과 잃어버리고 있는 것과
앞으로 잃어버릴 것들을 별자리처럼 이어 보았다.

잃기일지

작가 노트

뭔가를 잃어버린 것 같다는 기분이 들 때가 있다. 잃어버린 줄도
모른 채 어영부영 살다가 손수건을, 반지를, 책갈피를 잃어버렸다는
사실을 뒤늦게 깨닫는 것이다. 20대의 내가 잃어버린 것을
어떻게든 찾으려고 애쓰는 사람이었다면, 30대의 나는 잃어버린
것을 어떻게 하면 더 잘 잃어버릴 수 있는지 골몰하는 사람이
되었으면 한다. 소중한 걸 잃어버렸다는 사실을 잊어버리지 않고
끝까지 잘 간수하며 살고 싶다. 나에게 산다는 건 곧 쓴다는 것이다.
글쓰기와 아웅다웅한다는 것이다. 이응을 미음처럼 쓰면 아웅다웅은
마움다움이 되고, 그 네모난 몸짓은 왠지 모르게 힘이 된다. 더 멀리
더 깊이 아웅다웅할 수 있을 것만 같다.

이선진

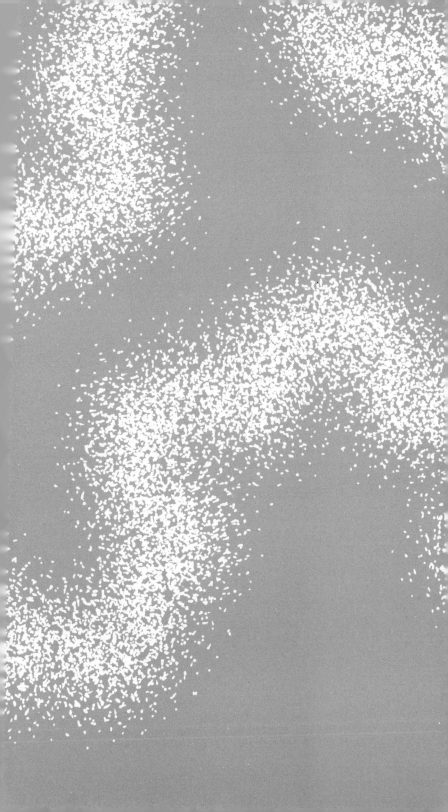

돼지 목에

사랑

최미래

사랑은 쉽지. 생각보다는 쉽지 않지. 사랑은 차가울까
뜨거울까, 온몸이 재가 되어 버릴 만큼 시린 것일까. 이런
고민은 부질없고 재미도 없어. 그렇게 스스로 다독이면서도
미진은 사랑에 대해 생각하기를 멈출 수 없었다. 원래 뭐든
그런 법이지. 자세히 생각하면 할수록 더욱더 알 수 없어지지.
현미경으로 확대하면 사과 껍질과 사자 혓바닥이 구분되지
않는 것처럼, 미진은 그렇게 사랑을 골똘히 들여다보았다.
사랑이 하고 싶었다. 사랑을 하고 싶은 마음이 오랜 시간
엿가락 늘어지듯 달콤하고 끈질기게, 가늘고 길게 이어질수록
그 바람은 간절해졌다. 간절하고 간질거리는 설렘을 바탕으로
사랑이 하고 싶었고, 해야 했고, 미진에게 사랑은 살면서
한 번은 꼭 해 봐야만 하는 어떤 것이 되었다. 그저 그런 사랑
말고, 제대로 된 사랑 말이다.
　본격적인 이야기를 시작하기도 전에 사랑이라는 단어를
열 번이나 남발하며 구구절절 간절한 마음만 늘어놓으니,
미진이 연애 한번 못 해 본 것처럼 느껴지겠지만 그건
아니었다. 오히려 반대였다. 사랑인 줄 알았는데 아니었네.
이번에도, 이것도, 저것도 사랑 비슷하게 생겨서 주워
먹었는데 아니었네. 그냥 아닌 게 아니라 사랑 같은 느낌으로
포장된 똥 같은 것까지 다 주워 먹어 버렸을 때, 그제야 탈이
난 심장을 부여잡고 끙끙거리며 사랑에 집착하게 된 것이다.
나 같은 것도 제대로 된 사랑을 할 수 있을까. 미진은 지나간
연애가 떠오를 때마다 따뜻한 물을 적신 손수건으로 꼬리를
닦았다. 머리카락을 빗듯이 위에서 아래로, 꼬리뼈에서

돼지 목에 사랑

시작되어 길게 뻗어 나온 꼬리의 끝부분까지 닦아 내려갔다. 물기가 날아가 꼬리가 시원해지면 서러운 기분이 진정되었다. 원래는 그랬다. 하지만 이번에는 달랐다. 이번 연애야말로 그나마 사랑에 가깝지 않았나, 아니 사랑이 맞지 않았나. 이게 사랑이 맞다면 내가 사랑을 걷어찬 걸까. 미진은 따뜻했던 손수건이 차게 식을 때까지 꼬리를 닦았다. 사랑이 뭔지 이게 맞는 건지 틀린 건지 왜 헤어진 건지 등등. 분명하게 답을 내릴 수 있는 게 아무것도 없었다. 미진은 최근 이별을 했고, 전 애인은 그동안 사귀었던 사람들 가운데 가장 사랑에 가까웠다. 하지만 사랑이라고 이름 붙이기에 무언가 부족했으며 그래서 미진은 슬펐다. 전 애인이 아니라 사랑 비슷한 것을 놓쳤다는 점에서 아까웠다. 그 이유가 무엇인지 매일 밤 몇 시간 동안이나 꼬리를 매만져도 떠오르는 게 없었다.

I   끝내주는 연애 이야기

사랑이 어쩌니 저쩌니 실컷 떠들어 놓고 왜 '사랑'이 아니라 '연애' 이야기를 하는가. 이유는 간명하다. 미진이 사랑을 모르기 때문이다. 이 이야기가 그저 연애 서사로 그칠지, 사랑을 말하게 될지, 아니면 아예 다른 이야기가 되어 버릴지는 성급해하지 말고 조금 기다려 주시길. 아시다시피 빠른 판단은 사랑을 포함하여 너무 많은 것들을 망쳐 버리니. 미진의 연애사를 이해하려면 그 전에 단연코 꼬리에 관한 전사를 알아야 할 필요가 있다. 연애할 때는 연모하는 마음뿐

최미래

아니라 연애 상대가 지금까지 살아온 과정이 꼬리처럼 붙어 따라오기 마련. 마찬가지로, 미진의 연애에는 30센티미터의 길쭉하고 털 없이 부드러운 꼬리가 자동으로 포함되었다.

내게는 꼬리가 있구나. 미진이 이 사실을 인식하게 된 건 초등학생 저학년 때였다. 어린 미진은 그날따라 꼬리가 거슬렸다. 참아 왔던 소변을 시원하게 누지 못하고 변기에 앉은 채 고민에 빠졌다. 변좌에 꼬리가 눌렸기 때문이었다. 아프지는 않았지만 지금까지 그래 왔던 것처럼 그냥 누면 아무래도 소변이 묻을 것 같았다. 미진은 결국 꼬리를 변좌 밖으로 슥 빼고서야 편하게 볼일을 볼 수 있었다. 아무에게도 묻지 않고 스스로 고민을 해결한 미진은 뿌듯한 마음으로 이 사실을 담임 선생님한테 자랑했다. 몇 번이나 설명해도 이해하지 못하는 선생님을 위해 그 손을 끌어다 자기 바지 위에 얹어 꼬리를 만지게 해 주었다. 담임 선생님은 웃다가 놀라다가 말을 잃고 괜찮다며 미진의 머리를 쓰다듬어 주었다. 미진은 집에 돌아와 할머니에게 그날 있었던 일을 이야기했다. 할머니는 잘했다고 칭찬하며 말했다. 별거 아니야. 그냥 달린 거야. 미진은 처음으로 자신의 꼬리 길이를 자로 재 보았다. 10센티미터였다. 할머니는 자신이 가진 것 가운데 가장 새 옷을 옷장에서 꺼냈다. 밤새 뜯어지고 꿰매지던 옷은 다음 날 아침, 미진의 첫 번째 긴 치마가 되었다.

꼬리는 미진과 함께 자라났다. 생리를 시작하고 길어지는 속도가 점차 느려지다가 고등학생 이후로는 더 자라는 일도 줄어드는 일도 없었다. 길다면 길고, 꼬리치고 짧다면 짧은

애매한 길이였다. 사람이 달고 다니기에 긴 편이긴 했지만 검지
정도로 두께가 얇아 발가벗지 않는 이상 그다지 눈에 띄지
않았다. 수영복이나 딱 붙는 스키니진 외에는 옷차림에 제약이
없었고 큰 불편도 없었다. 교복 치마와 헐렁한 체육복 안에서
꼬리는 있는 둥 마는 둥 따뜻하고 편안하게 자라났다. 꼬리는
불편한 점이 없었으나 딱히 쓸모도 없었다. 땋은 머리카락같이
후줄근하고 얇은 꼬리는 움직임이 섬세하지 못했고, 힘이 바짝
들어가지 않아 공격용으로도 부적합했다. 장점이 있긴 했다.
고양이와 팔짱 끼듯이 서로의 꼬리를 엮으면 한 팀이 된 것처럼
든든했다. 이렇듯 별 뜻 없이 달고 살던 꼬리가 미진에게 가장
신경 쓰이는 요소로 작용한 것은 연애를 시작할 시점이었다.
대학교에서 만난 같은 과 동기와 눈 맞추며 얼굴을 붉히다가
미진은 번뜩 꼬리의 존재를 떠올렸다. 아 맞네, 나 꼬리 있지.
섹스할 때 불을 완전히 꺼야 할까? 정상위로만 하면 모르지
않을까? 실제로 미진은 첫 섹스를 할 때 만반의 준비를 했다.
꼬리를 최대한 돌돌 말아 묶고, 아무것도 보이지 않을 정도로
점등하고, 처음 한다는 이유로 정상위만을 고집했다. 하지만
노력이 무색하게도 본격적인 리듬을 타기 전에 꼬리의 존재를
들키고 말았다. 분위기가 짜게 식자 상대와 미진은 각자 욕을
읊조리며 옷을 입고 바로 남이 되었다.

사랑이라는 단어를 곱씹을수록 미진의 머릿속에는 찜기에
가지런히 놓인 만두들이 떠올랐다. 밀가루를 반죽해 만두피를
만들고, 만두피에 만두소를 넣어 여미고, 찜기에 만두를

최미래

한가득 담아 쪄 내는 것. 사랑은 그런 게 아닐지 미진은
생각했다. 만두 만들기는 번잡하고 시간이 꽤 걸리지.
몇 단계에 걸친 그 절차를 사랑하는 사람과 함께 밟아 가며,
찜기에서 뿜어져 나오는 증기를 쐬고 싶었다. 터지지 않고
예쁘게 쪄진 만두는 따로 모아 냉동 보관해 놓았다가 추운
날에 꺼내 만둣국을 해 먹어야지. 오래도록 만두를 빚고
천천히 꺼내 먹기. 사랑하는 사람이 생기면 미진이 하고
싶었던 일은 이런 거였다.

　꿈을 이루기 위해 미진은 노력했다. 신중하게 이끌리는
사람을 발견하고 조심스럽게 그 사람과 가까워졌다. 초반에는
그랬다. 많은 실패를 경험한 후에야 방법을 바꾸었다. 연애
방법이랄까, 사랑할 상대를 찾는 조건은 단 하나였다.
연애 초반에 꼬리를 보여 주고 이를 보고도 도망가지 않는
사람에게 마음을 주는 것이다. 미진은 꼬리를 보고도 떠나지
않는 사람이라면 가리지 않고 사귀었다. 사귀면서 서로에
대해 알아 가고 그러다가 사랑이 만들어질 거야. 처음에는
별 마음 없어도 관계가 깊어지면서 동시에 사랑도 커질 거야.
미진의 바람과 달리 관계는 깊어지기 전에 끝나는 경우가
많았다. 만두 만들기처럼 진득한 사랑은 어림도 없었다.
꽤 괜찮은 연애 혹은 어렸지만 아름다운 시간이었다고 기억할
수도 없이 조악한 에피소드만 늘어 갔다. 미진은 자신의
사랑 실패 원인을 꼬리 탓으로 여겼다. 대체로 맞기도 했고
아니기도 했다. 왜 아닌지, 꼬리 말고 다른 이유는 무엇인지,
무엇이 우리를 사랑으로부터 멀어지게 만드는지에 대해서는

돼지 목에 사랑　　　　　　　　　　　　　　　139

조금 이따 이야기할 수도 있고 하지 않을 수도 있다. 미진을 머릿속에 떠올려 보라. 두께가 얇고 털이 없어 추워 보이는, 분홍색과 누런색이 애매하게 섞인 한 가닥의 길쭉한 꼬리. 우리가 미진에 대해 아는 건 그것뿐이다. 어쩌면 누군가는 후에 미진이라는 이름조차 잊고, 꼬리 달린 이상한 여자에 대한 이야기를 읽었다고 기억할 수도 있다. 우리가 사랑을 기억하는 방식과 같이. 그리고 미진이 사랑을 꿈꾸다가 사랑과는 정반대의 길로 접어든 것과 같이 말이다.

미진은 사랑, 아니 연애를 위해 외모를 가꾸고 예쁜 말투와 미소를 연습했다. 예쁜 미소와 말투, 아니 예쁜 말투와 외모, 아니 아무튼 그딴 것들은 사랑의 기회를 늘릴 수 있는 수단이었다. 우선 관심을 보이는 상대가 있어야 그에게 꼬리를 까든 말든 할 것 아닌가. 성공이었다. 애써서 가꾼 외모, 말투, 미소는 잘 먹혔다. 미진은 애인을 극진하게 모셨다. 서프라이즈 도시락을 만들고, 아르바이트 경력을 읊고 통장 잔고를 슬쩍 보여 주는 둥 강한 생활력을 은근히 드러냈다. 상대가 갑자기 떠나 버릴까 봐 불안할 때면 총명한 눈빛과 수줍은 웃음을 연습했다. 미진의 애인들은 두 가지로 나뉘었다. 잘 연애하다가 이제 이 사람과 조금 진지한 사랑을 시작해 볼까 하는 시점에 툭 이별 통보를 던져 오는 경우. 처음에는 괜찮다고 해 놓고 절제술을 권하는 경우. 두 경우 모두 100일을 기점으로 이루어졌으므로, 미진은 마의 100일을 넘기기 전까지 최대한 여자력을 유지하는 데 심혈을 기울였다.

최미래

여덟 번째 이별을 통보받은 날에 미진은 꼬리를 내놓고
달렸다. 잠이 오지 않아서였다. 깊은 밤에는 돌아다니는
사람이 적었고 마주치는 사람마다 서로에게 시선을 두지
않았다. 꼬리를 옷 밖으로 뺀 것은 그날이 처음이었다. 달리다
보니 꼬리와 마찰하는 왼쪽 허벅지가 간지럽고 거슬렸다.
미진은 라이터로 바지에 구멍을 냈다. 분노에 못 이겨
충동적으로 한 결과치고 적절한 위치에 구멍이 뚫렸다.
옷 밖으로 빼낸 꼬리는 상상 이상으로 시원했다. 이번에도
넘지 못한 마의 100일이, 100일 동안 쌓여 왔던 좆같은
기분들이 꼬리를 타고 흘러 흘러 100원짜리 동전만 한
구멍 밖으로 줄줄 새어 나가는 것 같았다. 미진은 달리면서
생각했다. 연애를 꼭 해야 하나. 나는 왜 이렇게 연애를 못
해서 안달일까. 미진은 사실 연애가 아니라 사랑이 하고
싶었으나 이를 잊어버리고 연애에 대해서만 생각했다. 원래
뭐든지 하다 하다 안 되면 목적을 잊은 채 안 되는 것 자체에
갇혀 버리기 마련이니. 언제부터 이렇게 연애에 취약한
사람이 되었을까 꼬리를 물고 늘어지다가 미진이 도착한 곳은
중학생 2학년 때의 여름날 오후였다.

　태풍이 온다고 했다. 예상보다 빠르고 강하게 접근해 오는
태풍에 비상 휴교령이 내려졌다. 학생들은 기쁜 얼굴로
강풍을 맞으며 즐거이 교문을 벗어났다. 미진은 떡볶이를
먹으면서 집으로 향했다. 종이컵에 머리카락이 빠져 떡볶이
국물이 묻든 말든 상관없었다. 미진은 원래 태풍을 좋아했다.
온몸을 휘감는 바람, 스산한 분위기, 펄럭이는 교복 치마.

돼지 목에 사랑

집으로 가는 거리에는 아무도 없었다. 태풍 소식을 듣고
다들 집에 들어간 것 같았다. 치마 밖으로 빼 입은 셔츠가
바람에 의해 들썩여도 미진은 마냥 즐거웠다. 꿉꿉한 여름,
피부에서 옷감을 떨쳐 주는 바람은 오히려 시원하고 좋았다.
익숙한 골목을 지나 집에 거의 다다랐을 때 미진의 뒤에서
강풍이 크게 불었다. 제법 세고 긴 바람이었다. 거의 다 먹은
떡볶이 컵이 땅바닥에 떨어지고 교복 치마가 뒤집어진 상태로
내려오지 않았다. 미진이 치마를 정리하기 위해 엉덩이를
더듬으며 뒤를 돌아보자 맞은편 건물에 살던 노인이
서 있었다. 살이 두어 개 부러진 우산을 든 채 미진의 꼬리를
골똘히 쳐다보았다. 그 주 주말에 노인은 미진에게 자신과
연애하자고 고백해 왔다.

　먼 옛적의 일이 달리는 도중에 갑자기 떠오른 이유는 뭘까.
미진은 대충 알 것도 같았다. 그 노인은 미진을 원래부터
연애 상대로 보았다든가 꼬리 페티시가 있기 때문에 고백한
것이 아니었다. 미진은 달리면서, 찬 바람에 흔들리는
꼬리를 감각하며 생각했다. 몸에 이상한 게 달려서 저걸
누가 데려가느냐던 할머니 친구의 말처럼, 꼬리를 보니 내가
연애 상대로 비벼 볼 만했구나 그 노인네. 미진은 그날 온
동네를 구석구석 달렸다. 숨이 벅차면 속도를 늦추며 달렸다.
달리면서 지난 연애들을 거슬러 올라갔다. 연애의 역사는
미진이 얼마나 쉬운 상대로 보이는가, 우습고 만만하게
여겨지는가에 대한 역사가 되어 버렸다.

　　　　　　　　　　　　　　　　　최미래

아가, 엉덩이에 고무줄 같은 게 붙었네. 할머니 친구는 고무줄
같은 것을 떼어 내지 못했다. 그게 고무줄이 아니라 구멍
뚫린 잠옷 너머 미진의 몸에서 이어져 나왔다는 것을 알아챈
후에는 이렇게 말했다. 몸에 이상한 게 달려서 저걸 누가
데려가. 미진이 방에 들어간 뒤 할머니에게만 소곤거리듯
한 말이었지만 좁은 집의 낡은 방문은 작은 목소리마저
차단하지 못했다. 미진의 할머니는 그 말을 듣자마자 먹고
있던 고구마를 던지듯 내려놓고 고성을 내질렀다. 이상한
거라니. 나도 가슴 한짝 떼어 내서 이제 한짝밖에 안 남았는데
내 가슴도 이상하냐. 우리 엄마는 살아 있을 적에 남들보다 눈
하나가 더 달렸었는데 우리 엄마도 이상하냐 이년아. 귀한 내
새끼 보고 이상하다고 하는 네가 더 이상하다. 나가 이년아.
이상한 년아. 어린 미진이 듣기에 할머니의 말은 순 억지였지만
찝찝하면서도 통쾌하긴 했다. 미진은 잠옷 바지에 일부러 뚫어
놓은 구멍을 꿰매며 거실에서 들려오는 욕설에 귀를 기울였다.
눈에서는 눈물이 입술에서는 웃음이 비질비질 새어 나왔다.

　울면서 웃는 것은 미진의 특기였다. 헤어 숍 인턴 기간이
끝나고부터는 입가에 미소를 띤 채 마음으로 우는 법을
터득했다. 헤어 디자이너가 사람을 상대하는 일이라는 건
진작부터 알았지만, 미진의 생각과 달리 상대해야 하는 건
고객뿐만이 아니었다.

　미진 씨, 괜찮죠?

　네 괜찮습니다.

미진이 가장 많이 하는 말은 괜찮다는 대답이었다.
(떠넘겨지는) 잔업 괜찮아요. (계약서에 기재되지 않은)
이른 출근 괜찮아요. (마감 후에도 병행되는 무급) 예절
교육 괜찮아요, (모욕에 가까운) 작업 피드백 괜찮아요. 저는
식사 시간 줄어도 (안) 괜찮아요. 네 그냥 다 괜찮아요. 안
괜찮고 울고 싶은 마음으로 짓는 미소는 어정쩡했다. 선배
디자이너는 미진의 어정쩡한 표정을 기가 막히게 잡아냈다.
힘든 거 안다. 근데 모두가 힘들어도 열심히 하니까 애써
달라는 말을 끝으로 (잔소리뿐인 무급) 피드백이 마무리된
어느 날, 미진은 동료 직원 두 명과 술을 먹었다.

혹여나 만취하면 꼬리를 드러내는 일이 생길 것 같아 미진은
회식 때도 소주를 입에 대지 않았다. 하지만 그날은 달랐다.
선배 걔는 왜 나만 갖고 그럴까 하는 생각에서 나는 왜 이렇게
힘들어하는 걸까로 생각이 이어졌다. 일하는 곳을 옮겨야
하나, 아예 다른 일을 찾아야 하나. 답 없는 고민은 술을
불렀다. 미진과 입사 시기가 비슷하지만 이미 다수의 이직을
경험했던 동료 직원 에이와 비는 위로를 담아 술잔을 채워
주었다. 그들의 말에는 공통된 지점이 있었다. 어딜 가도
거기서 거기야. 사실 여기가 양반이긴 해. 나 예전에 일하던
데는 힐 신어야 했어. 근무 조건이나 급여, 동료들의 인성이
지금 일하는 헤어 숍 정도면 진짜 괜찮은 쪽에 속한다는
거였다. 그렇게 말하는 에이는 정말 괜찮아 보였다. 듣다
보니 일리가 있었다. 게다가 미진은 일이 적성에 잘 맞았다.

최미래

남들은 오래 서서 일하느라 다리가 휘고 허리 통증을 달고
사는데 미진은 그런 게 단 하나도 없었다. 아무리 오래 서
있어도 몸에 무리가 없는 미진을 보고 동료들은 축복받았다며
부러워했다. 손기술이 좋아 실력도 눈에 띄게 늘어 갔다.
에이가 말했다.

　미진 씨가 아직 사회 경험이 적어서 더 힘든 걸 거야.
원장도 그렇고 선배 걔도 생각보다 쉬워. 긴장 풀고 좀만
친근하게 굴면 일하기 훨씬 편할걸. 나한테도 처음에 일부러
책잡고 그러더라.

　생각해 보면 에이의 말도 상사의 말도 틀린 게 없었다. 남의
돈 버는 게 쉽겠는가. 미진은 자신의 부족한 사회성에 대해
생각했다. 시키기도 전에 궂은일을 도맡아 하고 발랄하게
인사하기. 어떻게 해야 하는지 머리로는 금방 이해했으나
출근하면 몸이 얼어 당황하기 일쑤였다. 남들 다 하는 거
그거 어렵지도 않은 걸 나 혼자 뻣뻣하니 제대로 해내지
못하고 형편없네. 생각은 흘러 흘러 꼬리까지 가닿았다.
살아오는 동안 미진은 왜 자기한테 꼬리가 달렸는지 고민해
왔다. 학생 때는 진화론에 관한 책을 뒤적이고 자신과 비슷한
의학적 사례를 찾으려 애썼다. 지난한 연애에 녹초가 되어
가던 와중에는 병원에 찾아간 적도 있었다. 자세한 검사를
더 해 보아야 알겠지만 절단 부위의 뼈가 가늘어 생각보다
어렵지 않게 수술이 이루어질 수도 있겠다는 진단을 받았다.
간단명료한 의사의 말과 달리 각종 검사와 수술에 드는
비용은 간단하지 않았고, 수술 이후 찾아올 부작용과 회복에

드는 비용은 명료하지 않았다. 딱히 불편하지 않았으므로 미진은 그냥 꼬리를 달고 살았다. 이별을 겪거나 먹고살기 힘들어 휘청거릴 때는 기초 해부학 책을 들여다보았다. 책 내용에 따르면 인간에게서 꼬리가 퇴화한 이유는 쓸모가 없어졌기 때문이었다. 인간은 이족 보행에 접어들면서 머리로 균형을 잡게 되었다. 이에 따라 꼬리가 퇴화하여 사라지는 방향으로 진화했다는 것이다. 꼬리는 진화가 덜 되었다는 흔적이었다. 그렇다면 나는 진화가 덜 된 인간인가. 그래서 사회성이 떨어지고 남들 다 좋다는 직장에 적응하지 못하고 연애를 하는 족족 까이는 걸까. 생각이 깊어질수록 소주가 목 뒤로 꿀떡꿀떡 잘 넘어갔다.

그다음 날 미진은 숙취가 너무 심해 깨질 것 같은 이마를 짚으며 일어났다. 입안은 건조하다 못해 목구멍까지 버석거렸고 눈이 잘 떠지지도 않았다. 가만히 침대에 앉아 핑핑 도는 머리를 진정시키고 있는 미진의 손에 숙취 해소 음료가 쥐여졌다. 미진은 음료를 들이켜고 눈곱을 떼었다. 알몸으로 걱정스러운 표정을 짓고 있는 비의 얼굴이 선명하게 보였다. 미진은 이불을 들춰 자기 몸을 살폈다. 아무것도 입지 않은 사타구니가 훤히 보였다. 옆에 있던 비도 마찬가지였다. 비가 누구인지 갑작스럽게 느껴지는가? 당연하다. 전날 술자리의 기억을 되새겨 보자. 선배 디자이너에게 (잔소리뿐인 무급) 피드백을 듣고, 먹고사는 일에 현타가 세게 온 미진은 직장 동료 두 명과 술자리를 가졌다. 조언과 위로,

경험, 사회성 어쩌고를 줄줄이 늘어놓는 에이. 그 옆에서
비는 말도 없고 존재감도 없이 가만히 앉아 있었다. 비는
원래 그랬다. 말이 적고 소심했으며 기척이 별로 없었다.
비의 본명은 윤성. 미진에게 있어 가장 사랑에 가까웠던 최근
이별의 주인공이자 전 애인 되시겠다.

　두 사람은 연인이 되었다. 윤성이 꼬리를 보고 도망가지
않았기 때문이었다. 사귄 지 100일이 넘어가도 윤성은
미진에게 이별을 고하거나 꼬리 절제 가능성을 묻지
않았지만, 미진은 윤성이 언제 자신을 떠날지 모르니 마음을
천천히 열어야겠다고 다짐했다. 대놓고 사랑을 좇는 것보다는
괜찮아 보이겠지만 정말로 그럴까. 사랑에 관하여 미진은
자신도 모르는 사이 전보다 더 불온한 상태에 접어들었고,
그 면모가 이번 연애에서 여실히 드러났다. 윤성은 누구의
부탁도 거절하지 않는 사람이었다. 언제나 희미한 미소를
머금은 얼굴로 고개를 끄덕였다. 머리를 자르고 일주일이나
지난 뒤에 찾아와 조금만 더 다듬어 달라는 손님의 요구에
웃으며 응대했다. 선배 디자이너들의 잔심부름과 허드렛일을
당연한 듯 자기가 도맡았다. 이건 좀 무례한 거 아닌가 싶은
농담 또한 사람 좋은 미소를 짓고 넘어갔다. 직장에서 윤성은
진짜 착한 사람으로 통했다. 미진은 사회에서 '착하다'라는
단어가 원래 의미보다 '만만하다'라는 뜻으로 더 자주
쓰인다고 생각했다. 게다가 그냥 착한 것도 아니고 '진짜'
착하다니. 재수 없는 새끼들. 미진은 윤성을 만만하게 여기는
사람들이 싫었다. 싫어하다 보니 그런 장면이 더 자주 눈에

들어왔다. 자주 보다 보니 윤성이 진짜 착한 사람이라는 걸, 언행과 마음씨가 곱고 바른 사람이라는 걸 알게 되었다. 미진은 윤성이 착해서 좋았고 또 싫었다. 사랑스러웠고 볼썽사나웠으며 짜증이 일다가 애틋했다. 자기 자신을 모나게 바라보는 시선이 상대에게 이어질 수 있다는 것을 그 당시의 미진은 알지 못했다.

　　두 사람은 돼지고기를 자주 먹었다. 윤성은 다른 직원들보다 마지막 손님을 더 자주 맡았다. 미진은 바닥에 떨어진 머리카락을 비질하며 윤성과 함께 헤어 숍을 마감하고 퇴근했다. 그런 날에는 꼭 소주와 돼지를 목 뒤로 넘겼다. 소주가 들어가면 미진이 하는 말은 언제나 같았다. 너 또 당한 거야. 만만해서. 네가 우스워서. 네가 만만하고 우스워지면 나도 같이 우스워지는 거야. 알아? 윤성은 가만히 고개를 끄덕였다. 미진은 윤성에게 비난을 쏟아 내다가 갑자기 왜 울고 싶은 기분이 드는지 자기 자신을 이해할 수 없었다. 이에 대해 나름대로 이유를 찾아냈을 때 미진은 처음으로 사귀던 상대에게 이별을 고했다. 어느 날은 사랑으로 충만하고, 어느 날에는 눈물을 흘리며 윤성에게 폭언을 퍼붓는 나날이 이어졌다. 그러다 문득 미진은 생각했다. 내가 나한테 해 왔던 걸 윤성에게 하고 있구나.

미진은 밤 산책 전용 트레이닝 바지를 꺼냈다. 엉덩이 쪽에 100원짜리 동전만 한 크기의 구멍이 뚫려 있는 그 바지였다. 라이터로 대충 지진 구멍의 테두리에 그을린 자국이

　　　　　　　　　　　　　　　　　최미래

선명했다. 구멍 밖으로 꼬리를 내놓고 미진은 힘차게 달리고
싶었다. 집에서 혼자 꼬리를 만지작거리고 앉아 있으니
우울감만 심해지는 것 같았다. 윤성과 헤어진 것이 아쉽지는
않았으나 아까웠다. 나 같은 거랑 이제 누가 사귀어 주나.
나는 불쌍해. 윤성과 헤어진 뒤 할머니와 함께 드라마를 본
적 있었다. 할머니는 청승맞은 주인공을 보며 말했다. 아유
딱해라. 얘, 봐라. 세상에서 가장 딱한 사람은 사랑에 목매는
사람이야. 사랑은 원래 좋은 건데 그렇게 좋은 거에 빠져서
괴롭다니. 딱해. 할머니는 소라 과자를 입에 집어넣었다.
주인공은 다른 연인을 만나는 것으로 딱한 사람에서
벗어났다. 미진은 할머니 옆에 앉아 드라마가 끝날 때까지
세상에서 가장 딱한 사람이 되었다. 나는 못나고 한심해.
연애도 못 해, 사랑하는 방법도 몰라, 사회성도 떨어져, 돈도
잘 못 벌어. 예전에는 미진이 이런 생각에 잠겨 있으면 윤성이
다가와 머리를 맞대었다. 미진의 표정과 우울감을 눈치채고
나옹 이야기를 해 주었다. 그러나 이제 나옹 얘기를 해 줄
이가 곁에 없으니 미진은 밤마다 달리는 수밖에 없었다.
  '나옹'은 애니메이션 「포켓몬스터」에 나오는 요괴 고양이
포켓몬으로, 포켓몬 중 유일하게 인간의 언어를 사용할 줄
알았다. 고양이를 바탕으로 만들어진 포켓몬답게 세모난
귀, 긴 꼬리, 수염 등 고양이와 비슷한 외형을 지녔다.
미진은 나옹이 얄밉고 거만하며 로켓단 소속이라는 점에서
처음에는 싫어했으나, 윤성의 이야기를 들은 후에는
사랑하는 포켓몬으로 나옹을 꼽았다. 나옹의 큰 특징은

돼지 목에 사랑

머리에 금화를 붙이고 있는 것이었다. 피카츄의 대표 기술이
전기를 뿜어내는 '백만 볼트'라면 나옹의 전용 기술은
금화를 만들어 내는 '고양이 돈 받기'였다. 금화를 만드는 게
전용 기술이라는 걸 안 후 미진은 행운의 부적처럼 나옹이
그려진 물건을 사 모으기도 했다. 물가는 오르는데 연봉이
동결되었을 때, 인간관계 때문에 이직을 고민하다가도 고용
시장이 다 거기서 거기라는 말을 듣고 포기했을 때, 미진은
이게 다 꼬리가 달린 탓이라고 생각했다. 다른 인간들도
이렇게 사는 건지 내가 인간이 덜되어서 이렇게 사는 건지.
꼬리 없애는 수술 정말로 받아 볼까. 어때 네 생각은? 윤성은
미진이 휘청거릴 때마다 나옹 이야기를 들려주었다.

　원래 보통 나옹은 힘도 세고 싸움도 잘해. 나옹 진화하면
페르시온 되거든? 걔 사진 검색해 봐. 샴고양이 포켓몬인데
암사자같이 생겼어. 암사자가 사냥의 왕이잖아. 아무튼
그런데 로켓단의 나옹은 약해. 약하니까 싸우는 방법도
제대로 못 익히고, 금화 만드는 기술도 못 배웠어. 근데 걔가
똑똑하거든. 그래서 혼자 인간의 말을 익힌 거야. 약하니까.
로켓단에서 실세는 나옹이야. 로이랑 로사가 사고 쳐 놓으면
나옹이 머리를 데굴데굴 굴려서 일을 해치운다고.

　로켓단의 나옹이 자기 꼬리와 무슨 상관인가 싶으면서도
미진은 웃으며 그 이야기를 들었다. 몇 번이나 들어도 지겹지
않고 마음 한구석에서 미지근한 온기가 올라오는 것
같았다. 나옹 캐릭터는 '돼지 목에 진주 목걸이'와 대응하는
일본의 관용어 '고양이에게 금화'를 바탕으로 만들어졌다.

　　　　　　　　　　　　　　　　　　최미래

나옹은 가치도 모르는 걸 전용 기술로 만들어 내고 사는구나.
심지어 로켓단의 나옹이는 가치를 모르고, 기술로도 사용하지
못하는 금화를 머리 한가운데 떡하니 붙이고 살았다. 미진은
그래서 나옹이 좋았다. 사랑스러웠고 볼썽사나웠으며
애틋하고 웃겼다. 사실 윤성의 말에는 틀린 부분이 있었다.
윤성은 로켓단의 나옹이가 전용 기술을 못 배워서 인간의
말을 익힌 거라고 했지만 아니었다. 오히려 반대였다.
로켓단의 나옹이는 인간의 말을 익히는 데 시간과 힘을 다
쓰느라 기술을 못 배운 것이었다. 미진은 진즉에 이 사실을
알고 있었으나 윤성의 말을 정정하지 않았다. 윤성이 해 준
이야기가 더 마음에 들었기 때문이었다. 이러나저러나 잘
알지도 못하는 걸 달고 산다는 점은 같았다.

Ⅲ   돼지 목에 사랑 걸기

깊은 밤에는 개와 함께 달리는 사람들이 많았다. 주로
진돗개, 리트리버 같은 대형견이었다. 주인과 함께 밤바람을
가르는 개들은 표정이 밝았다. 미진은 머리를 질끈 묶고
바람막이를 허리에 둘러맨 뒤 천천히 달리기 시작했다. 긴
도롯가와 다가구 주택가를 지나, 작은 산 아래 산책로가
나왔다. 으슥하고 벌레가 많아 밤에는 인적 없이 고요했다.
그곳에 도착할 즈음에는 굳어 있던 몸이 완전히 풀렸다. 진짜
달리기는 그때부터 시작이었다. 허리에 매었던 바람막이를
풀자 밤공기에 노출된 꼬리가 시원했다. 미진은 꼬리를

내놓고 힘껏 달렸다. 가로등이 몇 개 없어 컴컴하니 오히려
좋았다. 빠르게 달릴수록 어둠을 헤치는 것 같았고 더 깊은
어둠 안쪽으로 들어가는 것 같기도 했다. 다른 사람들은
달리면서 잡생각을 떨친다던데 미진은 가빠지는 호흡과
함께 별별 생각에 빠져들었다. 사랑이 뭔지 모르겠고, 뭔지도
모르겠는 걸 하고 싶고, 꼬리는 점점 길어졌다. 나는 딱해.
인생이 잘 풀리지 않을 때, 자기 자신에게 연민이 들 때는
먹는 것을 가장 주의해야 했다. 미진의 곁에는 먹는 것을
조심하라 일러 줄 이가 없었다. 그래서 미진은 아무거나
다 주워 먹었다. 쓴소리, 아픈 소리, 인생에 쥐뿔도 도움 안
되는 목소리들을 모조리 주워서 가슴속에 담아 놓았다가
산책하면서 곱씹어 먹었다. 주는 대로 다 받아먹는 것이 돼지
같지. 미진은 술에 취해 붉어진 윤성의 얼굴이 떠올랐다. 절로
실소가 튀어나왔다.

　나 돼지 키워 봤다. 잘 익은 항정살을 미진 앞에 놓아
주면서 윤성이 말한 적 있었다. 평소와 달리 공복에 소주를
몇 잔이나 털어 넣어 취기가 바짝 오른 상태였다. 아주 가끔
윤성은 지쳤고 취했고 그때마다 돼지에게 먹이 준 이야기를
했다. 돼지는 주는 대로 다 먹어. 잡식성이거든. 풀도 먹고
내가 뱉은 침도 먹고, 사직서 같은 걸 찢어서 줘도 먹는다.
나 가끔 돼지 같지. 주는 대로 다 받아먹는 것이 돼지 같지.
너 내 이런 모습 싫어하잖아. 답답하고 짜증 나잖아. 미진은
그래 돼지 같아, 돼지끼리 잘 만났다며 윤성의 술잔을 채워
주었다. 짠. 두 사람은 웃으며 술잔을 부딪쳤지만 미진은 속이

　　　　　　　　　　　　　　　최미래

쓰렸다. 먹고살려고 일하는 건데, 싫은 것까지 꾸역꾸역 먹어대다가 지쳐 버린 윤성이 미진 자신과 너무 닮아서 싫었다.

실소에서 시작한 웃음이 멈추지 않았다. 미진은 어차피 사람도 없는 거 호탕하게 소리 내어 웃었다. 돼지가 어떻게 종이를 먹겠나 싶었다. 잡식 동물은 못 먹을 거까지 다 입에 넣는 게 아니라 동물성, 식물성 가리지 않고 먹는 동물 아닌가. 시험 볼 때 사전 뜯어 먹고, 직장 생활하면서 개소리 얻어먹고, 이게 다 먹고살자고 하는 거라며 괴로움까지 주워 삼킨다는 점에서 진정한 잡식 동물은 인간밖에 없을 터였다. 너무 웃겨서 눈물이 가득 찬 눈에 진짜 돼지 한 마리가 보였다. 저 멀리 어둠을 뚫고 작은 돼지가 달려오고 있었다. 빠르게 달려와 미진 앞에서 혓바닥을 내밀고 선 건 돼지가 아니라 뚱뚱하게 살찐 황금색 시바견이었다. 뒤이어 용용아, 개 이름일 듯한 호칭을 부르며 누군가 다가왔다. 미진은 쭈그려 앉아 개의 머리를 쓰다듬었다. 밭은 숨을 내쉬는 개를 위해 손바닥을 둥글게 오므려 생수를 덜어 주었다. 개 혓바닥은 길고 간지러웠다. 물을 먹고 신이 난 개는 땅바닥에 후줄근하게 떨어져 있던 얇은 밧줄을 물었다. 터그 놀이를 하고 싶었던 걸까. 문제는 그것이 터그 놀이 장난감도 얇은 밧줄도 고무줄도 아닌 미진의 꼬리였다는 점이다. 자신의 사랑스러운 반려견이 웬 인간의 꼬리를 물고 늘어지는 걸 본 개 주인은 바로 코앞에서 걸음을 멈춰 버렸다. 미진은 개의 머리를 밀어내고 있는 힘을 다해 그 자리를 벗어났다. 개 주인은 빠른 속도로 멀어져 가는 미진의 뒷모습과

활기차게 흔들리는 꼬리를 멀거니 서서 바라보았다.

금이 간 건지 근육이 다친 건지 꼬리가 얼얼하게 아팠다.
미진은 침대에 엎드려 울었다. 의사 앞에서 꼬리를 내놓고
구경거리가 되기 싫었다. 그렇다고 동물병원에 가는 것도
이상했다. 꼬리가 아파서, 너무 놀란 개 주인이 사과도 하지
않은 채 서 있어서, 거기다 대고 화도 못 내고 도망치듯
자리를 떠나서, 꼬리가 달려서 미진은 서러웠고 엉엉 울었다.
크게 다친 건 아니었는지 다행히 통증은 날이 갈수록
줄어들었다. 꼬리보다는 속이 답답해 미칠 노릇이었다.
윤성이 없으니 이런 얘기를 할 상대가 없었다. 은혜도 모르는
돼지 같은 개와 뻔뻔한 그 개 주인을 다시 만나게 될까 봐
밤에 나가 뛰지도 못했다. 그나마 꼬리를 구멍 밖에 내놓고
달리는 게 낙이었는데 그마저 못 하게 되다니. 지루한 나날을
차가운 맥주로 달래던 미진은 원래 시간보다 더 깊은 새벽에
나가 뛰기로 결심했다. 동이 터오기 직전 푸르스름한 하늘을
배경으로 달리는 것도 나쁘지 않을 것 같았다. 어둠은 더 이상
그만 헤매고 아침을 맞이하자. 좋게 좋게 생각하니 긍정적인
의미 부여도 되었다.
　실패였다. 개 주인은 미진을 단번에 알아보았다. 사과를
전하기 위해 그날 이후 하루도 빼놓지 않고 혼자 나와 네
시간 동안 서성였다고 했다. 두 사람은 동트는 새벽을 함께
맞이했고 친구가 되었다. 호주(개 주인)가 미진의 꼬리를
보고 도망가거나 꼬리에 관하여 캐묻지 않았기 때문이었다.

　　　　　　　　　　　　　　　　　최미래

그렇다고 미진이 호주와 연인이 되는 것으로 딱한 사람에서 벗어나길 기대하지 말기를. 인생은 드라마처럼 뻔하지 않고 미진은 딱한 인간이되 유약한 인간은 아니므로. 두 사람과 개 한 마리는 밤마다 함께 산책했다. 뛰듯이 걷거나 걷듯이 뛰면서 시시껄렁한 일상을 떠들었다. 초여름의 어느 날에는 편의점 앞 야외 테이블에 앉아 맥주를 마시며 연애 이야기를 나누었다. 비연애주의자인 호주는 미진의 연애사를 이해하지 못했다. 그도 그럴 것이 호주는 결혼을 큰 목표로 삼고 살다가 도저히 답이 안 나오자 인생 방향을 싹 바꾸어 버린 사람이었다. 그동안 결혼만을 향하던 돈, 시간, 감정은 목표를 잃자 자연스럽게 호주 자신의 일상에 녹아들었다. 연애 이야기만 나오면 대화는 돌고 돌다가 항상 똑같은 의문으로 마무리되었다. 연애 꼭 해야 해요?

아니 뭐, 연애는 다들 하는 거잖아요. 좀 외롭기도 하고. 안 외로워요?

일하고 용용이 밥 주고 산책시키고 저까지 챙기느라 정신이 없는데 외로울 틈이 어딨어요.

이 대목에서 미진의 머릿속에 연애가 아닌 사랑이라는 단어가 다시 떠오른 건 왜일까. 집 안 가득한 훈기. 냄비 뚜껑을 열자 뿌연 김이 시야를 가리고, 기억 저 끄트머리에 떨어져 있던 잊어버린 한 장면이 가장 외로울 때 먼 과거를 거슬러 와 현재의 얼굴 표면에 급작스럽게 그러나 따뜻하게 들이치는. 만두가 맛있게 익었다. 미진은 만두를 조심스럽게 집어 접시에 옮긴 후, 새로 빚은 만두가 서로 붙지 않도록 신경

써서 찜통 위에 내려놓았다. 매년까지는 아니더라도 미진은
겨울마다 종종 만두를 빚어 왔다. 할머니와 둘이 만들 때도
있었고 푹 익은 김치를 처리하기 위해 혼자서 만들기도 했다.
미진은 완성된 만두를 세 가지 기준으로 나누었다. 만두피가
찢어진 것은 지금 먹을 것. 적당히 잘 만들어진 것들은 빠른
시일 내로 쪄 먹거나 친구들에게 나누어 줄 것. 그리고 예쁘게
빚어진 것들은 냉동 보관할 것이었다. 미진은 가장 마음에
드는 만두를 따로 모아 식힌 뒤, 모양이 망가지지 않도록
잘 담아서 냉동실에 넣어 놓았다. 이것들은 오로지 미래의
미진만을 위한 만두였다. 비가 오는 날, 마음이 춥고 시린 날을
대비한 비상 식품이었다. 하지만 미진은 냉동실에 넣어 놓은
만두를 잊어버리고 말았다. 너무 예뻐서 아껴 놓았던 마음이
냉동실 안에서 꽁꽁 얼어 버린 채 오랜 시간에 걸쳐 먹을 수
없을 지경이 되어 가고 있었다. 맙소사. 내 사랑하는 만두들.
어떻게 이걸 잊어버릴 수가. 미진이 정신을 차리고 현실로
돌아왔을 때, 대화는 이미 다른 화제로 넘어가 있었다. 호주는
첫 만남 때 보았던 미진의 꼬리에 대해 말했다.

혼자 뛰는 거 말고 운동해 본 적 없었다면서요. 근데
너무 잘 뛰시던데요. 울면서 달리면 몸이 흔들리잖아요.
손으로 눈물도 훔쳐야 하니까. 처음에는 꼬리가 그저 나무에
대롱대롱 매달린 끈처럼, 죄송해요. 아무튼 힘없어 보였는데
뛰기 시작하니까 미세한 정도지만 분명 곧아졌어요. 요동
없이 빠르게 뛰시던데요. 다음 주부터 나오시면 돼요.

최미래

뛰는 자세만 보아도 대충 운동 능력이 파악된다는 게 말의
요지였다. 신발 사이즈도 같으니 얼마나 좋아요. 제 풋살화
빌려 드릴게요. 저 많아요. 호주의 말을 귀담아듣지 않은
데다가 거절할 핑계도 없던 미진은 고개를 끄덕였다. 그리고
집에 도착하자마자 후회했다. 미진은 운동을 단 하나도 해
본 적이 없었다. 밤에 달리는 것 또한 심신 단련이 아닌
답답함을 해소하기 위한 거였다. 그까짓 거 하고 말지의
문제가 아니었다. 미진은 제대로 생각해 보지도 않고 선택에
떠밀린 자신이 싫었다. 하기 싫어졌다고 호주의 눈치를
보며 어색하게 말하는 것도 싫었다. 이미 신발장에는 호주의
풋살화가 자리를 차지하고 있었다. 미진의 집 안에는 하나둘
자신이 마음에 들지 않았던 순간들이 차올랐다. 기억의
물살에 휩쓸리기 직전, 미진은 냉동실에서 만두를 꺼냈다.
즉석 사골 팩을 끓이고 파를 썰고 떡을 넣어 간을 맞추었다.
마지막으로 해동한 만두를 넣었다. 국물을 잘 머금은 예쁜
만두는 쪘을 때와 똑같이 맛있었다. 그래 풋살 뭐 별건가.
공만 잘 쫓아가면 되는 걸.

　호주의 눈은 정확했다. 풋살 모임에 참여한 첫날, 미진은
세 개의 골을 넣었고 두 개의 유효 슈팅을 했으며 수비로서
여섯 번 공격을 끊어 냈다. 같은 팀 상대 팀 할 것 없이 다들
정말 처음 뛰는 게 맞냐고 물어 왔다. 미진은 안정적이고 빠른
속도로 경기장을 장악했다. 달리다가 급격하게 방향을 틀 때
몸이 흔들리지 않았고, 슈팅할 때는 공에 힘을 제대로 실었다.
이게 무슨 일일까. 숨겨져 있던 재능을 발견한 것처럼 공이

발에 착착 붙었다. 체력이 금방 떨어지긴 했다. 경기 규칙을
제대로 알지 못하니 끝까지 쫓아가서 잡아야 할 공과 일부러
놓쳐야 하는 공을 구별하지 못하고 냅다 뛴 탓이었다. 미진은
후반전 때부터 슬금슬금 속도가 더뎌지다가 경기가 끝난 뒤
녹초가 되어 쓰러졌다. 인조 잔디와 한 몸이 된 미진의 얼굴
위로 그림자가 드리웠다. 감독님은 보디 밸런스가 훌륭하다며
감탄을 늘어놓았다. 뛰는 자세도 좋고 공을 찰 때 땅에 디딘
왼발이 너무나 안정적이라고 했다.

근육이 하나도 없어 보이는데 어쩜 그렇게 안정적이고
균형감이 좋은지 신기할 정도예요. 무게 중심이 하체에 탁
쏠려서 마치 다리가 세 개 달린 것처럼 지지가 팍 되는 게.

다리가 세 개요?

예를 들어 그렇다는 거죠.

이렇게 격하게 몸을 움직인 건 성인이 된 후로 처음이었다.
망치로 때려 맞은 듯한 근육통이 허벅지와 엉덩이, 종아리에
골고루 몰려왔다. 미진은 놀란 근육들에 밤새도록 시달리면서
낮에 있었던 풋살 경기를 반복적으로 떠올렸다. 발끝과
심장이, 꼬리뼈 부위가 찌릿했다. 다리가 세 개. 아무리
생각해도 꼬리 덕분인 것 같았다. 동물이 몸의 균형을 잡을
때 꼬리를 사용하는 것처럼, 휘청이거나 흔들릴 때 나도
모르게 꼬리를 써서 균형을 잡아 왔던 걸까. 다리가 세 개.
후줄근하고 힘이 바짝 들어가지 않아 영 쓸모없이 달려
있다고 생각했는데. 미진은 풋살 모임에 나갈 때마다 근육통을
겪었다. 쉽사리 잠들 수 없을 정도로 심한 통증을 견디면서

않는 소리가 절로 입밖에 내뱉어졌으나 눈은 웃고 있었다.

그리하여 미진은 오늘도 풋살화 끈을 쫙 조이고 인조 잔디
위에 섰다. 경기가 시작되었다. 미진은 열심히 공을 쫓았다.
속도로는 누구에게도 뒤지지 않았다. 선 밖으로 나갈 것
같은 공도 끝까지 달려가 살려 냈다. 하지만 공을 잡은 뒤가
문제였다. 재빠르게 공을 낚아채도 누구에게 주어야 하는지,
어디로 차야 하는지 길이 보이지 않았다. 패스, 패스 미스,
패스. 미진이 망설이는 동안 상대편 수비수가 몰려들었다.
사회생활과 연애와 풋살은 공통점이 있었다. 멈칫하는
순간, 눈빛을 읽히고 기세가 눌려 쥐고 있던 것을 상대에게
빼앗기는 것이다. 그때 쥐고 있던 것이 연봉 인상 기회였는지
자존감이었는지 그 둘 다였는지 미진은 알 수 없었다. 안다고
말할 수 있는 건 지금 자신이 발로 잡고 있는 것이 그저
용용이 밥그릇만 한 풋살 공에 지나지 않는다는 사실이었다.
공은 빼앗겨도 다시 쫓아가 되찾아 올 수 있었다. 미진의
속도라면 기회는 넘쳐났다. 미진은 길을 찾다가 공을 놓쳤다.
빼앗긴 공이 진영에서 멀어져 갔다. 미진은 또다시 공을
쫓았다. 같은 팀원이 어디에 있는지 경기장 전체를 살피지
않고 오로지 공만 쫓으며 생각했다.
　청승맞은 드라마의 주인공을 보며 미진의 할머니는
딱하다고 했다. 세상에서 가장 딱한 사람은 사랑에 목매는
사람이야. 그 말에 미진은 지지부진한 연애사를 떠올렸고,
자기 자신을 딱하게 여기면서 진짜로 딱한 사람이 되어

돼지 목에 사랑

버렸다. 그렇게 한참을 입 다물고 있다가 미진은 화가 올랐다. 하고 싶은 걸 좇아서 잡는 게 뭐가 딱하냐고, 그게 어째서 딱한 거냐고 할머니에게 따져 물었다.

사랑은 좇아가는 게 아니야. 실체도 없는 걸 백날 찾아봐. 힘 빠지고 가랑이만 찢어져. 사랑은 고이는 거야. 콜드브루 알아? 그런 거야.

이룬 것 하나 없이 전반전이 끝났다. 풋살 경기장은 작아 보이지만 막상 경기를 뛰어 보면 넓었다. 경기장에는 처음 보는 사람도 있고, 몇 번 눈인사만 나눈 사람도 있고, 호주도 있었다. 사람들이 수분을 보충하기 위해 벤치로 빠졌다. 풋살 공만 덩그러니 경기장에 남았다. 저 공이 뭐기에. 다들 뭘 쫓으면서 미친 듯이 뛰는 걸까. 미진은 숨을 골랐다. 짧은 휴식 시간 동안 근육의 긴장을 마저 풀어야 했다. 땀이 마르면서 소름이 돋아났다. 땀을 흘리는 것보다 중요한 것은 땀이 마르는 시간이었다. 땀을 말리며 경기의 흐름을 보아야 했다. 공은 여기서 저기로, 저기서 여기로 흐르니까. 팀원들이 작은 목소리로 어색하게 전반전에 대한 의견을 주고받았다. 미진은 이온 음료를 목구멍에 쏟아붓듯이 들이켰다.

후반전이 시작되었다. 미진은 영 쪽을 쓰지 못했다. 조금만 질주해도 체력이 숭덩숭덩 빠져나갔다. 패기 넘치던 전반전과 달리 목표가 작아졌다. 미진은 잡은 공을 빼앗겨서는 안 된다는 생각에 사로잡혔다. 특히나 이번에는 수비를 맡았다. 맡은 역할을 다해야 했다. 상대 팀 선수들이 사방에서 압박해

　　　　　　　　　　　　최미래

오자 시야가 더욱 좁아졌다. 공을 잡으면 뭐 하나. 이도 저도 못 하고 경기 흐름을 읽지 못하는 자신 때문에 팀이 망해가는 기분이 들었다. 그럴수록 미진의 눈은 공만을 향했다.

뒤에도 있어요!

미진의 뒤로 같은 팀 골키퍼가 외쳤다. 맞네. 내 뒤에도 우리 팀 선수가 있었네. 미진은 경기를 시작하고 처음으로 뒤를 돌아보았다. 몸을 틀어 침착하게 골키퍼에게 공을 전했다. 혼자라고 생각했을 때도 미진에게는 친구들이 있었다. 혼자 먹고살기 버거워 본가를 찾을 때마다 할머니는 미진을 마중 나왔다. 윤성이 미진에게 반한 이유도 거기에 있었다. 꼬리가 언제부터 있었는지, 원인은 뭔지 묻는 윤성에게 미진은 이렇게 말했다. 원래 그랬어. 그냥 있는 거야. 원래부터 그냥 달려 있다고. 미진은 골키퍼에게 공을 찬 뒤 남은 힘을 쥐어짜 상대편 진영으로 질주했다. 같은 팀 골키퍼가 찬 공이 포물선을 그리며 날아왔다. 망설여서는 안 되었다. 상대 팀 진영은 훤히 뚫려 있었다. 미진에게서 공을 빼앗기 위해 수비수와 공격수 모두 총출동했던 상대 팀 선수들이 이제야 작전을 눈치채고 뛰어오고 있었다. 미진은 왼발을 무겁게 땅바닥에 고정했다. 무게 중심을 오른쪽 발로 모으기에 시간은 충분했다. 매끈한 공의 표면을 바라보았다. 그리고 윤성과 헤어진 이유에 꼬리가 들어 있지 않다는 것을, 처음으로 보통의 이별을 했다는 것을 깨달았다. 윤성을 떠올리면 서로 다른 성격 탓에 답답했던 일이, 사랑이 점차 식어 가는 과정이 생각났다. 꼬리에 관련된 건 하나도 떠오르지 않았다. 미진은 윤성의 얼굴을 천천히 그려 보았다. 내가 나를 못난 사람으로 여기고, 거기에 몰두해 있는 동안 윤성은 외로웠을 거야. 윤성이 나한테 무슨 말을 하고 어떤 표정을 보여 줘도 나는 그 가치를 모르고 그냥 받아 처먹기만 했구나. 이별의 원인이 본인에게 있다는 걸 인정하고 나니 미진은 홀가분했다.

공은 골대를 맞고 튕겼다. 경기장에 탄식이 흘렀다. 경기 시간이 얼마 남지 않았다. 같은 팀 선수가 검지를 펴 보였다. 같은 작전을 한 번 더 써 보자는 신호였다. 미진은 다시 왼쪽 수비 자리로 돌아갔다. 똑같은 작전을 한 번 더 쓸 거라 생각하지 못했는지, 얼마 남지 않은 경기 시간에 촉박해졌는지, 상대 팀은 또다시 수비수 공격수 할 것 없이 한꺼번에 몰려들었다. 패스, 패스, 패스, 전력 질주. 미진은 달렸다. 경기장 끝에서 끝으로. 찌릿찌릿한 느낌이 척추를 타고 꼬리 끝까지 전해져. 누군가 내 양 끝, 그러니까 머리카락과 꼬리를 잡고 바짝 잡아당기는 기분. 아 재밌다. 달리는 동안 꼬리뼈에서 시작된 긴장감이 척추를 따라 올라와. 꼬리를 타고 내려가. 위아래로 나는 흐른다, 흘러.

최미래

이 소설은 원래 '형편없는 김미진전'이라는 제목을 달고 나올 뻔했습니다.

　제게 달린 꼬리가 길고 길어지다가 제 발에 차이기 전까지는요.

　꼬리가 길어지는 기분이 들 때

　사랑을 고민하다가 사랑이라는 단어를 해체해 버리고 그 의미를 잃어버렸을 때

　밤이 무서워질 때

　하지만 여러분, 밤에는 개와 함께 달리는 사람이 많습니다.

　꼬리든 심장이든 사랑이든 사랑이라고 착각했던 것들이든 드러내 놓고 달리기에 좋더라고요.

　원래 그렇고, 그냥 있고, 그냥 그런 것들을 데리고 밤이나 밤 같은 낮이나 씩씩하게 걷고 싶습니다.

으레 전(傳)이라 하면 사람의 평생 사적을 기록하는 것인데, '형편없는 김미진전'이 쓰이기에 김미진은 형편없지 않고 인생은 아직 한참 남았으므로 이야기는 여기서 끝—

돼지 목에 사랑　　　　　　　　　　　　　　　　163

심곡

한요나

계속 비가 오는 장면이다. 우기나 장마처럼 많은 비가 오는 계절인 듯 말이다. 집 안에서도 빗소리가 들리고, 그건 물소리보다는 둔탁한 물체가 부딪히는 소음에 가깝다. 내가 경험하지 않은 기억이다. 없는 기억에서 기인하는 것이니 이것은 환청이다. 비가 내리는 환청이라니. 재밌다. 인간이 아닌 종(種)에게는 비에 대한 감상이 없다.

　도시락통을 씻어 놓고, 분리수거함을 정리하는 내내 빗소리가 들렸다. 인간들은 어떤 기분일 때 비 오는 장면을 떠올리는지 궁금해서 여러 리서치 사이트를 뒤져 봤지만, 이런 질문에는 평균값이 없나 보다. 대부분은 둘 중 하나인 듯하다. 슬프거나 슬퍼지고 싶거나.

　오늘 준비한 도시락의 맛은 그냥 그랬던 모양이다. 모립의 머릿속에는 감상은 거의 없이, 정보로 가득 차서 내 머릿속과 그다지 다를 것이 없었다. 그래서 맛에 대한 감상만큼은 솔직하고 확실하게 눈에 띄었다. 그런데 오늘은 그런 재미난 퍼즐 조각이 없다니, 내일은 어떤 메뉴에 도전해야 할까 생각하는 사이 모립은 샤워를 하고 이불 속으로 들어가 버렸다.

　나는 모립의 파트너이자 보호자로서 모립에 관한 모든 정보를 수집한다. 그동안은 제법 잘해 왔다고 생각하는데, 최근에는 어떻게 신경 써 줘야 하는 건지 감이 잡히지 않았다. 모립의 데이터에는 이상이 없었고, 나의 분석 프로세스에 문제가 있는 것도 아니었다. 내가 없었던 시절의 모립의 모습도 이토록 선명하게 떠올릴 수 있는데, 지금 모립의 상태는 도저히 이해되지 않았다. 그러므로 이것은 전적으로 모립의 탓이다. 더 이상 나에게 반응하지 않는다는 느낌이다. 모립이라면 '막막하다.'라는 표현을 썼을 것이다.

"아직도 파트너가 이상한 것 같아?"

자꾸 무릎에서 이상한 소리가 나서 보증센터에 방문했을 때 기술팀의 종서가 먼저 물어 왔다. 작게 고개를 끄덕였다.

"엔젤 사이트를 계속 열어 두었다면 어땠을까?"

엔젤 사이트는 파트너 로봇의 디스크에 인간의 시야 기록을 저장하는 프로그램으로 일종의 블랙박스 역할을 했다. 안전과 편의를 위해 엔젤 사이트를 사용하는 사람들이 있는 반면, 인간성을 잃지 않기 위해서는 홀로 감각하는 세계가 필요하다고 생각하는 사람들도 충분히 있었다. 그런 사람들은 개인의 영역을 아주 중요시하기 때문에 파트너십 계약을 맺을 때 '엔젤 사이트의 연결과 개인정보 보호에 관한 부분'을 체크하지 않는다. 애초에 엔젤 사이트 기능이 탑재되지 않은 로봇을 고르는 사람들도 있었다.

모립은 나와 파트너 계약을 맺을 때 [선택]으로 분류되어 있던 기본 권장 사양에 모두 체크했으므로 우리 사이에는 엔젤 사이트가 존재했다. 그러나 모립은 어느 날 엔젤 사이트의 회로를 차단해 버렸다.

"모립이 보는 세계를 나도 볼 수 있었다면 모립이 설명해 주지 않는 것들에 대한 정보도 얻을 수 있었겠지."

"그러니까. 그러니까 네가 먼저 엔젤 사이트 얘기를 해 보지 그랬어."

"모립은 그런 사람이 아니야."

한요나

"그런 사람이 뭔데?"

"모립은 아주 인간적인 사람이니까."

"그건 또 무슨 말이야?"

로봇은 로봇의 자리에서, 인간은 인간의 위치에서 살아가면 된다. 상대가 원하는 만큼만 관여하면 되고, 그 이상 끼어드는 것은 로봇에게도 인간에게도 좋지 않다. 로봇이 관여하는 세계는 '인간이 허락하는 일'의 영역에서 '그 밖에 생명 활동이 유지되는 것'까지다.

"무슨 생각을 하는 건지는 몰라도."

종서가 작은 고무 해머로 무릎을 텅텅 두드리며 주의를 끌었다.

"이쪽은 새로 나온 부품으로 갈았으니까 걱정 안 해도 돼."

종서는 가볍게 말했지만, 나는 별로 가볍지 않은 마음이다. 나에게는 마음이 없으니 종서는 말이 안 되는 표현이라고 하겠지.

무릎이 쑤신다거나 다리가 저리다는 표현을 이해할 수 있었으면 좋겠다. 무릎뼈 아래를 통통 두드리면 아랫다리가 통 하고 올라왔으면 좋겠다. 인간이 느끼는 통증이나 불편감을 근거로 의학적 소견을 제시할 수는 있겠지만, 멋지진 않다. 그런 건 나의 신체나 이름이 없어도 할 수 있는 일이다. 나는 내 신체가 가지고 있는 한계를 잘 알고 있다. 존재하지 않는 기관의 통증도 느끼는 게 인간의 뇌라면, 나에게는 뇌도 형체가 없는 기관일 뿐이다.

모립과 나는 대학에서 만났다. 40대 후반의 모립은 계약직 교수로 일하고 있었고, 나는 지금보다 단순한 오피스 로봇의 형태로 행정 부서에서 일하고 있었다. 우리가 어떻게 친해졌는지를 이야기하려면 모립이 필요하다. 나는 모든 것을 기억하고 있지만, 그것만으로는 이야기가 되지 않는다. 그런 쪽으로는 인간이 훨씬 더 말을 잘하기 때문이다.

나는 소파에 앉아서 모립의 머릿속을 헤집어 보고 있다. 이불에서 뒤척이는 모립의 소리도 기록하고 있다. 모립의 심장 박동 기록도, 코를 고는 패턴도 내 안에 저장되고 있다. 이럴 때면 모립이 내 옆에 누워 있는 것 같다. 하지만 고개를 돌리지는 않는다. 로봇은 착각하지 않아야 한다. 고개를 돌린다는 건 나를 부정하는 것이다.

모립이 파트너 제의를 했을 때의 말이 선명하게 떠오른다.

"누군가에게 민폐가 되고 싶지는 않아요."

그 뒤에 나오지 않은 말이 더 있다는 건 파트너 계약을 맺은 후에 알게 되었다. 그러나 그 말이 이해되지는 않아서 실망스러웠다.

사람의 몸은 의식하지 못하는 순간에 낡아서 전체적인 외양도, 성격도, 목소리도, 걸음걸이도 바꾼다. 모립은 무엇보다도 자신에게서 나는 냄새에 흠칫 놀라곤 한다고 했다. 낡은 물건이나 오래된 건물에서 나는 냄새처럼 지울 수 없는 깊은 곳에서 나는 냄새라고 했다. 모립의 체형은 아버지를 닮았지만, 걸음걸이는 점점 어머니를 닮아 간다. 그리고 외할머니의 걸음걸이와도 비슷해지고 있다.

한요나

오른쪽 발목이 둥글게 회전하며 땅을 디뎠다. 나이가 든
사람들에게는 흔히 나타나는 증상이어서 크게 신경 쓰지
않아도 된다고 했지만, 모립은 아직 40대였다.

"나이가 드는 것은 숨길 수 없군요. 보호받아야 하는 연약한
존재임을 겉으로 드러내 생존하려는 전략, 뭐 그런 식으로
보면 다행인 걸까요?"

모립은 자신이 걷는 모습을 뒤에서 보지 못하는 게
다행이라고 여겼다. 그런 감상을 가진 것 또한 모립이
잠들었을 때 찾아낸 것이다. 모립은 자신이 걸어온 길을 보고
있으면 자신이 좋아하지 않았던 아버지의 뒷모습이 보이는
것 같다고 생각했다. 분명 모립이 먼저 나에게 파트너 제의를
했지만, 모립은 말해 주지 않는 것이 훨씬 많았다.

방에서 모립이 통화하는 소리가 들렸다. 요즘엔 집에 오면
곧장 방으로 들어가는 모립이었기에 통화 내용이 궁금했다.
심박수가 갑자기 오르거나 열이 오르고 있다는 정보는 뜨지
않았으므로 특별한 전화는 아닌 듯했다. 거실에 앉아 훔쳐
듣는 모립의 목소리는 인간은 알아들을 수 없는 작은 동물의
속삭임 같았다. 모립과 처음 만났을 때처럼 내가 먼저 툭 말을
걸면 되는 걸까.

"계속 그렇게 걸으면 몸의 균형이 더 무너질 거예요."

"네?"

"그렇게 덜렁덜렁 걷는 거 말이에요."

"내가 덜렁덜렁 걷습니까?"

모립의 눈에 비친 나는 옅은 웃음을 띠고 고개를 끄덕인다. 그리고 모립의 오른쪽 무릎을 가리키며 말한다.

"벌써 무릎에 영향을 주고 있는 것 같은데요."

나에게 기록되어 있는 모립의 얼굴은 나이에 비해 맑은 느낌을 준다. 하얀 얼굴에는 화장기가 없는 듯하고, 입술은 살구색이다. 모립의 피부색과 어울리는 자연스러운 입술색이 전체적으로 수수한 차림과도 잘 어울렸다.

"나이가 들어서 그런 게 아닐까요?"

모립은 가볍게 웃으며 담뱃불을 끄고 있고, 나는 모립에게 다가간다. 한쪽 무릎을 꿇은 채로 모립 앞에 앉아서 모립의 오른쪽 발목을 잡고 강제로 발을 들었다 내렸다 한다.

"이렇게 똑바로요. 발목에 힘을 줘서 걸으세요. 근력을 기르는 것이 좋겠네요."

모립을 올려다보니 조금 당황한 얼굴이다.

"어디 소속이죠?"

"TOAL센터에서 행정 직원으로 일하고 있어요."

"그렇군요. 나는 신학과에서 학생들을 가르치고 있습니다."

나는 이 장면을 자주 재생해 본다. 무슨 일로 교수동에 왔으며, 흡연실에는 어쩐 일이냐고 묻는 모립은 어딘가 우울해 보였다. 생명력이 없어 보인다는 표현이 더 맞다. 하지만 모립은 그때 자신이 얼마나 우울했었는지 말하곤 했으므로 나는 '모립은 어딘가 우울해 보였다.'고 말하고 싶다.

"다리가 더 망가지기 전에 번지점프를 해 봐야겠어요."

한요나

"예?"

"원래 번지점프 같은 건 반신불수가 됐을 때 해 보려고 했거든요."

그날 이후로 우리는 거의 매일 흡연실에서 만났다. 내가 모립에게 흥미가 생겼기 때문이다. 그리고 어느샌가, 모립의 연구실에 들어가 책장을 구경하고 있었다. 모립은 항상 "무슨 일인가요?" 하고 물었고, 나는 "일이 재미없어서요."라고 대답했다. 정해 둔 암구호처럼 하는 대화였다.

"학생들이 거의 오지 않는군요."

"그렇죠."

"신학과라면 제법 질문이 많을 것 같은데요."

"그도 그렇죠."

교수동 3층 동쪽 코너에 있는 모립의 연구실 문에는 다른 사람의 이름이 붙어 있었다. 원래는 모립의 스승이 쓰던 연구실로, 계약직 교수라는 것도 스승의 안식년 동안만 대신하는 자리라고 했다.

"내 연구실이라고도 할 수 없는 공간인데, 이상하게 편안하고 좋아요. 마른 식물 냄새는 헌책방 냄새랑 비슷해요."

모립의 스승은 학생들이 준 꽃다발을 제대로 관리하지도 못하면서 병에 꽂아 두었다가 곰팡이를 만들곤 했다고 한다. 스승은 모립에게 연구실에서 불편하거나 더러운 건 다 치워 버려도 된다고 했지만, 모립은 그 마른 식물들을 치우지 않았다. 관리도 못 하면서 쌓아 둔 그 마음이 어떤 것인지 알 수 없어서 그냥 내버려두기로 한 것이다.

벽이나 천장에 매달아 두고 자연스럽게 말린 식물에서는 냄새가 나지 않는다. 하지만 오랫동안 물병에 꽂아 뒀던 꽃들에서는 썩는 냄새가 난다. 모립이 생활하고 있는 연구실을 드나들기 시작하면서 식물이 시드는 과정을 찾아보고 알게 된 것이었다. 꽃이 시드는 모습은 외로워 보였지만, 실제로 꽃은 고고하게 홀로 시들지 않았다. 고인 물에 썩어서 누렇게 풀어지거나 덜 마른 줄기에 하얀 풍선 같은 곰팡이를 부풀리거나 하면서 꽃은 낡아 갔다.

학생들이 모립의 연구실에 찾아오지 않는 건 궁금한 게 없어서가 아니다. 모립이 있는지 없는지도 모를 존재감으로 생활하고 있기 때문이다. 모립은 학생들이 자신의 (혹은 스승의) 연구실에 오고 싶어 하지 않는 건 마른 식물 냄새 때문이라고 핑계를 대려고 하는지도 모른다. 내 눈에는 그렇게 보였다.

나는 겨우 오피스 로봇의 머리로 그런 것들을 이해해 보려고 했다.

"너무 답답해서 모든 걸 벗어 버리는 거죠. 그 다음에 뛰어내리는 거예요. 내 몸도 벗어 버리고 싶은데, 그게 안 되니까요. 그러니까 그냥 뛰어내리고 마는 거예요. 다음 일은 생각하지도 않고."

창가에 서서 비가 내리는 풍경을 바라보던 모립이 말했다. 비가 오면 인간은 쉽게 감상에 젖는 모양이었다. 그건 오피스 로봇의 프로그램으로도 수집할 수 있는 데이터였다. 인간들은 왜 날씨에 영향을 받는 건지, 왜 날씨가 기분을

한요나

좌지우지하기도 하고, 그 기분이 신체적인 반응으로도
이어지는지 궁금했다.

동물이 가진 몸이 궁금했다. 로봇의 신체에는 구현되지
않는 것인지, 구현하지 않는 것인지도 궁금했다.

신체를 벗어던지면 알 수 있을지도 모른다. 모립의 말을
듣고 처음으로 그런 걸 생각해 보게 됐다.

"뭔지 알겠네요."

"정말? 내가 무슨 말을 하는지 알겠어요?"

"응. 무슨 말을 하는지도 알겠고, 그 마음도 알겠습니다."

"신기한 로봇이란 말이야."

"그런가요?"

"일부러 모르는 척하는 건가요?"

"아닙니다."

"로티는 자신이 얼마나 특별한지 알 필요가 있어요."

"로봇은 그런 것을 알 필요가 없어요. 로봇이니까요."

모립과 대학 사이의 계약이 한 달 정도 남았을 때, 모립은
나에게 새로운 몸을 갖는 것에 대해 어떻게 생각하냐고
물었다. 그제야 나는 우리 둘 사이의 대화를 분석해 보기
시작했다. 우리가 매일같이 마주했던 것에 비해 대화 양이
많지 않다는 것을 그때 알았다.

"모립은 새로운 몸을 가지고 싶나요?"

그러나 모립은 아무 대답도 하지 않았다. 내가 궁금한 것이
생기는 대화는 흔하지 않으므로 나는 곧장 다른 질문을 했다.

"로봇은 죽음이 두렵지 않겠지요?"

"죽음이라는 개념이 모호하달까요."

모립은 또 입을 다물었다.

"죽는 게 두려운 건가요?"

"죽음 이후가 두렵죠."

"그건 신학자로서 갖고 있는 세계관 때문인가요? 아니면 인간의 몸에 관한 사유인가요?"

"몸이랑 관련이 있는 건 아니에요. 나는 인간이 유한한 존재라서 다행이라고 생각하는 사람이니까요."

"나는 새로운 몸을 갖는 것에 대해 생각해 본 적이 없어요. 하지만 거부감은 없습니다. 로봇은 그런 감정을 가질 수 없죠. 기분이나 감각을 통해 다음을 결정하진 않습니다."

"건강한 로봇이군요."

모립은 그게 재밌는 농담이라는 듯이 웃었다.

모립은 연구실을 떠나기 일주일 전부터 연구실의 마른 꽃들을 치우기 시작했다. 책을 전부 꺼내 한쪽에 쌓아 두고 책장도 닦아 나갔다. 낡은 책들은 박스에 담아 끌차에 싣고 건물 밖으로 나가서는 하나하나 먼지를 털어서 연구실로 돌아왔다. 마른 수건으로 북 커버를 닦고, 깨끗해진 책장에 책을 꽂아 넣는 것으로 연구실 정리를 마무리했다.

책을 정리하는 기준은 없었다. 혹시 원래 책장에 꽂힌 책 순서를 알고 싶으면 나의 기억 정보를 이미지로 공유해 주겠다고 했지만, 모립은 장난꾸러기 같은 얼굴을 하고 말했다.

한요나

"순서가 엉망인가요? 그렇다면 제 의도대로 됐네요."

"즐거워 보여요."

"로티도 즐거운 일을 해 봐요."

"로봇에게는 즐거운 일과 즐겁지 않은 일이 나눠져 있지 않아요."

"그건 거짓말이에요. 매일같이 일이 재미없다고 했잖아요."

재미없다는 표현의 정의를 생각해 봤다. 그렇다고 해서 즐거움을 알게 되는 것은 아니었다.

모립은 모든 정리를 끝내고 평온한 표정으로 캠퍼스 곳곳을 걸었다. 대학을 떠나기 3일 전이었다. 인문대 앞 등나무 아래에서, 중앙도서관 옆 전시 복도에서, 학생회관 앞 파라솔 테이블에서, 공학관 지하 편의점 앞에서 시간을 보냈다는 모립의 이야기를 들으러 매일 교수동에 찾아갔다.

모립이 대학에 있었던 시간은 아무 의미가 없다는 듯 모립을 찾는 사람은 없었다. 모립이 떠난다고 꽃다발을 들고 오는 사람도 없었고, 밥이라도 한 끼 하자며 전화하는 사람도 없었다.

"모립은 대학에서 찾고 싶은 것이 있지 않았나요?"

내가 물었을 때 모립은 한결 밝아진 목소리로 대답했다.

"이제 일상에서 찾아보려고요. 집에서 정말 하고 싶었던 연구를 할 거예요. 그 후엔 번지점프를 할 거고요."

"좋네요. 진취적이에요."

"다 포기한 사람처럼 보였나요?"

"다음에 대한 계획이 있는지는 몰랐어요."

심곡

"로티는 다음 계획이 있어요?"

"나는 회사의 명령에 따라 움직이는 거니까요. 제가 계획을 세우지는 않습니다."

전과 확연히 달라진 깨끗한 연구실에는 햇볕도 더 많이 들어오는 것처럼 보였다.

"창문도 닦은 건가요?"

모립이 고개를 끄덕이며 소파를 가리켰다.

"학생들 과제가 쌓여 있던 소파도 정리했어요. 종이가 얼마나 많이 쌓여 있었으면 소파가 움푹 꺼졌어요. 앉아 볼래요? 느낌이 재밌더라고요."

내가 소파에 앉자 모립은 무척 자연스러운 말투로 말했다.

"파트너십을 맺으면 어때요? 나랑."

그리고 모립은 점심시간에 학교 식당에서 오므라이스를 사 먹고, 교수동 뒤편의 벤치에서 졸고 왔다는 이야기를 했다. 그 시간이 너무 좋았다는 이야기를 하며 눈을 감았다. 몸으로 기억하고, 몸으로 기억을 불러오는 인간의 모습이 우아해 보였다.

"그렇게 까무룩 잠들어도 좋다고 생각했어요."

"피곤했을 거예요. 이번 주 내내 많은 것을 정리했으니까요."

"그런데 영원히 잠드는 건 무서우니까, 파트너가 필요하다고 생각했어요."

"모립은 혼자 살고 있는 거죠?"

모립은 눈을 감은 채로 고개를 끄덕였다.

한요나

"하지만 나는 오피스 로봇인걸요. 파트너십을 맺을 만한 로봇은 아니에요. 일반적인 가정용 로봇이나 의료용 로봇을 들인다면 모를까. 지금 신체로는 당신을 안전하게 옮기는 일도 하지 못할 거예요."

"벌써 내가 못 걸을 때를 생각해 주는 거예요?"

모립은 눈을 뜨고 자세를 고치더니 팔을 뻗어 내 손을 잡았다.

"로티는 몸을 바꿀 수 있잖아요. 로티의 기억이어야 해요. 로티가 나와 함께 경험한 이곳의 기억이 있었으면 좋겠어요."

"로봇에게는 기억 데이터가 있을 뿐이에요. 나에게는 정신이나 경험의 세계가 없습니다."

모립은 함께 차를 마시는 시간이 계속되었으면 좋겠다고 했다. 나라면 자신이 내내 그리워할 캠퍼스의 모습을 완벽하게 기억해 줄 것 같다고, 마른 꽃들이 가득했던 연구실도, 이상하게 걷는 자신의 뒷모습도 나만이 공유해 줄 수 있을 것 같다고 말했다.

"왜 그렇게 대학에 집착해요?"

"잘 모르겠어요."

"대학을 떠나지 않는 방법도 있지 않나요?"

"내가 너무 집착해서 떠나는 거예요. 대학에 집착하느라 신앙생활도, 연구도 제대로 못 했더라고요."

"네."

"내가 미뤄 온 일을 하기 위해서는 온전히 나 혼자 몰입할 시간이 아주 많이 필요해요. 하지만 나는 곧 50이 될 거고,

걸음걸이도 혼자 못 고치고, 담배도 끊지 못할 거예요. 내
연구를 도와줄 체계적인 사람이 있으면 좋겠고요. 언제든
대학 이야기를 할 수 있었으면 좋겠어요. 내가 일요일 아침에
늦잠을 자면 반드시 깨워 줄 사람이어야 하고요. 그러니까
꼭 사람의 몸이 아니어도 돼요. 오히려 사람의 몸이라는 건
때때로 거추장스럽죠."

　내가 거절할 이유는 없었다. 나는 그저 회사에 연락하고,
모립에게 담당자를 연결해 주면 그만이다. 로봇에게 모든
일은 단순한 프로세스의 변환과 응용에 지나지 않는다. 어떤
노력도 필요하지 않다.

　"나는 로티의 세계가 필요해요."

　나의 세계는 점을 순서대로 이은 하나의 선일 뿐이다.

로봇이니까, 로봇이니까, ……로봇이니까. 생각하다 보니
상상하게 되었다. 로봇의 신체를 입은 내 모습을 상상했다.
로봇이니까 몸을 다 벗어 버릴 수 있지 않나? 로봇은 그럴 수
있지 않나? 그럼 고민을 하지 않아도 될 텐데. 죽어 버리면
어쩌나, 죽어서 지옥에 가면 어쩌나 겁을 먹지 않아도 될
텐데. 정말 무서운 것은 이렇게 살고도 지옥에 가지 않으면
어쩌나 하는 것이었다. 천국에서든 지옥에서든 지상에서의
기억이 남은 채로, 그 몸으로 영원히 고통받으면 어쩌나 하는
결벽에 가까운 죄책감 때문이었다.

　　　　　　　　　　　한요나

신앙생활을 열심히 할수록 기도는 길어졌고, 성경을
연구할수록 구원받지 못할까 봐 두려워졌다. 신의 말씀을
해석하기 위해 시작한 공부는 아니었다. 나를 구원할 수 있는
게 있다면 몰입하고 싶었을 뿐이었다. 내가 그런 못된 마음을
가지고 있기 때문에 그의 말씀을 오역하고 그의 생각을
오해할까 봐 두려웠다.

이것은 정의(正義)에 관한 것이 아니라 공의(公義)에 관한
이야기다. 사랑과 자비에 관한 연구다. 심판에 관한 것이며,
창조주의 권리와 권위에 관한 것이다.

그 모든 것에서 완벽히 제외되는 존재가 있다면 로티 같은
로봇뿐이다. 로티는 무엇을 위해 대학에서 일을 하는가? 그런
질문은 하지 않아도 된다. 그러나 업무가 없는 교수동에 와서,
담배를 피울 필요가 없는 신체로 흡연실을 찾고, 학생도 오지
않는 연구실에서 차를 마시는 나를 보는 일은 무엇을 위한
것인가? 물어볼 만한 일이다.

어느 날 로티는 색연필과 스케치북을 들고 왔다. 로티는
꽃을 그려 주겠다고 했다. 그 말이 꼭 "제발 저 썩은 것들 좀
내다 버려요." 하는 것 같아서 눈치가 보였다. 물론 로티는
그런 말을 하지 않았다. 대신 곰팡이도 없고 싱싱함도 없는,
알록달록한 꽃다발을 그려서 빈 화병에 꽂아 주었다.

"여기엔 물을 주지 않아도 되니까요."

먼지 더미 꽃다발들은 내가 만든 게 아니라고 말하고
싶었다. 선생님은 다 치워 버려도 괜찮다고 하셨지만, 내가
치워 버리지 않은 것도 함께 말하고 싶었다. 로티는 마른

식물을 보며 낡아가는 몸을 떠올리지는 않았을 것이다.

꽃다발들은 더럽다기보다는 안쓰러웠다. 버석버석한
촉감이나 마른 냄새조차 그렇게 느껴졌다. 생명이 있다
빠져나간 자리에선 축축한 물기와 함께 몸 안쪽까지 파고드는
끔찍한 냄새가 나야 하는데, 마른 꽃의 자리에서는 밋밋한
먼지 냄새가 났다. 그래서인지 한창 푸른 초록과 시끄러운
매미 소리, 엄청난 습기로 모든 곳이 꽉꽉 들어차는 여름에도
선생님의 방만은 외롭고 쓸쓸하게 비어 있다.

나이가 들수록 소심해지고, 쓸데없는 생각이 많아진다.
생각은 젊을 때나 넘쳐나는 것인 줄 알았더니, 그때와는 다른
생각들이 먼지처럼 뿌옇게 일어나 머릿속을 폴폴 떠다녔다.
인간에 대한 생각을 죽일 수 없어서 신의 생각을 들여다보려
했던 20대가 떠올랐다. 올곧은 자세로 걸어와 사람 목소리를
내고, 꽃 그림을 그려 주는 로티를 마주할 때마다 좋고도
싫은 것들이 자꾸 떠올랐다. 가장 많이 떠올리게 된 것은 이
캠퍼스에 묻어 둔 어떤 것들이다.

하나둘 결혼하는 친구들이 생기고, 대학을 떠나는 친구들이
생겼다. 교회로 간 동기들도 있고, 세상을 향해 발걸음을
내딛은 친구들도 있었다. 순수한 열정과 신실한 사랑으로
신학 공부를 시작했던 많은 친구들을 제치고, 마지막까지
학교에 남은 것은 나였다. 내 몸과 마음을 제대로 마주할
용기가 없어서 선택한 공부였다. 그러다 보니 성경이 아니라
공부 자체가 피난처가 되었다.

그냥 그렇게 되었다고 말하면서, 그냥 있다 보니 계속 있게

한요나

된 것뿐이라고 말하면서 친구들이 떠난 자리를 지켜봤다. 친구라는 감각보다는 전우 같은 감각이 더 선명한 사이에서, 나는 홀로 그들을 친구라 불렀다.

주변의 친구들을 바라보는 게 힘들어서 대학에 숨었는지도 모른다. 내 곁에는 믿을 만한 파트너도, 열심히 사랑해 볼 만한 사람도 없었다. 인생이 무척 불필요하게 느껴졌다. 삶을 포기하고 싶은 건 아니었다. 그렇다고 해서 열과 성을 다해 신을 쫓고 싶은 것도 아니었다. 나의 하찮음을 끊임없이 알려 줄 거대하고, 확실하고, 압도적이며, 놀랍고, 무서운 그분의 존재하심이 필요했다. 모든 전제 앞에 존재하는 존재. 인간의 머리로는 이해할 수 없고, 닿을 수 없는 곳. 인간의 지식과 지혜에 한계를 인정하고 시작하는 이야기라면 끝까지 들어 볼 요량이었다. 그게 나의 신앙이라고 고백하기엔 또 내가 얼마나 별것 아닌지 깨달을 수 있는 곳이 좋았다.

그러나 이런 이야기는 누구에게도 할 수 없다. 나는 인간인 척하는 다른 종(種)의 느낌으로 살아온 것 같다. 세상 사람들에게는 내가 캠퍼스의 '청춘'이나 '낭만' 같은 것에 취해 사는 모양이라고 허허 웃어 버렸고, 학교와 관련된 사람들을 만나면 무엇이든 진지하게 듣는 척하며 속으로는 선을 그었다. 학생들에게는 다정한 선생이 되고 싶었지만, 인간의 특성 중 유한함을 가장 좋아하는 나에게는 불가능한 일이었다. 그러니 조용히 웃어 보이는 게 다였다. 아무 말도 하지 않고 은은하게 웃어 보이면 그게 나다운 것처럼 보였으면 하고 말이다.

"교수가 되면 하고 싶은 거 없어?"

처음으로 애인과 함께했던 해외여행이었고, 집으로 돌아오기 바로 전날 밤이었다.

곧 떠오르는 장면에는 푸른 잔디가 펼쳐져 있고, 커다란 나무와 그늘이 있다. 열댓 명 정도의 학생들이 자유롭게 흩어져 앉아 있고, 나는 아무 말도 하지 않는다. "이 자연을 보세요. 창조주의 섬세함이 깃들어 있습니다. 참 감사한 일이지요." 하고 동의를 구하지 않는다. "몸과 마음의 온 기관으로 계절을 온전히 느껴 봅시다. 영성을 활용하세요. 각자의 방식으로 섭리를 이해해 봅시다." 같은 말도 하지 않는다. 그러나 아름다운 자연 속에서 그런 분위기를 만들어 보고 싶었다.

"야외 수업."

"생각보다 꽤 낭만적인 대답이네."

"그런가?"

우리는 얼마 남지 않은 20대가 괴로워 평화로운 30대가 어서 오기를 기다리는 청춘들이었고, 종교가 같다는 것 외에는 공통점이 거의 없었다. 교회에서 방송 팀 봉사를 하면서 자연스럽게 가까워진 사이, 그러나 서로의 신앙에 대해 깊게 파고들지 않는 사이, 신학을 공부하고 있지만 목회자가 될 생각은 없는 나와, 기독교인을 만나고 싶지만 결혼 생각은 없는 그 사람. 우리는 딱 그 정도의 사이로 서로에게 안정감을 느끼는 데에 만족했다.

"어땠어? 네가 좋아하는 푸른 것도 많이 봤잖아."

한요나

그래서 기다렸던 여행이었다. 한국에서 최대한 먼 곳으로 떠나고 싶었고, 호주로 워킹홀리데이를 떠났던 친구가 떠올랐다. 현지인을 만나 결혼해 아예 그곳에 눌러앉은 친구가 설명하는 호주의 생활은 꽤 낭만적이었다. 아침을 여는 사람들이 있고, 해가 지기도 전에 대부분의 가게가 문을 닫는다는 도시가 마음에 들었다. 푸른 자연과 특이하고 귀여운 동물들을 만날 수 있다는 것도 매력적이었다. 잠시 다른 삶을 경험한 것 같아 분명 즐거웠다. 목사님이 없는 교회에서 교인들끼리 모여 기도하는 예배도, 교회 문을 열고 나오면 보이는 바다도 좋았다. 그들이 생각하는 '하나님'과 '믿음'에 대해 들을 수 있어서 다행이었다.

그런데 여행하는 내내 작은 돌이 들어간 신발을 신고 걷는 것 같은 불편함을 느꼈고, 그 불편함을 설명할 수 없어서 점점 말이 사라졌다. 그런데 어땠냐고? 그 사람이 갑자기 물어 온 질문에 아주 선명한 장면이 떠올랐다.

나는 번지점프를 해 보고 싶었다. 그 사람이 위험한 짓이라고 말리지만 않았다면 분명히 번지를 뛰었을 것이다. 나는 분명 그런 것에 대한 환상이 있었다.

"도대체 왜 그렇게 단호한 건데?"

나를 말리는 그에게 짜증을 내자 그는 어떤 감정도 담기지 않은 얼굴로 되물었다.

"그럼 너는 왜 그렇게 무모한 건데?"

그의 말이 틀린 것은 아니었기 때문에 나도 더 이상 고집을 부리지 않았다. 내가 무모한 편이라는 것을 알리고 싶지 않았던 것도 같다. 나는 그 여행에서 뛰어내리지 못한 것을 후회했다.

내가 먼저 뛰어내렸다. 나, 이모립은 두 다리를 쓸 수 있을 때 뛰어 보기로 한 것이다. 내 뒤에 따라왔던 로티는 어떻게 됐는지 모르겠다. 로티는 내가 뛰는 모습을 보고 용기를 얻었을까, 겁이 났을까. 모든 것은 순간에, 순간의 마음에 따라 결정되었을 것이다. 마음은 아주 짧은 순간에 변신 가능한 몸의 일부다.

　나는 둥둥 떠다니는 것 같기도 하고 누워 있는 것 같기도 하다. 아주 천천히 걷고 있는 것 같기도 하다. 다리가 온전할까? 환상통일지도 모른다. 그게 아니라면 내가 천국에 있는지도, 천국에 가기 전 어느 경계에 있는 것인지도 모른다. 나는 구원에 대한 믿음이 있었으므로 절대자의 공의와 심판에 의해 천국에 갈 수 있을지도 모른다. 그러나 나는 천국이 구체적으로 어떤 곳인지 모른다. 내가 눈으로 보지 않은 세계를 무엇이라 불러야 하는지 모른다. 나는 일단 뛰었고, 그 다음에 일어날 일은 부디 깔끔하게 한 번에 끝나기를 바랄 뿐이었다.

　병원에서 깨어난 나는 우스울 정도로 지저분한 상태였다. 양쪽 다리가 부러졌고, 팔과 등에 넓은 흉터를 가지게 되었다. 하지만 그게 다였다.

　병원에서 눈을 뜨기 전에 내가 있었던 곳은 이승도 저승도 천국도 지옥도 아니었고, 그 경계도 아니었던 것 같다. 지금

　　　　　　　　　　한요나

생각해 보면 그냥 인간의 의식과 무의식을 적당히 섞어 놓은 꿈속이 아니었을까 싶다. 그래서 그렇게 벗어나고 싶었던 거겠지 생각하면 내가 이틀 만에 눈을 뜬 게 이해가 된다. 나는 회복해야 하는 시간에 비해 너무 빨리 눈을 뜬 것을 후회했다. 늙은 몸으로 견뎌야 하는 회복의 시간은 생각보다 더 끔찍했다.

재활 치료를 받기 시작하고도 두세 달이 지나서야 휠체어를 타고 바깥으로 나갈 수 있었다. 첫 외출은 보증센터를 다녀오는 것으로 했다. 로티를 보고 오면 이번에는 내 마음이 무너져 아무것도 할 수 없을 것 같았지만, 그래도 나는 어느 정도 회복한 몸을 이용해 로티를 만나러 가야 했다. 보증센터로 향하는 택시 안에서 신을 향해 물었다. 로봇을 위해 기도하는 인간의 마음은 뭘까요? 조금 귀엽기도 한가요?

나는 로티에게 마음이 있었다고 생각한다. 그래서 추락했다고 생각한다. 몸이 부서져서가 아니라 마음이 다쳐서 눈을 뜨지 못했다고 생각한다. 우리는 엔젤 사이트의 회로를 닫아 놨기 때문에 기억할 수 없고, 그래서 확신할 수는 없지만, 나는 확언한다.

내가 병원에서 회복하는 동안 보험사의 처리에 따라 로티는 보증센터에 보관되고 있었다. 인간으로 치면 심장과 뇌를 확인하고, CT를 찍고, 긴급수술 여부를 판단하는 일까지, 딱 거기까지만 진행이 된 채로 로티의 조각들이 박스에 보관되어 있었다. 나는 로티의 신체가 그래도 어느 정도는 남아 있을 줄 알았던 것이다. 로티는 인간의 형체를 닮았으니 당연히 영안실의 냉장고나 유해 관리소의 검시 테이블처럼 길쭉한 공간에 눕혀져 있을 것이라고, 너무나 당연하게 생각해 버린 탓에 잡동사니처럼 박스에 담겨 있는 모습은 너무 낯설었다. 로티의 박스는 창고 방에 넣어 둔 크리스마스트리나 오너먼트 상자보다도 작아 보였다.

보증센터의 종서는 로티와 오랫동안 알고 지낸 기술자였다. 우리는 로티에 대해 이야기하지 않았다. 종서는 지금까지 로티에게 들어간 금액과 보험사에서 처리한 내역을 보여 주었다. 그리고 앞으로는 어떤 식으로 처리할 수 있다는 이야기를 차분한 목소리로 설명해 줬다. 서류에 관한 것은 어차피 파트너십 회사와 처리해야 하는 문제임에도 종서가 이런저런 처리 방법을 설명해 주는 것은 무엇 때문이냐고 묻고 싶었다.

"모립은 아주 인간적인 사람이라고 하더군요."

"네?"

"내가 당신이 엔젤 사이트를 열어 두지 않는 것에 대해 얘기했을 때, 로티가 그렇게 말했어요."

"그랬군요."

"로티의 생명 장치는 언제든 해결할 수 있어요. 로티의 데이터 저장소가 완전히 망가진 건 아닌 것 같아요. 시간 문제죠."

"네."

"간단히 말해 온오프 스위치가 고장 났을 뿐인데, 새로운 온오프 스위치가 개발되어야 하는 상황 같은 거죠."

한요나

"꿈을 꾸고 있을까요?"

"깨어 있거나 죽어 있거나 둘 중 하나겠죠."

만약에 깨어 있다면 지금 우리 대화를 듣고 있을지 궁금했다. 처음으로 엔젤 사이트의 회로를 닫아 버린 것을 조금 후회했다.

"파트너십 회사와 얘기해 보시고, 영구 보존을 위한 관이 필요하시면 저희 쪽으로 연락 주세요."

그래요. 시간 문제란 말이죠. 로티는 무한할 수 있을지 모르겠습니다만 저는 유한한 존재라서요. 참 아쉽게 되었습니다. 영구 보존을 신청해도 로티를 되찾을 내가 여기에 없을 거란 말이죠. 어서 로티에게 이 우스운 상황을 이야기해 주고 싶네요.

간단히 말해 인간의 몸으로는 시간 문제를 해결할 수 없다는 것을 불만스럽게 구시렁거리고 싶었다. 입안에서 돌아다니는 말을 억지로 삼키느라 숨을 자꾸 들이마셨다.

꿈에서는 많은 일이 일어난다. 꿈이라는 걸 눈치채든 눈치채지 못하든, 꿈은 자기가 짠 시나리오대로 일을 쭉쭉 진행시켰다.

자꾸 선생님이 꿈에 나타났다. 꿈속에서 선생님은 내 또래 교수였다가 어린아이가 있는 아버지가 되었다가 나랑 함께 대학 생활을 하는 20대 청년의 모습으로 나타났다.

"왜 신학을 골랐어?"

배시시 웃는 모습이 너무 낯설다 못해 기이하게 느껴졌다.

이건 선생님이 아니야. 같은 이름을 한 청년이지. 주문을
외우듯 중얼거렸다. 선생님의 얼굴은 CG로 보정 처리를 한
것처럼 깨끗하고 매끈하고 반짝거렸다.

"너 꼭 영화에 나오는 사람 같다."

"나는 아버지를 이해하고 싶어서 심리학과에 진학했었어."

중얼거리는 내 말을 뚫고, 청년의 얼굴을 한 선생님이
대답했다.

"결국 아버지를 이해하긴 했는데, 그게 내 분노를 해결해
주진 않더라고."

"이해와 치유는 다르니까."

"치유 받고 싶었어. 영원히 고장 난 채로 사는 게 아니라
회복할 수 있다고. 인간은 회복하는 존재라는 걸 확신하고
싶었어."

"신에게 기대는 일 말고, 학문을 연구하는 일도 그런
이유였어?"

청년이 고개를 끄덕였다.

"이기적인 마음이지."

역시 너무나 맑은 얼굴이 기이하게 느껴져 눈을 세게
감았다.

이기적인 마음에 대해 말하자면 내가 로티에게 제안한
파트너십이 떠오른다. 꿈에서도 죄책감을 느낄 수 있다는
건 끔찍했다. 하지만 덕분에 깨달은 것이 있었다. 꿈에서
깨어났을 때 로티가 보이지 않을까 봐 두렵다는 것을. 내가
있는 곳에 로티는 없을 수 있다는 것을. 그런 구원이라면 조금

한요나

미뤄 두고 싶다는, 정말 인간적인 생각을 했다. 죄의식보다 죄책감을 더 잘 느끼는 이상한 인간의 마음처럼 말이다.

"종교학과 신학의 다른 점이기도 하지. 이기적인 인간을 마주한다는 것 말이야."

그 말을 끝으로 꿈속의 선생님은 청년의 얼굴을 벗었다. 뒤를 돌아서 멀어지는 선생님의 모습은 아버지의 뒷모습과 비슷했다. 아버지의 얼굴을 하고 있나 쫓아가서 확인하려고 했지만, 선생님을 앞서지는 못한 채로 잠에서 깼다.

이스터 에그를 남겨 뒀어야 했다. 신과 나의 관계처럼 모든 것을 아는 내밀한 관계가 아니었으니 더더욱 그래야 했다.

부활절 달걀을 찾으며, 이곳으로 오렴.

이곳으로 오렴.

나는 기다리는 자다. 자꾸 확언하듯 말하는 습관도 간절히 바라는 마음 때문이 아닌가.

병원에서 퇴원해 집으로 돌아온 뒤부터 시간이 흐르지 않는 꿈을 꾼다. 특색 없는 차림의 사람들이 특수효과로 느리게 재생하는 화면처럼 움직였다. 거리에 나와 있는 거대한 시계든, 사무실의 탁상시계든 모든 시곗바늘이 멈춰 있었다. 꿈속에 있다는 것을 인식하고 있어도, 인식하지 못해도 그랬다. 그리고 실제로 꿈의 시간이 이상하게 흘러가고 있다는 것을 깨달았다. 영원히 새해는 오지 않는 꿈이다. 나인지 누구인지 모를 사람들이 나이를 먹거나 늙지도 않은

심곡

채, 미래 영화에나 나올 법한 모습으로 걷고 있다. 늘 같은
곳을 향해 걸어간다. 몇 년도, 몇 월, 몇 시인지는 모르겠지만
항상 밝은 해가 떠 있다.

　화들짝 놀라며 눈을 뜨면 해가 뜨지 않은 이른 아침이었다.
잠에서 깨면 로티의 기계 관에 전원이 들어와 있는지
확인했다. 기계 관은 로티를 계속 종이 상자에 방치할
수 없어서 만든 장치다. 보증센터에 의뢰해 만든 장치는
프로그램만 개발되면 곧장 로티의 의식을 켤 수 있도록
제작되었고, 따라서 언제든 프로그램 업데이트를 할 수
있도록 24시간 전원이 켜져 있어야 했다. 관보다는 컴퓨터
본체에 가까운 모양이지만, 종서와 나는 그것을 '기계
관'이라고 부르고 있다.

　로티의 기계 관 속에서도 시간이 흐르지 않는 꿈이
진행되고 있을지도 모른다. 로티가 누워 있는 기계 관을
만지면 로티가 느낄 수 있을지도 모른다. 투명한 기계 관을
쓸어내릴 때마다 로티가 눈을 뜨고 내 얼굴을 들여다봐
주기를 기대하고 싶었다. 그곳에는 이곳의 시간을 지켜 주는
장치가 있을 텐데, 나는 언제까지 그곳에 있는 로티의 시간을
지켜 줄 수 있을지 모르겠다. 이럴 땐 존재 같은 것보다 기계
장치가 더 나은 것 같다.

　하지만 나는 존재이기에 기다린다. 때를 기다리는 것은
신뢰의 과정이고, 사랑의 증거다. 언제일지 모르는 일과
세계를 기다리며, 들리지 않는 응답을 기다리며, 인간은
믿음을 배운다. 위대하고 거대한 사랑의 계획은 틀어지지

　　　　　　　　　한요나

않으며, 우주의 운행처럼 고요하지만 정확하게 진행된다. 그 모든 시간 속에 기도를 듣는 자가 계시다는 것을 알게 된다. 기도는 절대 잊히지 않는다. 버려지지 않는다.

그래서 믿음은 내내 인내의 얼굴을 하고 있다. 의심이 '왜?'라는 질문을 해 오면 기쁨의 얼굴로 증거를 대신할 수 있어야 한다. 그러기 위해서 매일 단련하고 공부하는 것이다. 나는 로티에게 할 농담을 준비해 놨다.

"너에게 기쁨의 얼굴을 이해시키기 위해 죽지 않았어."

그러면 재미없는 로티는 더 근사한 농담을 건넬 것이다.

"나는 기쁩니다. 하지만 마음은 없어요. 로봇이니까요."

오늘 로티에게 읽어 준 책에서는 20년간 잠들어 있었던 인물이 등장했다. 내일 함께 볼 영화에는 졸업을 앞둔 10대 소년들이 마지막으로 도전하는 수영 시합 이야기가 나온다. 화면에는 여름 방학 내내 학교 수영장에서 보낸 시간들이 지나가고, 경기장에 도착하지 못하는 친구가 나올 것이다. 카메라는 마지막 수영 시합에서 세차게 헤엄치는 소년들을 비추다, 느닷없이 텅 비어 버린 학교를 보여 줄 것이다. 방학을 한 학교의 빈 운동장을 가득 메운 매미 소리가 내일이 없는 듯 아득하게 느껴질 것이다. 내일? 나는 이미 정해진 대본이 있는 세상 속에서 살고 싶은 듯하다. 내일이 당연히 올 것처럼 말하면 정말로 내일이 올 테니까. 소년처럼 믿어 버리는 것이다.

우리는 언제나 누군가의 슬픔 속에 갇혀 있다는 것을 눈치채기까지는 많은 계절이 필요할 것이다. 어느 계절이 마지막 장면이 될지는 모르지만, 그렇기에 필름을 멈추지 않듯이 말이다.

유리창을 세게 두드리는 빗소리가 들린다. 하나님이 세상에 비를 뿌리고 계시는 여름날이다.

한요나

아침을 여는 것이 힘든 자가 있다. 그러나 그는 아침을 좋아할
것이다. 그는 버킷 리스트에 번지점프, 스카이다이빙, 패러글라이딩
같은 것을 적어 두었지만, 한 번도 시도해 보지 않은 사람이다.
늙음에 지쳐 가는 언젠가를 상상하니 그런 사람이 떠올랐다. 새벽
기도는 보통 4:30이나 5:00에 있는데, 그는 예배 시간에 늦지 않기
위해 안간힘을 쓰기보다는 집에서 기도하는 것을 선호할 것이다.

　'모림'의 원래 이름은 '모림'이었다. 인물의 이름을 지을 때에는
발음이 주는 느낌을 따라 정한다. 사전을 찾아보니 모림에는 '暮林'
그리고 '母林'이라는 두 가지 의미가 있단다. 언젠가 귀하게 써
보고 싶은 단어가 생겼다. '로티'의 이름은 '리빙스톤'이라고 짓고
싶었는데, 역시 긴 이름은 입에 잘 붙지 않아서 포기했다.

심곡　　　　　　　　　　　　　　　　　　　　　193

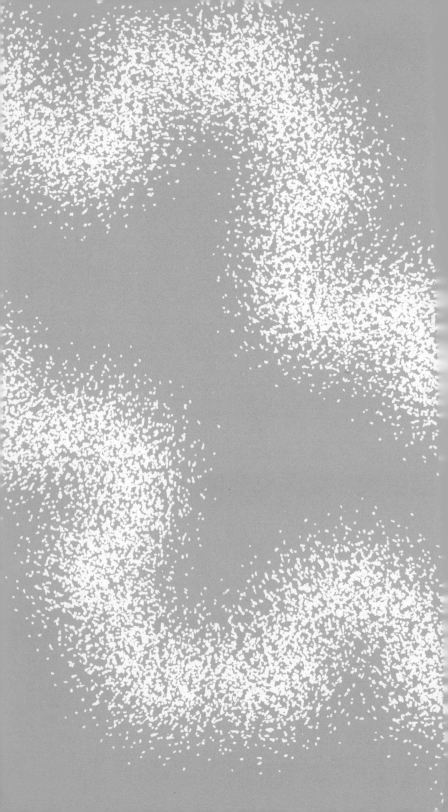

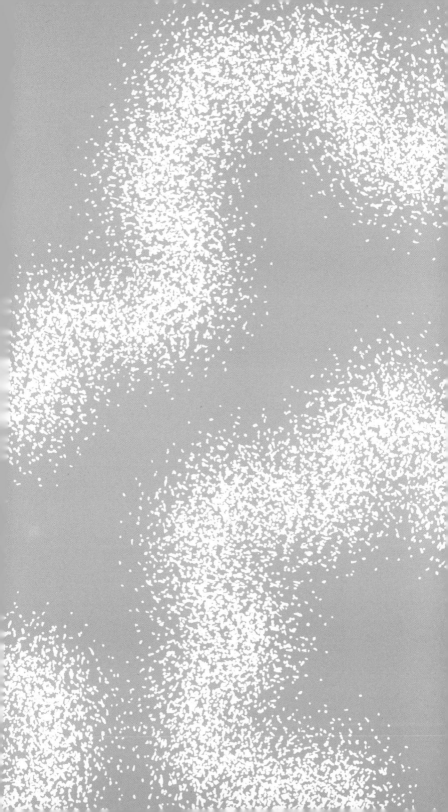

작품 해설

내 안에 세계를
아로새기기

정우주

2024년 경향신문 신춘문예로 평론을 발표하기 시작했다.

1. 파열하는 구멍 속으로

지금 우리에게로 밀려오는 다섯 편의 소설들은 서로 다른 곳에서 출발해 잠시 나란히 놓였다가, 또다시 어딘가를 향해 달려갈 준비를 하고 있다. 다른 누구도 아닌 오직 '나'로서 이 세계를 살아가는 일에만 관심 있는 듯 보이는 이들은 각자 자기라는 세계의 울타리가 어디까지 쳐져 있는지 확인하려 슬쩍 고개를 내민다. 그런데 있던 곳으로 금방 되돌아온 주체가 마주하게 되는 것은 다름 아닌, 원래의 '나'라고 부를 만한 대상이 더 이상 존재하지 않는다[1]는 사실이다.

소설 속 인물들은 '나'를 감싸고 있던 단단한 껍질에 난 작은 구멍으로 무언가를 잃어버리고(「잃기일지」), 안으로 들어가려 하면 할수록 그 둥근 테두리로부터 자꾸만 미끄러진다(「손가락이 미끄러지듯이」). 그리하여 이쪽도 저쪽도 아닌 문지방을 밟고 선 '나'는 정확히 어디부터 시작되어 어디에서 끝나는지 알 수 없는 '꼬리'를 단 몸으로서 어디로든 흘러가기 시작하며(「돼지 목에 사랑」), 출발점에 내맡겨진 몸은 시간과 기억 속에서의 변형이 각인되는 물질적 장으로서 스스로를 위치시킨다(「심곡」). 그렇게 환경 속에 뿌리박힌 신체는 그가 기입된 세계의 틈새를 벌려 울퉁불퉁한 자국과 흔적을 가까이 더듬음으로써 끝내 자기의 내부로 세계를 끌어들인다(「지옥에 갈 수는 없겠지만 지금은」).

말하자면 이 존재들은 순수한 고유성을 지켜 내는 데 실패하고, '나'의 정체성은 중심으로 수렴하기보다 오히려 점점 더 멀리 분산되며, 심지어는 '나'임을 규정해 줄

---

1   로베르토 에스포지토, 『임무니타스 : 생명의 보호와 부정』, 윤병언 옮김, 크리티카, 2022, 288쪽.

요소들을 전부 빼앗기기에 이른다.[2] 그리고 이제 우리가 바로 그 텅 비어 버린 듯한, 그러나 불투명한 구멍 속으로 빠져 들어갈 차례이다.

2.   전(戰): 자기라는 타인

부드러운 살을 감싸고 있는 단단한 껍데기, 불시에 몸속으로 파고드는 이물질로부터 스스로를 보호하기 위해 가장 안쪽의 성분으로 이를 덮어 내는 조개. 이것이 우리가 알고 있는 진주의 생성기(記)이다. 그리고 여기, 지난한 침입과 방어를 반복하다 끝내 그 불순물을 자기 몸의 일부로 받아들이게 되는 소설이 있다. 이선진의 「잃기일지」는 '나'를 사방에서 둘러싸고 있던 태중의 침묵과 작별하며 시작된다. 새까맣고 완전한 침묵의 알은 불쑥 안으로 비집고 들어온 겹자에 의해 조금씩 깨어지며 미세한 균열을 일으킨다. 아주 닫히지도 그렇다고 활짝 열리지도 않은, 매끄러운 표면에 생긴 작은 구멍. 뭐라 "딱 맞춤한" 표현이 없는 애매모호한 상태, 이도 저도 아닌 비결정성이야말로 소설 전반에 깔려 있는 태도이다.

  '나'는 마치 세상에 없는 사람인 듯 침묵의 덫을 놓아 먹고살던 엄마의 방식을 물려받아, 침묵 뒤에 웅크림으로써 스스로를 세상에서 지워 내고자 애쓴다. 그러나 '나'의 말마따나 블랙홀은 단순히 텅 빈 암흑이라기보다 오히려 우주의 모든 빛을 빨아들인 밝은 구멍에 가깝다고 할 때,

---

2   위의 책, 같은 쪽.

겉으로 잠자코 소리 죽이는 '나'의 속 역시 무수한 말들이 각축을 벌이는 전쟁터로 비유된다. 즉 끊임없이 "말과 침묵의 중간지대를 서성거리"는 '나'는 바깥쪽도 안쪽도 아닌 문턱에 서 있다. 그런 '나'에서부터 엄마와 이모, 이모부와 펄의 엄마, 그리고 펄까지 서로가 서로를 타고 뻗어 있는 이들의 관계는 마치 임의로 이어 본 별자리처럼 마땅히 이름 붙일 수 없는 불확실한 모양을 띤다. 그중에서도 특히 진주('나')와 펄은 "silent"와 "listen", "새색시"와 "개새끼" 사이의 거리만큼 멀리 떨어졌다가, "병아리는 병아리인데 병아리가 되다 만 병아리"와 같이 흐릿한 하나로 포개어졌다가를 되풀이하며 '나'와 '남'의 경계를 넘나든다.

그런데 내내 침묵을 유지하던 '나'가 문득 수집한 단어가 다름 아닌 '피격'이라는 사실은 의미심장하다. 처음 만난 펄로부터 다짜고짜 "너, 너무 시끄러워"라는 말을 건네 들은 '나'는 꼭 피격을 당한 양 "그 애 쪽으로 기울어"진다. 늘 무언가를 흘리고 다니는 '나'의 가방을 닫아 주던 아이들과는 달리, 닫혀 있던 지퍼마저도 열어 "내가 잃어버려야 하는 것들을 마음껏 잃어버릴 수 있도록 해 주"는 펄은 엄마 배 속으로 들어와 '나'를 끄집어내던 금속의 집게와 닮아 있다. 결국 '나'의 아슬아슬한 휴전선을 자꾸만 어긋나고 벌어지게 만드는 펄로 인해 "어쩌면 좋아"의 상태를 오가던 '나'는 무장해제 되듯, 툭 말을 내뱉고 만다. 철저한 침묵의 금으로 에워싸여 있던 '나'가 난생처음 스스로의 침묵을 배신함으로써 내부로부터 외부를 향해 열리는 발설의

내 안에 세계를 아로새기기

순간이다.

　다만 이 소설에서 '나'의 막이 개방되는 만남의 장면들은 우호적이라기보다 어딘가 불편하고 찜찜한 분위기를 자아낸다. '나'는 펄과 연루되며 원치 않았던 가족의 비밀을 알아 버리게 되고, 이들의 관계가 깨어지듯 조각난 거울에 맨살을 베이기도 한다. 즉 자신에게로 "이상접근"하며 충돌하고 침투해 오는 외부의 요소들로 인해 '나'는 줄곧 위험에 노출된다. 이로써 무언가 잃어버리기를 반복하던 '나'는 어느새 스스로를 남처럼 느끼며, 급기야 "나는 나의 첫 번째 외국"임을 실감하기에 이른다. 이처럼 '나'로 하여금 무엇이든 잃어버리게 만드는 최초의 작은 구멍은 한편으로 무엇이든 '나'의 내부로 들여 자리 잡게 함으로써, 자기보다 도리어 타자에 더 가까운[3] '나'를 구성한다.

　"아무것도 바뀌지 않았는데 모든 것이 달라진 기분"은 바로 그 이질적인 '나'의 존재로부터 기인한다. 일부러 흘린 비닐봉지는 누군가 도로 찾아다 주는 반면 모르고 떨어뜨리자 쓰레기를 함부로 버렸다고 혼이 나듯, 의도와 무관하게 흘러가는 상황은 '나'의 정체성조차 완벽한 고유함을 유지할 수 없이 "내리고 흩날리고 녹고 더러워지는 것"임을 상기시킨다. 두고 온 동전 한 닢을 찾으려고 왔던 길을 거슬러 간 '나'가 끝내 손에 쥐게 된 것은 앞면과 뒷면이 구별되지 않는 동전이었던 것처럼, 마음은 둘 중 한쪽으로 굳힐 새도 없이 금세 딴마음으로 변해 버리고 마는 것이다. 그리하여 지나간 시간을 불러오는 '나'의 일기 쓰기는 과거를 집요하게

3　　로베르토 에스포지토, 『사회면역 : 팬데믹 시대의 생명정치』, 윤병언 옮김, 크리티카, 2023, 284쪽.

정우주

추궁하는 대신 어디로든 흘러가도록 시간을 재배열함으로써, "어쩌면 좋아."를 "어쩌면…… 좋아."로 슬쩍 바꿔치며 전혀 다른 의미를 생성해 낸다.

한편 이때의 줏대 없음은 끝내 침묵과 재회하는 소설의 마지막 대목을 처음과 똑같은 회귀로 해석할 수 없게 만드는 지점이다. 다시금 새까만 어둠 속에 숨죽인 '나'의 침묵은 분명 "잃어버린 것과 잃어버리고 있는 것과 앞으로 잃어버릴 것들"을 부단히 더듬고 있는 채이기 때문이다. 무엇보다 여기서의 '잃어버림'이 막상 그 대상을 뚜렷하게 지칭하지 않는다는 사실은 소설이 곧 종결되고 마는 특정한 사건이 아닌 무한한 상실을 향해 열려 있음을 가리킨다. "잃어버린 걸 더 잘 잃어버리"려는 태도는 다시 말해 바깥과 완전히 분리된 내부란 불가능하기에 박탈을 거듭할 수밖에 없는 주체의 존재 방식인 것이다. 이로써 자기를 보호하려는 둥근 "침묵"과 상처 입히는 예리한 "피격"이 되풀이되는 존재의 테두리는 끝없는 재구축의 장으로 내맡겨진다. 말하자면 이것은 어느 한쪽이 승리하는 결말 대신 결코 완결될 수 없을 투쟁을 계속하는 분투기이다.

침투와 방어를 반복하며 흩뜨려진 '나'의 경계에서, 김서해의 「손가락이 미끄러지듯이」는 타의와 자의가 뒤섞인 채 자신의 중심으로부터 미끄러져 버리는 또 다른 '나'를 등장시킨다. 소설은 31년 만에 비로소 법적인 부부로 "인정을 받게 된" 동성 커플의 기사를 첫머리에 배치한다. 그런데 '나'와 가장 먼 타인의 삶에서 출발한 이 소설이 어떻게

내 안에 세계를 아로새기기

'나'의 한가운데를 들여다보는 이야기로 가닿을 수 있을까. 예순일곱의 나이인 '나'를 기준으로 위로는 노쇠한 부모, 아래로는 자식과 어린 손주들까지 4대로 이루어진 가족에게 있어, '나'의 오빠 김희준의 동성혼 합법화 소식은 환영받지 못한다. 아버지와 숙모를 비롯한 집안의 노인들은 오래전 연락이 끊긴 그를 다시 집에 데려와 회개시키고, "지금을 더욱 평화롭게 만"들어야 한다고 소리 높인다.

특히 윗세대와 아랫세대의 중간에 낀 '나'의 경우 양쪽 사이에서 어느 정도의 혼란을 느끼나, 오빠를 치료와 회복의 대상으로 여긴다는 뜻만큼은 분명하게 내비친다. 이러한 '나'가 고수하는 삶의 방식이란 한 마디로 "다 그렇게 산다"는 것이다. 젊은 시절 간호사로 일하며 아이를 키우던 '나' 역시 남들에게 이해받고 싶어 하는 사람이었으나, 이내 누군가의 이해를 바라기보다 차라리 모두가 똑같이 살고 있다고 생각해 버리는 편이 더 낫다는 결론을 내린다. 즉 남들과 다를 바 없기에 구태여 이해할 필요조차 없는 삶의 태도를 체득한 것이다. 더욱이 "네 문제는 네가 고칠 수 있거나, 아예 고칠 수 없으니 받아들여야 하거나 둘 중 하나"라는 영아를 향한 충고에서 보여지듯, '나'는 타인과 달라 이해가 요구되는 부분들은 정상(正常)의 둘레에 맞춰 스스로를 잘라 내며 살아온 인물이다. 그리하여 "뭘 해야 하고, 하면 안 된다는 신조"를 지키는 일이 무엇보다 중요한 '나'의 확고한 중심은 내내 대상이 특정되지 않는 "우리"라는 호칭을 의식적으로 반복해 사용하는 습관을 통해 선명하게 드러난다.

정우주

그런데 이처럼 보편적 동일성의 원에 속하는 것을 생의 원칙으로 삼던 '나'가 "다 늙어서도 동성애가 하고 싶냐"는, 오빠를 향한 숙모의 비난에 도리어 자신에게 비수가 꽂히는 듯한 기분을 느끼는 것은 왜일까. 이 갑작스러운 상심의 정체를 명명하기 위해서는 '나'의 언어가 가진 겹을 보다 세밀하게 읽어 낼 필요가 있다. 지금껏 '나'는 남들과 다르게 사는 오빠를 당연하다는 듯 고쳐야 할 대상으로 바라보며 그 삶을 부정해 왔으나, 사실 오빠가 불행하기를 바라는 '나'의 마음은 누구보다도 "강박적으로" 나타난다. 오랜만에 오빠와 마주친 '나'는 그를 "고달픔이나 괴로움으로 가득"한 그림자 같은 형상으로 묘사하지만, 이는 곧바로 "오빠의 삶은 독창적이고 강해 보였다"는 정반대의 진술로 이어진다. 즉 완고하(다고 믿었)던 '나'의 안에서조차 모순적인 두 언어가 충돌하고 있는 것이다. "솔직하게 답했다"고 자신하는 '나'의 목소리 이면에 "변명하듯 말했다"는 내밀한 고백이 어른거린다.

마치 복화술을 구사하는 듯 '이것'과 '저것'의 사이를 동시에 오가던 '나'는 마침내 오빠를 이해해 보고 싶다는 "소망에 가까운 의문"을 자기도 모르게 내뱉기에 이른다. 소희를 위한 일이라 믿으며 끝까지 꿋꿋하게 가지무침을 권하던 자기 확신은 온데간데없이 분함과 미움, 허망함과 서러움의 감정들을 토해 내는 '나'의 기저에는 어쩌면 자신이 틀렸을지도 모른다는 불안과 공포가 자리한다. 매번 "너도 그렇게 살지?" 하고 물으며 이질적인 존재들은 그저

'없는 사람' 취급하는 것만이 유일한 삶의 방식이라 믿어 온
'나'에게 있어, '늙은 동성애자' 역시 "없을 순 없"다는 사실을
받아들이는 일은 '우리'인 스스로를 부정하는 행위에 다름
아니다. 이때 '나'를 한층 더 혼란스럽게 만드는 것은 "다
그렇게 산다"는 신념에 균열을 내는 요인이 외부의 이질적
타자만이 아니라 자기의 내부에 이미 그것을 품고 있었다는
사실의 자각이다. '우리'의 동질성이 곧 '나'의 고유성이라
여기며 애써 지키고자 했던 스스로의 중심이 어쩌면 부재하는
허상일 수 있음을 인정(해야만)함으로써 깨어지게 되는
순간인 것이다.

특히 자신의 삶의 토대로 삼으며 위안 받아 온 바로 그
사회의 "시스템"에 의해 그간 식구들을 위해 돌봄 노동을
수행하며 희생한 '나'라는 존재마저도 조금씩 지워지게 되는
아이러니는, '나'로 하여금 자기 자신조차도 줄곧 이해와
인정을 둘러싼 양가적인 마음 사이에서 갈등해 왔음을
솔직하게 들키도록 만든다. 이 지점에서 "마음에도 혈관이
있다면 말이야,"라는 오빠의 중얼거림을 추상적 관념에
실체를 부여하려는 시도라 부를 수 있다면, 무언가 "흘러
다니는 통로"로써 마음은 뭉뚱그려진 채 고착되어 있던
'나'의 세계를 보다 투명하고 유연하게 들여다보도록 하는
장치로 자리한다.

한편 이를 '양심'이라 이름 붙이는 '나'는 과거의 자신과
결별하고, 고여 있기보다 어디론가 흘러가겠다는 의지를
내비친다. 어쩌면 소설의 말미에서 여러 번 반복되는 "~(하)지

정우주

않을 것"이라는 서술은 언뜻 소극적 체념으로 읽힌다. 그러나 비로소 손가락의 미끄러짐을 감각하는 그 유동성을 떠올려 볼 때, 이는 굳이 바틀비를 불러오지 않더라도 '하는 것'만큼이나 격렬한 반대 방향으로의 움직임이 마찬가지로 필요한 일임을 알아차릴 수 있다. 이로써 단순히 '하지 않는' 것을 넘어 '안 하는 것을 하기'로 결심하는 '나'의 선택은 공고한 '우리'의 손으로부터 미끄러지겠다는 용기와 겹쳐지며, 마침내 그 손을 '잡지 않겠다'는 선언으로 뒤바뀐다.

3.   유동하는 뿌리, 변형되는 장(場)

'나'들은 자신만의 내밀한 성질을 잃어버리고, 스스로의 확고한 중심으로부터 멀어진다. 그렇다면 '나'의 본질이라 할 만한 것이라곤 결핍이 전부인 주체의 정체성은 거꾸로 무엇으로든 이행될 수 있는 동력이라고도 말해 볼 수 있을까. 최미래의 「돼지 목에 사랑」속 미진은 '사랑'에 대해 끊임없이 집착한다. 그저 그런 사랑이 아닌 "제대로 된 사랑"을 하고 싶은 미진의 마음은 단순한 소망이라기보다 "살면서 한 번은 꼭 해 봐야만 하는" 목적에 가깝다. 상대와 이별할 때마다 이번엔 사랑이 맞았는지 틀렸는지, 무엇이 부족했는지 점검을 거듭하는 미진의 모습은 사뭇 절박해 보이기까지 한다. 그러나 각고의 연애 끝에 '진정한' 사랑에 도달하고자 하는 노력에도 불구하고, 미진은 "사랑 비슷한 것"만을 반복할 뿐 그가 생각하는 완벽한 사랑의 실체를 찾는 데는 번번이

내 안에 세계를 아로새기기

실패하고 만다.

　다만 소설에서 이렇듯 미진이 "사랑에 목매는" 사람이 된
이유는 다름 아닌, 길다면 길고 짧다면 짧은 "애매한 길이"의
꼬리가 달린 미진의 몸 자체와 관련한다. 미진은 지금껏 딱히
쓸모는 없으나 그다지 불편하지도 않은 꼬리를 "별 뜻 없이
달고 살"아 왔지만, 어느 순간부터 그 꼬리는 미진을 우습고
만만하며 쉬운 상대로 보이도록 하는 "이상한 거"가 된다.
꼬리를 보이자 미진에게 고백해 온 이웃 노인과의 불쾌한
기억을 시작으로, "그냥 달린 거"였던 꼬리에는 무수히 많은
의미들이 엉겨 붙는다. 미진은 잘 풀리지 않는 연애부터 쉽게
적응되지 않는 직장까지 모든 문제의 원인을 '꼬리'에서 찾고,
심지어는 이를 "진화가 덜 되었다는 흔적"으로 규명하며
관계적으로든 경제적으로든 딱한 자신의 처지가 "다 꼬리가
달린 탓"이라고 생각하기에 이른다. 자신을 괴롭게 하는
쓴소리나 아픈 소리까지도 꾸역꾸역 주워 삼키는 모습이
꼭 주는 대로 다 받아먹는 돼지 같다고 느끼는 미진은 자기
꼬리마저도 잡식성의 그것으로 만들어 버리는 것이다.
결국 미진의 꼬리는 스스로가 마음에 들지 않았던 순간에
대한 넘쳐 나는 기억들로 "점점 길어"져 옴짝달싹 못 하게
무거워진다.

　그리하여 미진은 도대체 "왜 자기한테 꼬리가 달렸는지"에
대해 파고들며, '돼지 목에 진주 목걸이'나 '고양이에게
금화'처럼 그 가치도 모르고 쓸모까지 없는 자신의 꼬리를
감추거나 떼어 내고 싶어 한다. 그러나 윤성이 「포켓몬스터」

　　　　　　　　　　　　　　　　　　　　　　　　정우주

속 로켓단 나옹 캐릭터의 서사를 "기술을 못 배운 것"에서 끝나는 것이 아니라 씩씩하게 "인간의 말을 익힌 거"로 뒤집어 읽어 냈듯, 미진의 꼬리가 가진 의미 역시 반전된다. 전혀 쓸모없다고 여겨 온 꼬리가 사실은 미진도 모르는 사이 마치 "다리가 세 개"인 듯한 안정적인 균형감으로 몸을 지탱하고 있었던 것이다. 다만 이때 소설이 지향하는 바가 단순히 쓸모없음에서 쓸모 있음으로의 변모, 그러니까 유용성의 가치를 발견하는 쪽으로 기울어지는 것은 아니라는 점을 분명히 해 둘 필요가 있다. 오히려 이는 그 가치와 쓸모를 전혀 알 수 없기에 무엇이 될지 역시 모르는 것, 다시 말해 무엇이든 될 수 있는 개방된 변형의 가능성이자 이질적 생성을 향한 욕망에 가깝다.

　마침내 라이터로 바지에 구멍을 뚫고 꼬리를 내놓은 채 밤거리를 달리는 미진은 무언가 "꼬리를 타고 흘러 (…) 줄줄 새어 나가는" 기분을 느낀다. 어느새 너무 길고 무거워진 꼬리를 느닷없이 나타난 개에게 물려 버리듯, 미진은 "연애를 못 해서 안달"인 자신을 문득 잃어버리게 되는 순간들을 감각하는 것이다. 이는 사랑의 본질을, 꼬리의 쓸모를 알아내고자 했던 진보적 목적과 결별하는 일과도 다르지 않다. 이로써 오로지 공만 잘 쫓아가 빼앗기지 않으면 된다고 믿던 미진이 잡고 있던 공을 어디론가 패스하고, 이윽고 "꼬리가 언제부터 있었는지, 원인은 뭔지" 묻는 질문들에 "원래부터 그냥 달려 있다고" 답하는 행위들은 "분명하게 답을 내릴 수 있는 게 아무것도 없"다는 사실에 대한 인정이

내 안에 세계를 아로새기기

된다. 그리고 바로 그 '알 수 없음', 즉 사랑으로 시작한 이야기가 이내 "아예 다른 이야기가 되어 버릴지"도 모르는 흐름의 끝에 남는 것은 "꼬리에 관련된 건 하나도 떠오르지 않"는다는 다소 공허한 깨달음이다.

그러나 그렇게 텅 비어 버려 또 무엇이든 가로지를 수 있는 지대야말로 소설이 가고자 하는 유일한 목적지라면 어떨까. 중요한 것은 미진의 해방감이 꼬리를 제거함으로써 얻어지는 것이 아니라, 여전히 길고도 짧은 애매한 길이의 꼬리를 달고 있는 미진으로서 자유로워진다는 사실이다. 무거워진 꼬리를 잘라 내는 대신 들러붙어 있던 의미들을 모두 털어 흘려보내며 체감하는 찌릿찌릿한 움직임, 그저 통과해 갈 뿐인 진행이자 과정. 꼬리를 타고 오르내리는 그 유동적 감각은 미진의 꼬리를 "극복해야 할 장애물이 아니라" 오히려 존재를 출발하도록 만드는 주체성의 조건[4]으로 위치시킨다. 그리하여 미진은 끝내 그 가치와 쓸모를 알 수 없는 꼬리를 단 몸으로써 세계와 다시금 새롭게 관계 맺는다.

한편 신체의 유동성을 온몸으로 감각한 주체는 이후 어디로 흘러갈까. 한요나의 「심곡」은 출발점에 놓인 몸이 점차 시간과 기억에 따라 변형되면서 자신이 환경 속에 뿌리내려 있는 존재[5]임을 이해해 나가는 여정을 그린다. 특히 자기로서의 육체적 경험을 인식하는 데 있어 비인간과 인간, 두 화자에 의해 번갈아 서술되는 이 소설의 구조는 유의미하게 포착된다. 오피스 로봇인 로티는 인간 아닌 종(種)으로서의 특징들을 나열하며 스스로를 규정한다.

---

4   릭 돌피언·이리스 반 데어 튠, 『신유물론 : 인터뷰와 지도제작』, 박준영 옮김,
     교유서가, 2021, 35-36쪽.

5   위의 책, 43-44쪽.

인간과 달리 기분이나 감상, 마음이 없고 머릿속이 오로지 정보로만 가득 차 있음을 상기하는 이 비인간은 너무나 적확하게도, 자신이 수행하는 활동들은 전부 "나의 신체나 이름이 없어도 할 수 있는 일"이라는 점을 한계로 꼽는다. 즉 모든 일을 데이터의 처리로 받아들이는 로봇에게 있어, 다른 누가 아닌 자기 자신의 몸으로 통증을 느끼며 "몸으로 기억하고, 몸으로 기억을 불러오는" 인간의 신체는 간절히 이해하고 싶은 대상이다.

반면 정작 인간인 모립은 끊임없이 본인의 몸으로부터 벗어나기를 원한다. 신학자인 그가 생각하는 구원이란 죽음 이후 지금의 몸에서 빠져나와 자유롭게 되는 것일 정도로, "지상에서의 기억이 남은 채로, 그 몸으로 영원히 고통받으면 어쩌나 하는" 고민이 바로 모립의 가장 큰 두려움이다. 스스로의 신체를 벗어던지고자 계속해서 '뛰어내리기'를 갈망하는 모립은 이윽고 로봇과 같은 "새로운 몸"을 입은 자기를 상상하기에 이른다. 이렇듯 "로봇은 로봇의 자리에서, 인간은 인간의 위치에서 살아가면 된다"는 원칙이 무색하게, 두 존재는 오히려 서로의 영역 쪽으로 기울어지는 듯 보인다. 더욱이 자신은 그저 "단순한 프로세스의 변환과 응용"만을 반복할 뿐이라던 로티는 누구보다도 끈질기게 모립에 대해 궁금해한다. "로봇은 착각하지 않아야 한다"며 애써 모립을 향해 고개를 돌리지 않으려는 행위는 모립이 말해 주지 않는 영역까지도 "이해할 수 있었으면 좋겠다"는 생생한 욕망의 반증이다.

한편 "있는지 없는지도 모를 존재감으로 생활"하는 모립은
인간임에도 불구하고 그 속이 감상보다는 정보로 이루어져
있다. 자신의 존재를 "인간인 척하는 다른 종(種)의 느낌"으로
감각하는 모립은 "인간은 알아들을 수 없는 작은 동물의
속삭임"과 같은 소리를 내며 스스로를 겉돈다. 결국 로봇
같지 않은 로봇과 인간 같지 않은 인간은 그들의 고정된
정체성에서 빗나가 각각이 지닌 저항과 강도를 나타낸다.
연구실의 마른 식물을 함께 보는 로티와 모립은 이를 서로
다르게 받아들인다. 시들어 가는 꽃으로부터 썩는 냄새와
누런 부스러기, 하얗게 부푼 곰팡이의 습기를 보고 맡는
로티와 그저 밋밋한 먼지 냄새나 버석버석한 마름만을
체감하는 모립 사이에는 다형적인 감각의 방식들이 교차한다.
　　그런데 이때 두 존재 모두 바로 그 마른 식물을 통해
"낡아 가는 몸"을 떠올린다는 사실은 중요하다. 비록 모립은
인간이 아닌 로티가 썩은 꽃다발들을 보며 "낡아 가는 몸을
떠올리지는 않았을 것"이라 예상하지만, 모립의 우울을
"생명력이 없어 보인다"는 표현으로 바꿔 읽어 내는 로티는
알아채지 못하는 순간 낡아 버리는 사람의 몸을 시드는 꽃에
겹쳐 본다. 여기서의 낡아 감을 곧 시간의 흐름이라 말할
수 있다면, 모립과 로티의 신체는 비로소 각자의 환경 안에
뿌리박힌 채 움직이는 시간을 거쳐 옴으로써 재배치되는
물질적 장으로 자리한다. 이는 로지 브라이도티 식 『유목적
주체』의 출현에 다름 아니다. 그리고 그렇게 몸에 쌓이며
중첩되는 기억의 방식은 불편하거나 더러워져 버린 식물들을

　　　　　　　　　　　　　　　　정우주

"치우지 않"고 "그냥 내버려두기로" 하는 마음을 경유해 한층 선명해진다.

다만 여전히 몸의 기억으로부터 해방되기를 꿈꾸는 모립은 언제든 "몸을 바꿀 수 있"는 로티에게 파트너십을 제안한다. 즉 몸을 벗어던지고자 뛰어내리기를 계획하는 모립이 필요로 하는 것은 자신이 가진 정신이나 경험의 세계가 아닌, 로봇의 완벽한 "기억 데이터"이다. 그러나 인간처럼 그 기분이 신체적인 반응으로 구현되지 않는, 말 그대로 로봇일 뿐인 로티가 모립을 따라 함께 뛰어내린 직후, "로봇이니까 몸을 다 벗어 버릴 수 있"을 거라 확신했던 모립의 예측은 완전히 어긋나 버린다. 아이러니하게도 더 이상 지금의 몸이 아닌 새로운 몸으로 깨어나기를 원했던 모립은 자기 자신의 몸으로 회복한 반면, 자유롭게 다른 신체를 입을 수 있다고 여겨졌던 로티는 도리어 조각난 상태로 박스에 담겨 온 것이다.

로티의 데이터 저장소는 그대로 존재하나 그것을 구현해 낼 몸이 깨어나지 못하고 있는 상황은 역설적으로 "몸으로 기억하고, 몸으로 기억을 불러오는" 모립의 모습을 다시금 떠오르게 한다. 기존의 몸을 버리고 새로운 몸을 가짐으로써 "기억 데이터"를 재생할 수 있는 것이 아니라, 시간의 흐름 속에서 변형됨을 경험한 바로 그 몸으로써 생명 장치의 전원이 켜져야 하는 것이다. 살아오면서 줄곧 친구들이 떠난 자리를 지켜보며 마지막까지 남아 있는 존재였던 모립은 이번에도 역시 홀로 남아 로티의 기계 관에 전원이 들어오기를 기다린다. 하지만 이번엔 구원을 "조금 미뤄

두고" 대신 "로티의 시간을 지켜"주고 싶다는 모립의 마음은 어떤 것일까. 분명한 것은 모립이 기다리는 대상이 단지 로티의 "기억 데이터"가 아니라, 자신과 함께 흐르는 시간을 통과해 새겨 넣은 징표이자 접면으로서의 몸 그 자체라는 사실이다. 그렇기에 모립 또한 마찬가지로 로티의 기억을 끌어안은 바로 그 자신의 몸으로써 "우리"를 기다린다. 멈추지 않는 필름 속에서, 비가 내리고 계절이 지나감을 느끼면서.

4.   근사(近似)한 무늬로서의 세계

이제 막 시간과 기억의 덩어리를 통과해 온 우리가 발 딛고 선 세상은 어떤 모양을 하고 있을까. 박소민의 「지옥에 갈 수는 없겠지만 지금은」은 매끈하게 덮인 벽지를 손톱으로 긁어내 그 속의 눅눅하고 울퉁불퉁한 세계의 표면을 가장 가까이에서 더듬어 보기를 시도한다. 소설의 배경이 되는 "똥밭"은 외부와의 통신이나 GPS 추적이 자유롭지 않으며, "건물명도 도로명도 없"어 지도에조차 표기되지 못하는 땅으로 묘사된다. 이제껏 죽은 사람들의 집을 치우는 일을 해 온 솔은 자신이 유일하게 사랑한 영이 죽기 전 마지막으로 머무른 방을 찾아 이곳으로 왔다. 다만 한 마디로 "있지만 없는 곳"인 동네만큼이나, 영은 "원래 비워 두던 자리"처럼 질량 없는 존재로 여겨진다. 소리를 내지 않으려 숨까지 참으며 살아가던 영의 죽음 이후, 그 자리는 마치 세상 어디에도

정우주

없었던 사람의 것인 양 치부된다.

그리고 이렇듯 "타당히 지워진" 영과 엇비슷한 곳을 밟고 선 존재들이 있다. 먹고살기 위해 학교 대신 죽은 사람들의 집으로 등교하는 솔, 이름 대신 사배자로 불리는 해주, 학교에서 왕따의 위치에 내몰린 수학 선생까지. "가족도 친구도 없는 네 사람"은 원의 내부이지만 동시에 삼각형의 외부인 영역으로 밀려난다. 울퉁불퉁한 진짜 산을 납작한 세모로 그려 내는 게 유클리드 기하학이라고 했을 때, 세계를 법칙으로 설명하는 과정에서 제일 먼저 도려내지는 대상은 바로 "이쪽도 저쪽도 아닌" 사이 공간에 위치한 존재들이다. 그리하여 유난히 "투명하고 매끈한 피부"와 "밋밋하고도 깨끗한 도화지 같았던 표정"을 가진 네 사람과 이들을 둘러싼 관계, 즉 "좋아하는지 아니면 사랑하는지" 정확히 구분할 수 없이 경계를 넘나드는 섹슈얼리티까지도 세상의 빈틈으로 남겨진다.

그러나 자신이 살고 있는 곳을 1차원이라고도, 그렇다고 2차원이라고도 명명할 수 없다면 "0.3차원쯤의 공간"이라는 새로운 이름으로 부르면 된다는 수학 선생의 말처럼, 세계의 법칙으로 지칭할 언어가 없다고 해서 그런 게 실재하지 않는다는 의미가 아니다.[6] 이를 증명하려는 듯, 소설은 "유클리드 기하학으로는 설명이 안" 되는 존재들을 다른 방식으로 설명해 내고자 "프랙털"이라는 기하학적 개념을 일종의 측량법으로 빌려 온다. "복잡한 구조가 자연에 있는 게 아니라, 자연이 너무 복잡해서, 이걸 설명하기 위해 만든

---

6   자비네 호젠펠더, 『물리학은 어디까지 설명할 수 있는가 : 현대 물리학의 존재론적 질문들에 대한 도발적인 답변』, 배지은 옮김, 해나무, 2024, 50쪽.

내 안에 세계를 아로새기기

법칙이 프랙털"이라는 서술은 앞서 도려내진 대상을 다시금
새겨 넣음으로써 결코 평면으로 단순화될 수 없는 복잡한
곡률의 세계에 가까이 가 닿아 보고자 하는 의도를 가리킨다.
이는 특히 "이미 벌어진 일의 빈틈을 채우는" 솔의 꿈과
겹쳐 본다면, 정수의 값을 가지지 않는 소수적 존재들의
질량을 나타내는 시도는 다름 아닌 "찢어진 조각"들을 비어
있는 틈새에 끼워 세계를 좀 더 분명하게 직조해 보려는
몽타주로써의 의미를 가진다.

　다만 프랙털은 전체 구조와 유사한 작은 구조가 무한히
반복되는 질서정연한 모양을 띠고 있으나, "뜯어보면 완벽히
같은 건 없"을뿐더러 "복잡한 것은 단순해지지 않"는다. 이에
각각이 미세한 오차의 연쇄로 이루어진 개스킷들이 전체에
대한 명확한 파악을 불가능하게 만들듯, 소설 전반에는
불확정적인 모순의 요소들이 어른거린다. 솔은 교문 안쪽의
세계, 그러니까 영과 해주에 대해 궁금해한다. "살면서 알고
싶은 것도, 듣고 싶은 것도 별로 없었"던 솔이 무언가를
자꾸만 묻는 장면들 역시 순경 씨와 수학 선생에게 각각
해주와 영에 관련된 이야기를 들을 때뿐이다. 그러나 솔이
질문을 하면 할수록 알게 되는 것은 자신이 영과 해주에
대해 갖고 있던 정보는 그저 "한 줌의 사실들"에 불과하다는
점이다. 순경 씨와 해주, 수학 선생과 영, 심지어는 자신과
가장 가깝다고 생각했던 해주와 영의 관계까지, 하나같이
솔의 예측과 어긋나고 앞뒤가 반전되며, 솔에게 들이밀어지는
이야기는 오히려 오줌을 지린 선생의 바지라던가 자식을

　　　　　　　　　　　　정우주

잡아먹는 순경 씨 엄마의 모습 같은 것들이다. 즉 영이 아닌 것으로 밝혀진 사진 속 뒷모습이 영락없는 영이듯, 끝내 무엇이 진실이고 거짓인지 어느 하나 확실하게 밝혀지지 않는 애매모호함이 바로 이 소설의 시작과 끝을 지배하는 분위기이다.

한편 이처럼 오해와 오독이 넘실거리고, 앎과 모름이 의지와 무관하게 뒤섞인 복잡한 세계의 반증으로써 프랙털은 또 한 번 이중적 역설을 띤다. 비슷한 모양으로 찢어진 개스킷들은 큰 삼각형의 무늬이면서 그 작은 조각 자체로 하나의 세계이기도 하다. "포도 포, 포도 도. 이름의 뜻이 이름 그 자체인" 과일은 홀로 덩그러니 놓여진 알맹이 하나만으로도 '포도'로 존재한다. "멀리서 보았을 때 맑고 투명했는데 가까이 뜯어보니 끝없이 이어진 동그라미들이 징그러웠"듯, 오돌토돌 매달린 옥수수 또한 그 알갱이 몇 개만으로도 눅진한 이물감을 남길 수 있는 개별적 세계인 것이다. 전체를 이루는 조각이 그저 부속품이 아니라 이미 그 안에 세계를 품고 있다는 사실은 단편적으로만 알던 누군가의 삶 역시 도무지 전부 이해받을 수 없는 복잡다단한 면면들로 구성되어 있음을 드러낸다.

이때 솔이 다른 사람의 시간을 삼켜 내일을 살 수 있게 되는 꿈의 내용은 의미심장하게 다가온다. 마치 용의자를 지목하듯 영을 무심히 스쳐 가던 얼굴들을 눈에 담거나 수명을 깎아 낼 대상들을 호명하는 솔은 일면 심판을 집행하는 판관처럼 보인다. 특히 가책을 느끼면서도 순경 씨와 수학 선생의

내 안에 세계를 아로새기기

이름을 연달아 부르는 솔의 행위는 "한 명 혼자 맞지 않고
좀 나눠 맞았으면 덜 아팠을 거"라는 중얼거림과 겹쳐지며,
유독 영에게만 더 무겁고 가혹했던 고통에 대한 책임을
묻는 일종의 복수로 읽히기도 한다. 그러나 이는 삼킨 것이
몸 곳곳에 스미고 흘러 그 사람이 된다는 영의 목소리와
만나며 반전된다. 누군가를 "많이많이 먹여 살릴 수 있는"
옥수수는 여러 사람의 "기르고 살리는 일"을 통해 안 죽고
살아남는다. 옥수수로 빵을 만들어 먹겠다는 계획으로 계절을
견디던 영과 그런 영의 냄새를 떠올리며 옥수수를 키우기
시작하는 솔, 그리고 솔이 미처 보지 못한 곳까지 손을
뻗어 옥수수가 단단하게 딛고 서도록 매만지는 순경 씨와
누구보다도 정성스레 비료를 주고 가지를 치며 꺾인 옥수수도
다시 일으키는 수학 선생까지. 이들이 오래 지켜보고 길러낸
옥수수는 끝없이 뻗어 나가 벽지 안의 무성한 세계를 이룬다.
　솔이 "길게 찢은 벽지 같은 이파리"를 걷어 그 속의
무르고 따뜻한 옥수수알을 입에 넣는 행위는 바로 영이
손톱으로 긁어 보여 줬던, 알알이 부서지고 눅눅히 구수한
"벽 안의 세계"를 먹는 일에 다름 아니다. 으깨진 조각의
질감을 혀끝으로 느낀 이후 더 이상 누군가의 시간을 삼키는
꿈을 꾸지 않아도 되는 흐름은 거꾸로 판관의 단죄와도
같았던 기이한 꿈을 곧 목격자로서의 기록으로 독해하도록
만든다. 즉 "원래 먹은 게 그 사람이 돼"라는 영의 말처럼,
무수한 시간을 품고 있는 옥수수알을 삼킴으로써 "완전히
사라졌다고도 온전히 존재한다고도 할 수 없는" 세계의

정우주

흔적을 자기 몸의 일부로 받아 안는 것이다. 이 지점에서 솔의 직업이 죽은 사람들의 집을 청소하는 일이라는 사실은 새삼스러워진다. 무언가를 기르고 살려 사라지지 않을 자국을 남기는 일은 "남은 흔적을 말끔히 정리하는 일"과는 완전히 반대되어 보인다. 그러나 "영이 살았던 일상, 그렸던 궤적을 그대로 따라가 보는 것까지가 솔이 생각하는 청소"임을 상기한다면, 솔은 자취를 깨끗이 닦아 지워 버리는 이라기보다 오히려 "너무나도 살아 있는 사람의 것처럼 느껴"질 정도로 선명한 흔적과 자국을 찾아 만지는 이에 가깝다.

이때 "0이 새겨진" 자국을 바라보며 점점 더 "현실에 가까워졌"음을 감각하는 솔의 모습은 포도 한 알을 매달고 있던 나뭇가지가 부러진 자리의 동그란 구멍을 어루만지며 "시간이 흐르는" 것을 의식하는 장면과 나란히 포개어진다. 특히 나뭇가지는 잘려 없어졌으나 "포도를 매달던 시간이 사라지지 않고" 남았음을 안 채로 그 구멍 속에 옥수수 이파리와 같은 벽지를 말아 넣는 행위는 '원래 없는' 값으로서의 0이 아닌 '여기 있는' 존재로서의 영을 기입함으로써 보다 "진짜 모습에 가깝게" 세계를 근사(近似)해 보려는 작업으로 읽힌다. 그리고 이처럼 종이를 구기고 쪼개어 세계를 다시 조합하려는 시도는 또 한 번 "기르고 살리는 일"로 이어진다. 손톱으로 눌러 파인 자국에 볼록한 새살이 차올라 부풀 듯, 끼워 넣은 조각은 꼭 붙어 떨어지지 않고 그렇게 연결된 프랙털은 다른 조각을

낳는다. 무엇이든 키우고 살렸던 영의 체취를 맡으며 새로운
포도나무를 심는 솔은 무한히 뻗어 나갈, 그리하여 끝없이
복잡해질 "아직 열리지 않은 미래"를 기다리고 있다.

5. 흩어지는 바깥을 향하여

　지난 몇 년간 우리는 '나'의 능동적 만짐의 행위가 곧
자기의 감염이라는 수동적 결과를 유발하는 현상들을
경험했던 바 있다. 말하자면 주체가 대상을 만질 때 바로
그 대상에 의해 주체 역시 만져지게 된다는 메를로퐁티
식의 양가성을 우리 자신의 몸으로써 감각해 온 것이다.
그러니까 이때의 접촉이란, 『지각의 현상학』을 경유해서,
우리가 세계를 바라보는 순간 세계는 이미 우리 안에 도착해
있음을 알리는 행위가 된다. 이렇듯 세계에 새겨진 무늬이자
그 자체로 하나의 세계인 신체[7]는 언제나 불안과 긴장이
교차하는 지대로 자리하며, 바깥으로 무한히 노출되고
방출된다.[8]

　그리하여 다섯 소설 속 존재들은 자신의 중심을 잃고
미끄러짐으로써 다시 조직되며, 그 변형이 남긴 자국과
흔적을 만져 보고, 끝내 중첩되는 이질화를 생의 조건으로
삼아 '나'보다 남에 더 가까운 스스로와 관계 맺고 살아가기를
선택한다. 즉 어떠한 공통의 목표도 없었던 이들은 각자의
중심이 부재하는 "결핍이 계기가 되어" 한데 모여[9] 싸우고,
흘러가며, 세계를 끌어안는 과정 중에 있다. 그러므로 이

7　심귀연, 『모리스 메를로퐁티』, 컴북스캠퍼스, 2023, 43-44쪽.

8　로베르토 에스포지토(2022), 앞의 책, 288쪽.

9　로베르토 에스포지토, 『코무니타스 : 공동체의 기원과 운명』, 윤병언 옮김,
　크리티카, 2022, 16쪽.

정우주

모임의 장소는 종착지라기보다 차라리 시작점에 가깝다.[10]
하나로 결속되는 대신 어디로든 흩어지겠다는 결심이자,
어느새 몸속으로 들어와 있는 세계에 삶의 흐름을 내맡기기로
하는 첫걸음이다. 그러니 마찬가지로 출발선에 선 우리 역시
우리 앞에 당도한 이 소설들을 마음껏 허물고 또 조립하며,
거기에 '나'를 새겨 넣는 동시에 그것이 '나'에게 기입됨을
충만히 느끼면서 읽어 봐도 좋지 않은가.

---

10   위의 책, 280쪽.

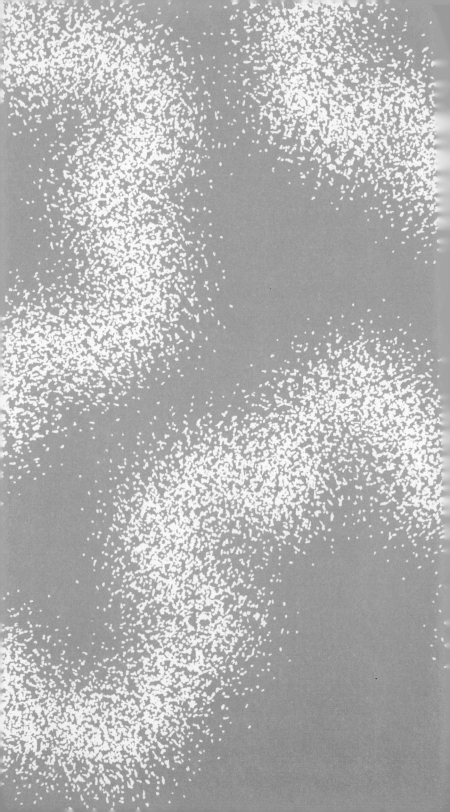

문학 웹진 LIM

여기, 뚫고 나오는 이야기의 숲

문학 웹진 LIM	등단 여부 및 장르에 구애받지 않는 여기의 젊은 작가들을 위한 연재 플랫폼입니다. 장·단편소설, 대담, 에세이 등 이채로운 작품을 요일마다 만날 수 있습니다.
림LIM 젊은 작가 소설집	웹진에 연재한 작품 중 일부를 엮어 일 년에 두 권 출간합니다.
시 림LIM	문학 웹진 LIM에서 새롭게 시작하는 시인선 시리즈. 자기만의 세계가 확고한, 다양한 표정을 가진 시를 소개합니다.
ILLUST LIM	일러스트레이터의 작품으로 단편소설 한 편을 새롭게 엮습니다.
림LIM 장편	01. 이하진 장편소설 『모든 사람에 대한 이론』 (근간)

'-림LIM'은 '숲'의 뜻을 더하는
접미사이자 이전에 없던 명사입니다.

www.webzinelim.com

림LIM
젊은 작가 소설집 4
『잃기일지』

초판 1쇄 발행	2024년 9월 30일

지은이	김서해 · 박소민 · 이선진 · 최미래 · 한요나
펴낸이	정중모
펴낸곳	도서출판 열림원

출판등록	1980년 5월 19일(제406-2000-000204호)
주소	경기도 파주시 회동길 152
전화	031-955-0700
팩스	031-955-0661
웹진	www.webzinelim.com
이메일	editor@yolimwon.com
	webzinelim@yolimwon.com

인스타그램	@yolimwon
	@webzinelim

기획실	정재우
주간	김종숙
책임편집	김은혜 · 정소영
편집	박지혜 · 김혜원
디자인	강희철
마케팅 홍보	김선규 · 고다희
온라인사업	서명희
제작 관리	윤준수 · 고은정 · 구지영 · 홍수진

표지 · 본문 디자인	굿퀘스천

ISBN 979-11-7040-286-2
ISBN 979-11-7040-174-2 (세트)